체호프 단편선

체호프 단편선

안톤 체호프 | 김학수 옮김

문예출판사

Антон Павлович Чехов сборник рассказов

Антон Павлович Чехов

차례

약혼녀 • 7

골짜기 • 42

귀여운 여인 • 112

정조 • 134

함정 • 159

상자 속에 든 사나이 • 191

아뉴타 • 214

사모님 • 222

약제사 부인 • 230

우수 • 240

복수자(復讐者) • 251

작품 해설 • 260
안톤 체호프 연보 • 268

- 본문의 주는 모두 옮긴이 주다.

약혼녀

1

밤 10시였다. 보름달이 정원 가득히 빛났다. 슈민의 집에서는 마르파 미하일로브나 할머니의 청으로 시작된 저녁 기도 시간이 막 끝난 뒤였다. 나쟈는(그녀는 잠시 정원에 나왔다) 식당에 식탁이 준비되고, 화려한 비단옷을 입은 할머니가 서성대는 모습을 보았다. 교회당의 사제장(司祭長)인 안드레이 신부는 나쟈의 어머니 니나 이바노브나하고 무슨 말인가를 주고받고 있었다. 나쟈의 어머니는 창문으로 스며드는 달빛 탓인지 한결 젊어 보였다. 그 옆에서는 안드레이 신부의 아들 안드레이 안드레이치가 서서 조심스레 귀를 기울였다.

정원은 고요하고 선선했다. 땅 위에는 검은 그림자가 호젓이 누워 있었다. 어디선가 멀리서, 아마 멀리 떨어진 교외에선지, 개구리 우는 소리가 들려왔다. 5월이란 느낌이, 정다운 5월의 느낌이 감돌았다. 나쟈는 가슴 깊이 5월의 향기를 들이마셨다. 그녀는 연약하고 죄 많은 사람에게서는 맛볼 수 없었던 신비롭고 아름다운, 풍만하고 거룩한 봄의 생활이, 여기가 아니라 수목이 우거진 저 하늘 밑, 도시에서 멀리 떨어진 들과 숲속에서 지금 막 흩어져가고 있음을 느끼지 않을 수 없었다. 그리고 어째서인지 울고 싶은 생각이 들었다.

그녀, 나쟈는 스물셋이었다. 그녀는 열여섯 살 때부터 결혼 문제를 열심히 생각해왔다. 그러다가 마침내 지금 창가에 서 있는 청년 안드레이 안드레이치와 약혼하게 되었다. 나쟈는 안드레이가 마음에 들었다. 결혼식은 7월 7일로 날을 잡았다. 그러나 어찌된 셈인지 그녀에겐 기쁨이란 것이 없었다. 나쟈는 밤에 잠을 이루지 못하고 늘 시름에 잠겨 있었다……. 부엌이 있는 지하실에서 하인들이 서성대는 소리, 나이프가 부딪치는 소리, 문이 열렸다 닫혔다 하는 소리 등이 열린 들창을 통해 들려왔고, 칠면조 굽는 냄새와 소금에 절인 버찌 냄새가 풍겨 나왔다. 그리고 이 모든 것이 아무 변함이 없이, 종말이라는 것도 없이, 한평생을 통하여 언제까지나 반복되겠지, 그녀에게는 어쩐지 그런 생각이 들었다.

이때 누가 집에서 나와 층계 위에 멈춰 섰다. 그는 열흘 전에 모스크바에서 온 알렉산드르 치모페비치라는 손님이었다. 아니면 그를 가리켜 간단히 사샤라고도 불렀다. 언젠가 오래전에 할머니의 먼 친척이 된다는 마리야 페트로브나라는 몰락한 귀족 미망인이 병들어 핼쑥 여윈 조그만 몸을 이끌고, 자주 도움을 청하러 이 집에 오곤 했는데, 사샤는 그 미망인의 외아들이었다. 어째서인지 사샤는 훌륭한 화가라는 소문이 떠돌았다. 그의 어머니가 돌아가셨을 때, 할머니는 사샤를 불쌍히 여겨 그를 모스크바의 코미사로프스키 학원에 입학시켰다. 그로부터 약 2년 후, 그는 미술 학교에 들어갔고 거기서 거의 15년을 보내다가 어찌어찌 간신히 건축과를 졸업할 수 있었다. 그러나 그는 건축업을 시작한 것이 아니라 모스크바의 어느 석판 공장에서 일했다. 그리고 늘 몸이 쇠약했던 탓으로 해마다 여름이면 할머니한테 와서는 요양하면서 몸을 회복했다.

그는 단추를 채운 프록코트와 아래에는 구김이 간 무명 바지를 입고 있었다. 셔츠에도 다림질이 되지 않았다. 아무튼 그의 모습 어디서도 산뜻한 곳을 찾아볼 수는 없었다. 그는 무척 여윈 몸에 커다란 눈과 길고 가느다란 손가락, 까마족족한 털북숭이 얼굴이었지만 그래도 어딘지 아름다운 데가 엿보였다. 슈민 댁에서는 집안 식구와 똑같은 대접을 받았기 때문에, 그는 자기 집이나 다름없이 지냈다. 그리고 그가 이 집에서 쓰는 방은 이미 오래전부터 사샤의 방이라고 불렸다.

그는 층계 위에서 나쟈를 보자, 그녀에게로 다가왔다.
"여긴 참 좋군요."
그는 말했다.
"네, 좋고말고요. 당신도 가을까진 여기서 머무르도록 하세요."
"아마 그렇게 될 것 같습니다. 저는 9월까지 머물려고 왔으니까요."
그는 빙긋이 웃으며 나쟈 옆에 앉았다.

"전 여기 앉아서 어머니를 바라보고 있었어요."

나쟈는 말했다.

"여기서 바라보니 어머니가 한결 젊어 보여요! 우리 어머니에겐 물론 여러 가지 약점도 있지만."

그녀는 잠시 말을 끊었다가 다시 이었다.

"그러나 역시 훌륭한 분이세요."

"그럼요, 좋은 분이죠……."

사샤는 맞장구를 쳤다.

"당신 어머니는 어떤 면에서 보면, 뭐, 매우 선량하고 인자하신 분입니다만…… 저, 뭐라고 말해야 좋을지? 오늘 아침 일찍이 당신네 부엌엘 가봤는데요, 거기엔 네 사람의 하인이 침대도 없이 그냥 마룻바닥에서 자고 있더군요. 침대 대신에 깔린 누더기며, 악취며, 빈대며, 진딧물이며…… 20년 전과 조금도 달라진 점이 없었어요. 꼭 그대로였어요. 그런데 할머니한테야 무슨 기대를 걸겠습니까마는 그래도 어머니께선 프랑스어도 하실 줄 알고 소인극(素人劇)에도 출연하고 계시는 형편이니, 잘 아실 것 아니겠습니까."

사샤는 얘기하면서, 여느 때처럼 나쟈 앞에 가느다랗게 여윈 두 손가락을 내밀어 보였다.

"제겐 이 집에서 하는 모든 일이 어쩐지 이상하게만 생각됩니다."

그는 말을 이었다.

"도무지 영문을 모르겠어요. 아무도 일을 하고 있지 않으니. 어머니는 여느 공작 부인처럼 하루 종일 건들건들 소풍만 다니시고, 할머니도 하시는 일이란 없고, 당신도 역시 마찬가지고요. 그리고 당신의 약혼자 안드레이 안드레이치 또한 일이라곤 모르는 사람이거든요."

나쟈는 작년에도 이런 말을 들었고 재작년에도 들은 듯싶었다. 그리고 사샤는 달리 비평할 말을 모르는 것 같았다. 예전 같으면 그런 말이 우습게만 여겨졌겠지만 오늘은 어째서인지 나쟈의 마음을 언짢게 만들었다.

"그건 이미 곰팡 말이에요. 벌써 오래전에 싫증이 났어요."

나쟈는 이렇게 말하고 자리에서 일어났다.

"뭔가 좀 더 새로운 것을 생각해내도록 하세요."

사샤는 빙긋이 웃고는 나쟈를 따라 일어났다. 그리고 두 사람은 집 쪽으로 걸음을 옮겼다. 나쟈는 날씬하고 아름다운 몸매에 균형이 잡혀서 사샤에 비하면 무척 건강해 보이고 옷차림도 화려했다. 나쟈는 그것을 알았으므로 그가 측은히 여겨지기도 하고 또 한편으로는 어쩐지 멋쩍다는 생각도 들었다.

"당신은 쓸데없는 말을 너무 많이 해요. 방금도 나의 안드레이에 대해서 말했지만, 그분에 대해선 조금도 모르지 않아요?"

나쟈는 말했다.

"나의 안드레이라……. 당신의 안드레이 같은 건 될 대로 되라지요! 당신의 청춘이 가엾을 따름입니다."

그들이 식당에 들어섰을 땐 이미 모두들 밤참을 먹으려고 자리에 앉아 있었다. 지독히 뚱뚱하고, 짙은 눈썹에 작은 콧수염이 난, 얼굴이 못생긴 할머니(또는 집안에서 부르는 말로 한다면 조모님)는 큰 소리로 무엇인가를 말했는데, 할머니가 이 집에서 제일 윗사람이란 것은 그 말투로나 말하는 몸짓에서도 넉넉히 알 수 있었다. 할머니는 시장에 몇 개의 점포와 원기둥과 정원이 딸린 낡은 저택을 가졌으나, 그래도 매일 아침 주님의 은총으로 몰락하지 않기를 빌며 눈물을 흘리곤 했다. 단정한 의상에 코안경을 쓰고 손가락마다 모조리 다이아몬드 반지를 낀, 삼단 같은 머리칼을 가진 나쟈의 어머니 니나 이바노브나와 무슨 우스운 얘기라도 시작할 듯한 표정인 이가 빠지고 홀쭉 여윈 노인 안드레이 신부 그리고 흡사 미술가나 배우처럼 고수머리에 풍채가 좋고 잘생긴 나쟈의 약혼자 안드레이 안드레이치, 이 세 사람은 최면술에 관한 얘기를 하던 참이었다.

"일주일만 있으면 몸이 회복될 거야."

할머니는 사샤에게 말했다.

"그저 많이 먹어야 한다. 에이구, 네 꼴을 보니!"

할머니는 한숨을 내쉬었다.

"꼴이 정말 말이 아니구나! 망나니 자식이란 바로 너 같은 사람을 두고 하는 말이야."

"방탕한 생활로 부친의 재산을 탕진하고, 망나니 떼거지와 상대를 했으니까요……."

안드레이 신부가 눈웃음을 치면서 느릿느릿 말했다.

"전 아버지를 좋아하죠."

안드레이 안드레이치는 아버지의 어깨에 손을 얹으며 말했다.

"훌륭한 분입니다. 선량한 노인이에요."

모두 잠시 말이 없었다. 갑자기 사샤가 웃음보를 터뜨리며 냅킨을 입으로 가져갔다.

"그럼 당신은 최면술을 믿으시나요?"

안드레이 신부가 니나 이바노브나에게 물었다.

"그야, 믿는다고 단언할 순 없습니다만, 그러나 자연 속에는 여러 가지 신비로운 이상한 일이 얼마든지 있다는 것만은 믿지 않을 수 없어요."

니나 이바노브나는 매우 심각하고 엄숙한 표정을 지으면서 대답했다.

"그 말씀엔 저도 완전히 동감입니다. 하지만 그 신비한 세계를 종교가 해결해줄 수 있다고 덧붙이지 않을 수 없습니다."

기름이 번지르르 도는 커다란 칠면조가 나왔다. 안드레이 신부와 니나 이바노브나는 그대로 토론을 계속했다. 니나 이바노브나의 손가락에서 다이아몬드가 번쩍번쩍 빛나고 그녀의 두 눈에서도 눈물이 반짝이기 시작했다. 그녀는 흥분했다.

"당신에게 증명할 수는 없습니다만, 인생에는 해결하지 못할 수수께끼들이 얼마든지 있다는 걸 신부님도 시인하셔야 할 거예요!"

"그런 것이 있다는 건 저도 인정은 합니다."

반찬을 다 먹은 후, 안드레이 안드레이치는 바이올린을 켜고 니나 이바노브나는 피아노를 반주했다. 그는 10년 전에 대학 문과를 졸업했으나, 직장에 취직도 안 하고 일정한 직업이란 것도 없이 이따금 자선 음악회에 출연할 따름이어서 거리에서는 그를 음악가라고 불렀다. 안드레이 안드레이치가 바이올린을 켤 동안 나머지 사람들은 묵묵히 들었다. 탁자 위에서는 사모바르가 조용히 끓었다. 차를 마시는 사람은 사샤뿐이었다. 이윽고 시계가 12시를 치자 갑자기 바이올린 줄이 끊어져서, 모두 한바탕 웃고는 서성대며 작별 인사를 나누기 시작했다.

나쟈는 약혼자를 배웅하고 어머니 방과 자기 방이 있는 2층으로 올라갔다. (아래층은 할머니가 차지하고 있었다.) 아래층 식당에서는 불을 끄기 시작했으나, 사샤는 그대로 앉아서 차를 마셨다. 그는 차를 마실 때 언제나 모스크바식으로 오랜 시간을 보냈고, 한 번에 으레 일곱 잔씩 마시곤 했다. 나쟈가 옷을 벗고 침대에 누운 뒤에도 아래층에서는 오랫동안 하인들이 뒷정리를 하는 소리며, 잔소리를 퍼붓는 할머니의 목소리가 들려왔다. 그러나 잠시 후에는 집 안도 조용해지고, 이따금 사샤의 잔기침 소리가 들려올 뿐이었다.

2

나쟈가 눈을 뜬 것은 아마 새벽 2시경이었으리라. 동이 틀 무렵이었다. 어디선가 멀리서 딱따기 소리가 들려왔다. 나쟈는 더 자고 싶은 생각이 없었다. 자리에 누워 있으려니 편안은 했으나 어쩐지 마음이 내키지 않았다. 5월이 되면 언제나 그렇듯이 나쟈는 일어나 앉아서 생각에 사로잡혔다. 그녀의 생각이란 어젯밤의 생각을 되풀이하는 것이었다. 어째서 안드레이 안드레이치는 자기를 사랑하게 되고, 청혼을 했을까? 그리고 어째서 자기는 그의 청혼을 승낙하고, 차차 그 친절하고 총명한 남자를 소중히 여기게 되었을까? 나쟈는 전과 다름없이 이처럼 부질없는 생각을 끈기 있게 되풀이했다. 그러나 결혼식까지는 이제 달포밖에 남지 않은 오늘, 어쩐지 나쟈는 막연하고도 압박감을 주는 그 무엇이 눈앞에 다가오는 듯한 불안과 공포를 느꼈다.

똑, 딱, 똑, 딱······.

야경꾼의 딱따기 소리가 느릿느릿 들려왔다.

똑, 딱.

커다란 낡은 창문으로 정원이 내다보이고, 저쪽에는 추위 때문에 맥을 못 추고 시든 듯한 라일락 꽃송이들이 보였다. 뽀얗게 짙은 안개가 살그머니 꽃 숲으로 숨어들어 그것을 덮어버리려 하고 있었다. 저 먼 나무에서는 까치가 졸린 듯이 울었다.

"아아! 어째서 내 마음은 이렇게도 괴로울까!"

결혼 전에는 모든 처녀가 이런 기분에 사로잡히는 것일까? 모를 일이지! 혹시 사샤 탓이 아닐지? 그러나 사샤는 몇 해 전부터 같은 말만 되풀이해왔고 또 그가 그런 말을 할 때에는 단지 우습고 단순하게만 느끼지 않았나. 그런데 어째서 사샤가 내 머리에서 떠나지 않을까? 무슨 까닭일까?

야경꾼의 딱따기 소리가 멎은 지도 이미 오래였다. 새들이 정원과 창 밑에서 지지귀고 안개는 정원에서 사라져갔다. 주위에 있는 모든 것이 봄빛을 받아 방긋 웃는 듯이 빛났다. 온 정원은 태양이 어루만지는 따스한 손길에서 소생한 듯싶었고, 나뭇잎의 이슬 방울들은 다이아몬드처럼 반짝반짝 빛나서, 오랫동안 내버려두었던 낡은 정원도 오늘 아침에는 유달리 생생하고 화려하게 느껴졌다.

할머니는 벌써 일어나 계셨다. 사샤의 거칠고 낮은 기침 소리가 들려왔다. 아래층에서 사모바르를 준비하며 의자를 움직이는 소리가 들려왔다.

시간이 가는 것이 지루했다. 나쟈는 이미 오래전에 일어나서 한참 동안 정원을 거닌 뒤였으나, 그래도 아직 아침이었다.

니나 이바노브나는 탄산수가 든 컵을 손에 들고 눈물 자국이 난 얼굴로 나타났다. 그녀는 여러 가지 문제가 되는 의혹에 관해서 얘기하기를 좋아했다. 그리고 나쟈도 역시 그 속에는 무엇인지 신비하고 깊은 사랑이 들어 있는 듯이 느꼈다.

"어머니, 왜 우셨어요?"

나쟈는 물었다.

"어제 한 할아버지와 딸 얘기를 쓴 중편 소설을 읽기 시작했단다. 할아버지는 어떤 곳에 근무하는데 그의 상관이 할아버지 딸을 사랑하게 됐어. 마지막까지 읽진 않았지만, 한 대목에 가선 도저히 울지 않고 견딜 수가 없었어."

어머니는 이렇게 말하고 탄산수를 마셨다.

"글쎄, 오늘 아침에도 그걸 생각하고 또 울었단다."

"요새 우울해서 못 견디겠어요."

잠시 말을 끊었다가 나쟈는 말했다.

"어째서 잠을 못 잘까요?"

"글쎄 모르겠구나. 난 잠이 안 오면 눈을 꼭 감고, 바로 이렇게 말야, 자꾸 걸어다니든가 혼잣말로 중얼거리든가 하면서 나를 안나 카레니나처럼 생각하기도 하고, 아니면 옛날 역사에 나오는 얘기를 눈앞에 그려보기도 한단다……."

어머니는 내 마음을 모르신다, 또 아실 리도 없지 하고 나쟈는 생전 처음 이런 생각을 했다. 그리고 그런 생각을 적이 두렵게 여기면서 자기 마음 한구석에 감추어두고 싶어졌다.

나쟈는 자기 방으로 돌아왔다.

2시가 되자, 모두들 점심 식탁에 앉았다. 수요일, 즉 정진일(精進日)이어서 채소 수프와 물고기가 든 보리죽만이 할머니 앞에 놓였다.

사샤는 할머니를 놀려주려고 채소 수프도 먹고 자기의 고기 수프도 마셨다. 그는 점심 식사를 하는 동안 노상 익살만 부렸다. 그러나 그의 익살은 일부러 그러는 것 같은, 어떤 정신적인 의미를 내포한 부자연스러운 것이었다. 그리고 무슨 재치 있는 설명이라도 하려고 핏기 없고 여윈 손가락을 쳐들 적엔 도무지 우스운 생각은 들지 않았다. 그럴 때마다 그의 병이 점점 심해가며 얼마 더 살지 못하리라는 생각이 들어서 눈물이 날 지경으로 그가 측은히 여겨졌다.

점심을 마친 후 할머니는 쉬려고 자기 방으로 건너가고, 니나 이바노브나도 잠시 피아노를 치다가 자기 방으로 돌아갔다.

"오오, 사랑하는 나쟈!"

사샤는 여느 날처럼 점심 후의 대화를 꺼냈다.

"당신이 내 말만 들어준디먼! 내 말만 들이준디먼!"

나쟈는 낡은 안락의자에 깊숙이 파묻힌 채 지그시 눈을 감았다. 한편 사샤는 이쪽 구석에서 저쪽 구석으로 천천히 왔다 갔다 했다.

"당신이 대학에 갈 생각만 가진다면!"

그는 말했다.

"인간이란 고상한 교양을 지녀야 합니다. 또 그런 사람이 필요합니다. 그런 사람이 많으면 많을수록 신(神)의 왕국은 빨리 지상에 내려옵니다. 그때면, 당신의 거리엔 돌멩이 하나 남지 않고, 만물은 밑바닥부터 파괴되고 말 겁니다. 모든 것이 마술에라도 걸린 듯이 변하고 말 거예요. 그리고 그때 여기에는 근엄하고 화려한 저택들이 세워지고 아름다운 정원이 마련되고, 훌륭한 분수가 서고, 덕망 높은 사람들이 살게 되겠지요……. 그러나 가장 중요한 것은 그런 게 아닙니다. 가장 중요한 것은 우리가 생각하는 저속한 사람들, 현재 존재하는 저속한 사람들이 그때엔 존재하지 않으리라는 점입니다. 왜냐하면, 그때엔 모든 사람들이 신앙을 가지고 자기가 무엇 때문에 사는가를 알아서, 아무도 저속한 무리와 상대를 하지 않을 테니 말입니다. 사랑하는 나쨔, 떠나시오! 이렇게 숨막힐 듯한 죄에 물든 흐릿한 생활을 당신이 얼마나 싫어하는가를 여러 사람들한테 보여주시오. 다만 자기 자신에게라도 보여주시오!"

"사샤, 전 못 하겠어요. 곧 결혼을 해야 하니까요."

"옛, 무슨 소리! 결혼을 해서 뭣 한단 말이오?"

그들은 정원으로 나가서 거닐기 시작했다.

"아무튼 당신은 잘 생각해야 합니다. 놀고먹는 당신들의 생활이 얼마나 불결하고, 얼마나 비도덕적인지를 깨달아야 해요."

사샤는 말했다.

"이를테면 당신이나, 당신의 어머니나 할머니가 아무 일도 하지 않는다면 그것은 누군가 다른 사람이 당신들을 위해서 일하고 있다는 뜻임을 아셔야 합니다. 당신들은 남이 벌어온 것을 먹고 사는 겁니다. 과연 이런 생활이 깨끗하고 더럽지 않다고 할 수 있을까요?"

"네, 그건 사실이에요"라고 나쨔는 말하고 싶었다. 자기도 잘 안다고 알리고 싶었다. 그러나 눈물이 앞을 가려 말문이 막히고 말았다. 온몸이 바짝 졸아드는 듯한 기분을 안고 나쟈는 자기 방으로 돌아갔다.

해질 무렵에 안드레이 안드레이치가 왔다. 그리고 여느 때처럼, 오랫동안 바이올린을 켰다. 그는 좀처럼 말하기를 좋아하지 않았다. 악기를 만지는 동안은 입을 다물 수 있으므로 바이올린을 좋아하는 것인지도 몰랐다. 11시가 돼서 돌아갈 채비를 하고 외투를 입더니, 그는 나쟈를 껴안고 그녀의 얼굴이며, 어깨며, 손이며, 미친 듯이 키스하기 시작했다.

"나의 사랑! 나의 애인! 나의 미인……!"

그는 속삭였다.

"오오! 나는 얼마나 행복한가! 기뻐서 미칠 것 같소이다!"

나쟈는 이미 오래전에 이 말을 들은 듯싶었다. 아니면 어느 책 속에서, 이미 오래전에 내동댕이친 소설 속에서 읽은 듯한 대사처럼 생각되기도 했다.

식당에서는 사샤가 탁자에 앉아서 기다란 다섯 손가락으로 잔을 들어 차를 마셨다. 할머니는 카드로 점을 쳤고, 니나 이바노브나는 책을 읽었다. 성상(聖像) 앞에서는 등잔불이 가물거렸다. 모든 것이 순조롭고 평화스러운 듯이 보였다. 나쟈는 밤 인사를 드리고 2층 자기 방으로 올라갔다. 자리에 눕자 곧 잠이 들었다. 그러나 지난밤처럼 동이 트기 시작할 무렵에 나쟈는 눈을 뜨고 말았다. 더 잘 수가 없었다. 무거운 것에 눌리는 듯한 불안한 생각이 가슴을 설레게 했다. 나쟈는 웅크리고 앉아서 무릎 위에 머리를 얹고는 자기 약혼자와의 문제를 생각해보았다. ……어찌된 셈인지 그녀는 어머니가 자기 아버지를 사랑하지 않았으며, 지금은 아무 재산도 없이 순전히 할머니의 도움으로 살고 있다는 생각을 했다. 그리고 어째서 지금까지 어머니를 훌륭한 여자라고 여겨왔을까, 어째서 어머니가 단순하고 고독하고 불행한 여자라는 사실을 깨닫지 못했을까, 아무리 궁리해도 모를 일이라고 생각했다.

아래층에서 기침 소리가 들리는 것으로 보아 사샤도 잠에서 깬 듯싶었다. 저 사람은 좀 이상하지만 순진한 청년이라고 나쟈는 생각했다. 그리고 아름다운 정원이라든가, 훌륭한 분수라든가 하는 그의 여러 가지 공상은 믿기 어려운 어리석은 일 같았다. 그렇지만 어쩐지 그 순진하고 어리석은 공상 속에는 대학에 다니고 싶다는 자기 공상과 같이 온 마음을 싸늘하게 전율하도록 만드는 어떤 아름다운 것이 숨은 듯싶었다. 그리고 이것은 나쟈를 기쁨과 환희 속으로 몰아 넣었다.

"그러나 생각하지 말아야지. 생각하지 말아야 해……."

나쟈는 중얼거렸다.

똑, 딱.

어디선가 멀리서 야경꾼의 딱따기 소리가 들려왔다.

똑, 딱…… 똑, 딱…….

3

6월 중순경 사샤는 문득 갑갑증을 느끼고 모스크바로 돌아가야 겠다고 생각했다.

"이 거리에서 살 순 없습니다."

그는 우울한 표정으로 말했다.

"수도도 없고, 배수 시설도 없고, 식사할 기분도 나지 않고, 게다가 부엌을 들여다보면, 그 더러움이란……."

"좀 더 참고 견뎌봐, 덜된 녀석 같으니!"

할머니는 왜 그런지 낮은 소리로 타일렀다.

"7월엔 결혼식이 있잖아!"

"그때까지 있을 수는 없습니다."

"9월까지 있겠다고 말하지 않았니."

"그렇지만 더는 기다릴 수 없습니다. 일을 해야 하니까요."

싸늘하고 습기가 감도는 여름이었다. 수목은 축축하게 젖었고 정원에 있는 모든 것은 음산하고 우울해 보였다. 이러한 풍경은 실제로 일할 마음을 일으켜주었다. 아래층과 2층 여러 방에서는 처음 듣는 여인들의 목소리가 들려왔고, 할머니 방에서는 재봉틀 소리가 시끄러웠다. 모두들 결혼식 때문에 분주히 서두르고 있었다. 나쟈를 위해서 털외투만도 여섯 벌이 마련되었다. 할머니 말에 의하면 그중 제일 싼 것이 3백 루블이다. 이 시끄러운 소리는 사샤를 더욱 들뜨게 했다. 그는 자기 방에 들어앉아 화만 바락바락 냈으나, 더 묵고 가라고 모두들 말리는 바람에 7월 10일까지 출발을 연기하기로 약속했다. 시간은 빨리 흘러갔다. 성(聖) 페드로프 날에 안드레이

안드레이치는 점심 식사를 마치고 나쟈와 함께 모스크바가(街)로 떠났다. 얼마 전에 자기들 신혼 부부가 살림하려고 빌린 집을 다시 한번 보기 위해서였다. 그 집은 2층 건물이었는는데 지금까지는 위층밖에 정돈되지 않았다. 대청에는 페인트를 발라서 윤기 있게 반짝이는 가느다란 나무오리로 된 마루를 깔았고, 원제 의자며, 피아노며, 바이올린 걸개들을 놓았다. 페인트 냄새가 풍겼다. 벽에는 금박 테두리에 낀 유화가 걸렸는데, 그 속에는 나체 여인과 그 옆에 손잡이가 떨어진 꽃병이 그려져 있었다.

"정말, 훌륭한 그림이야."

안드레이 안드레이치는 이렇게 말하고 감탄하듯이 한숨을 내쉬었다.

"이건 미술가 쉬아체브스키의 작품입니다."

거기에는 또 둥근 테이블이며, 긴 의자며, 파란 천으로 커버를 씌운 안락의자들을 갖춘 객실이 있었다. 긴 의자 위의 벽에는 법의(法衣)를 걸치고 벨벳 성직자 모자를 쓴 안드레이 신부의 커다란 사진을 걸었다. 이윽고 두 사람은 찬장이 딸린 식당을 돌아보고, 다음엔 침실로 들어갔다. 어둠침침한 침실에는 침대 두 개가 가지런히 놓여 있었다. 이 방은 언제 들어와도 기분이 상쾌하도록 만들겠다는 의도로 꾸민 듯싶었고, 그 밖엔 아무런 목적도 없어 보였다. 안드레이 안드레이치는 시종 나쟈의 허리를 껴안은 채 이 방 저 방을 구경했다. 그러나 나쟈는 양심의 가책을 받는 듯한 두려움을 느꼈다. 그 모든 방, 침실, 안락의자, 어느 하나 그녀의 마음에 드는 것은 없었다. 더욱이 나체화는 마음을 언짢게 만들었다. 지금 나쟈는 자기가 이미 안드레이 안드레이치를 사랑하지 않는다는 것을, 아니 지금까지 조금도 사랑하지 않았다는 것을 똑똑히 깨달았다. 그러나 이것을 어떻게 말해야 할지, 누구에게 하소연해야 좋을지 몰랐다. 어째서 이런 생각이 드는지도 몰랐다. 지금까지 밤낮으로 이 일을 생각하면서도 이해할 수 없었다……. 안드레이는 나쟈의 허리를 껴안고 다니며 아주 정답고 공손하게 얘기했다. 무척 행복스러워 보였다. 그러나 나쟈는 그의 태도에서 단지 저열하고 단순하고 참을 수 없이 야비한 부분 외에는 아무것도 발견할 수가 없었다. 그리고 허리를 감싼 그의 손이 쇠뭉치처럼 딱딱하고 싸늘하게 느껴져서, 쉴 새 없이 도망하고 싶은, 울고 싶은, 창문에서 뛰어내리고 싶은 생각이 들었다. 안드레이 안드레이치는 나쟈를 욕실로 데리고 갔다. 거기서 벽에 붙은 마개를 돌리니 금방 물이 쏟아져 나왔다.

"어떻습니까?"

그는 웃으며 말했다.

"2백 갤런쯤 드는 물탱크를 올려놓게 했습니다. 그래 우리는 물 걱정을 할 필요는 없어요."

그들은 정원을 거쳐서 한길로 나와 마차를 잡았다. 하늘은 짙은 구름으로 덮여서 금세 비가 쏟아질 것만 같았다.

"당신 춥지 않아요?"

안드레이 안드레이치는 먼지 때문에 눈을 가늘게 뜨며 말했다.

나쟈는 잠자코 있었다.

"어제 사샤가 나더러 빈들빈들 놀고 있다고 비난하는 것을 들었겠죠?"

약혼녀 23

그는 잠시 입을 다물었다가 말을 이었다.

"그의 비난은 옳습니다! 정말 옳아요! 저는 아무 일도 하지 않습니다. 또 할 수도 없습니다. 왜 그럴까요? 언젠가는 나도 모자에 휘장을 달고 관청에 다녀야 한다고 생각하니, 어쩐지 지긋지긋해집니다. 왜 그럴까요? 오오, 어머니 러시아여! 오오, 어머니 러시아여! 그대는 쓸모없고 무익한 사람들을 얼마나 많이 가졌는가! 러시아에는 나같이 무익한 사람들이 얼마나 많은가! 고민하는 어머니여!"

그는 자기가 놀고 있는 이유로 여러 가지 개념을 인용하고 나서 이는 시대적인 사상에 기인한다고 설명했다.

"우리는 결혼하면."

그는 말을 이었다.

"같이 시골로 갑시다. 시골에 가서 일합시다! 정원도 있고 냇물도 흐르는 땅을 사가지고, 노동을 하면서 인생을 바라봅시다……. 아, 얼마나 즐거울까요!"

안드레이 안드레이치는 모자를 벗었다. 그의 머리칼이 바람에 나부꼈다. 나쟈는 그의 말에 귀를 기울이며 이런 생각을 했다.

'나오지 않았더라면 좋았을걸!'

바로 집 근처에 이르렀을 때, 저쪽에서 걸어오는 안드레이 신부가 눈에 띄었다.

"아, 저기 아버지가 오시는군요!"

안드레이 안드레이치는 모자를 흔들며 기뻐했다.

"저는 아버지를 대단히 좋아합니다. 훌륭한 분입니다. 선량한 분입니다."

그는 마부에게 돈을 치르며 말했다.

나쟈는 매일 밤 찾아오는 손님들을 접대하며 속없이 웃어야 하고, 바이올린 소리와 여러 가지 쓸모없는 잡담을 들어야 하며, 결혼식 얘기만을 해야 하리라는 생각을 하고는 혐오에 가득 찬 언짢은 마음을 느끼면서 집으로 들어갔다.

할머니는 비단옷을 차려입고, 언제나 손님이 오기 전에 그렇듯이 묵직하고도 위엄 있는 태도로 사모바르 앞에 앉아 있었다. 안드레이 신부는 능글맞게 웃으며 들어왔다.

"저는 할머니가 그렇게 건강한 몸으로 계시는 것을 무엇보다도 기쁘게 생각합니다."

그는 할머니에게 말했다. 농담 삼아 그런 말을 하는지 아니면 진담으로 그러는지 분간하기 어려운 말투였다.

4

바람은 들창과 지붕에 휘몰아쳤다. 휘이휘이 바람 소리가 들리고, 집 안에 있는 난로도 그 속에서 슬프고 우울한 노래를 불렀다. 밤 1시였다. 집 안 사람들은 모두 자리에 누워 있었다. 그러나 아무도 잠들지는 않았다. 한편 나쟈는 아래층에서 시종 바이올린을 켜는 듯이 느꼈다. 덧문이 떨어졌는지, 요란한 소리가 들려왔다. 잠시 후 니나 이바노브나가 잠옷을 입은 채 촛불을 손에 들고 들어왔다.

"나쟈, 지금 난 건 무슨 소리지?"

어머니는 물었다.

머리를 한 가닥으로 틀고 겁에 취한 듯 웃는 어머니는 이같이 소란한 밤에는 여느 때보다 훨씬 늙고 보잘것없는 자그마한 여자로 보였다. 나쟈는 바로 조금 전만 해도 자기 어머니를 훌륭한 여자라고 생각하며 경의를 품고 어머니의 말을 듣던 것을 상기했다. 그러나 어떤 말이었는지는 기억할 수 없었다. 단지 기억 속에 남은 것은 희미하고 막연한 생각뿐이었다.

난로 안에서는 여러 가지 저음(低音)이 뒤섞여서 "오오, 신이여!"라고 말하는 듯한 소리가 들려왔다. 나쟈는 일어나 앉았다. 그러고는 불현듯 머리를 누르면서 흐느끼기 시작했다.

"어머니, 어머니, 제가 지금 어떤 생각을 하는지 어머니가 알아주신다면! 어머니, 부탁이에요, 제발 저를 떠나게 해주세요. 네, 부탁이에요!"

나쟈는 말했다.

"어디로?"

니나 이바노브나는 영문을 모르겠다는 듯 물어보고는 침대 위에 앉았다.

"어디로 간단 말이냐?"

나쟈는 한참 동안 울었다. 그리고 단 한마디도 할 수 없었다.

"이 거리를 떠나게 해주세요."

나쟈는 마침내 입을 열었다.

"결혼식을 해서는 안 되겠어요. 또 할 수도 없어요. 네, 이해해주세요! 저는 그분을 사랑하지 않아요……. 그분에 대해선 어떻게 말해야 될지조차 모르겠어요."

"안 돼, 안 돼!"

니나 이바노브나는 깜짝 놀라며 성급히 말했다.

"마음을 진정시켜라! 그건 마음이 안정되질 않아서 그러는 거야. 곧 좋아질 거야. 흔히 있는 일이지. 안드레이와 말다툼이라도 한 게로구나? 그러나 사랑싸움은 곧 낫는 법이란다."

"오오, 저리 가주세요. 어머니, 가주세요!"

나쟈는 흑흑 흐느꼈다.

"그러마."

니나 이바노브나는 잠시 끊었다가 말을 이었다.

"너는 조금 전만 해도 어린애였고, 소녀였는데, 지금은 벌써 약혼을 했으니. 그러나 세상 일이란 쉽지 않고 변하는 거란다. 너 역시 자기도 모르는 새에 어머니가 되고 할머니가 돼서, 나처럼 다루기 힘든 딸을 거느리게 되겠지."

"어머니, 사랑하는 어머니, 어머니는 자신을 현명한 여자라고 생각하시는군요. 어머니는 불행한 사람이에요."

나쟈는 말했다.

"어머니는 정말 불행한 분이세요. 왜 그렇게 따분한 얘기만 하세요? 네! 왜 그래요?"

니나 이바노브나는 무슨 말을 하려 했으나, 한마디도 할 수가 없었다. 그녀는 한숨을 내쉬고는 자기 방으로 돌아갔다. 난로는 다시 금낮은 소리로 으르렁대기 시작했다. 나쟈는 갑자기 무서워졌다. 그녀는 침대에서 뛰어내려 어머니 방으로 달려갔다. 니나 이바노브나는 눈물에 젖은 얼굴로, 책을 손에 든 채 이불을 덮고 침대에 누워

약혼녀 27

있었다.

"어머니, 제 말을 들어주세요!"

나쟈는 말했다.

"제발 들어주세요! 우리들이 얼마나 타락한 생활을 하고 있는지 어머니도 아셔야 해요. 저는 눈을 떴어요. 이젠 모든 것을 볼 수 있어요. 게다가 안드레이 안드레이치는 어떤 사람이에요? 그는 아무것도 모르는 사람이에요. 제발 이해해주세요, 네? 어머니, 그는 바보예요!"

니나 이바노브나는 벌떡 일어나 앉았다.

"너와 너의 할머니는 나를 괴롭히기만 하는구나!"

어머니는 흐느끼며 말했다.

"나도 살고 싶다. 보람 있게 살고 싶어!"

어머니는 되풀이하며 자기의 작은 주먹으로 가슴을 두어 번 두드렸다.

"나를 자유롭게 해다오! 나는 이렇게 아직 젊은데, 살겠다고 애쓰는데, 너하고 너의 할머니는 나를 노파로 만드는구나……."

어머니는 슬프게 흐느끼며 허리를 구부리고 이불 속으로 기어들었다. 그 모습은 아주 작고, 가엾고, 초라해 보였다. 나쟈는 자기 방으로 돌아갔다. 옷을 갈아입고는 창 곁에 앉아서 날이 새기를 기다렸다. 이렇게 나쟈가 밤이 새도록 앉아서 생각에 잠겨 있는 동안, 줄곧 밖에서는 누군가가 덧문을 두드리며 휘파람을 부는 듯한 소리가 들려왔다.

아침이 되자 할머니는 정원의 능금이 지난밤 바람 때문에 한 알도 남지 않고 떨어졌으며, 복숭아 고목 하나가 자빠졌다는 둥 여러 가지 불평을 늘어놓았다. 날씨는 흐리고 음침해서 등불을 켜야 할 지경으로 어두컴컴했다. 모두들 춥다고 투덜거렸다. 들창에는 빗발이 내리쳤다.

차를 마신 후 나쟈는 사샤의 방으로 갔다. 그리고 아무 말도 하지 않고 구석에 있는 안락의자 옆에 무릎을 꿇고 앉아서 두 손으로 얼굴을 가렸다.

"왜 그래요?"

사샤가 물었다.

"저는…… 지금까지 어떻게 이런 데서 살아왔는지 모르겠어요. 정말 모르겠어요. 정말 저는 약혼자를 멸시해요. 이 모든 방탕하고 무의미한 생활을 멸시해요……."

나쟈가 말했다.

"그럴 겁니다……. 그건 사실입니다. 옳은 생각입니다."

사샤는 무슨 뜻인지도 모르면서 말했다.

"저는 이런 생활이 싫어졌어요."

나쟈는 말을 계속했다.

"이런 데서 하루도 더 참을 수 없어요. 내일 떠나겠어요. 제발 부탁이니 저를 데려가주세요!"

사샤는 잠시 놀란 듯이 나쟈를 바라보았다. 마침내 그는 나쟈의 마음을 이해하고는 어린애처럼 기뻐했다. 기쁨에 못 이겨 춤이라도 출 듯이 양손을 흔들며 슬리퍼를 달각거리기 시작했다.

"훌륭합니다! 정말 훌륭한 일입니다."

그는 손을 비비며 말했다.

나쟈는 그가 곧 무엇인가 중대한 것을, 무한히 의미심장한 것을 들려주리라 기대하면서 마치 마술에라도 걸린 듯이 그 커다란 눈을 깜빡이지도 않으면서 사랑에 취한 눈초리로 바라보았다. 그는 아무 말도 하지 않았다. 그러나 나쟈에게는 여태까지 알지 못했던 새롭고 넓은 세계가 이미 눈앞에 열리는 듯이 느껴졌다. 그리고 여러 가지 기대로 충만해진 나쟈는 그를 바라보면서 어떤 것에 대해서도, 비록 죽음에 대해서도 두려워하지 않겠다고 결심했다.

"저는 내일 떠나겠습니다."

그는 잠시 무엇을 생각하고 나서 말했다.

"그리고 당신은 배웅하러 정거장에 나오세요……. 제 트렁크에 당신의 짐도 넣어 가겠습니다. 그리고 당신 차표도 사놓을 테니, 세 번째 종이 울리면 차에 오르세요. 함께 떠납시다. 모스크바까지는 함께 가고, 그다음부터는 혼자서 페테르부르크로 가면 됩니다. 여행권은 가지셨죠?"

"네, 있어요."

"저는 약속합니다. 당신도 후회하거나 불평하진 않겠지요."

사샤는 믿는다는 어조로 말했다.

"가서는 공부해야 합니다. 그러고는 모든 걸 운명에 맡겨버리세요. 당신의 생활을 뒤집어엎으면 만사는 변합니다. 가장 중요한 것은 생활을 뒤집어엎는 것입니다. 나머지는 아무래도 좋습니다. 그럼 내일 출발해도 좋지요?"

"네, 제발!"

나쟈는 적이 흥분해 있음을 스스로 느낄 수 있었다. 여느 때보다도 한층 마음이 괴로운 듯도 싶었다. 집을 나갈 때까지 고통스럽고 안타까운 시간을 보내야 하는 것이라고도 생각되었다. 그러나 2층에 가서 자리에 눕자, 얼굴에 눈물 자국과 웃음을 남긴 채 곧 잠들고 말았다. 그리고 해질 때까지 세상 모르게 곤히 잠을 잤다.

5

마차가 왔다. 나쟈는 모자를 쓰고, 외투를 입고, 다시 한번 어머니와 자기 물건을 보기 위해서 2층으로 올라갔다. 자기 방으로 들어가서 아직 온기가 남은 침대 옆에 서서 둘러보았다. 다음엔 살그머니 어머니 방으로 들어갔다. 방 안은 조용하고 니나 이바노브나는 잠들어 있었다. 나쟈는 어머니에게 키스하고, 어머니의 머리칼을 어루만지면서 잠시 서 있었다……. 그리고 아래층으로 천천히 내려왔다.

밖에는 비가 줄기차게 내렸다.

마부는 흠뻑 젖은 머릿수건을 두른 채로 현관에 서 있었다.

"네가 탈 자리는 없구나, 나쟈!"

하인들이 짐을 싣기 시작했을 때 할머니가 말했다.

"왜 하필 이런 날에 배웅하러 간다는 거냐! 집에 있거라. 무슨 비가 이렇게 온담!"

나쟈는 무엇인가 말하려 했으나 입이 떨어지지 않았다. 사샤는 나쟈를 부축해 태우고 담요로 발을 가려주고는 나쟈와 나란히 앉왔다.

"조심해라! 잘 가거라!"

할머니는 현관에서 외쳤다.

"그리고 사샤, 모스크바에 가면 편지해라."

"알겠습니다. 안녕히 계세요, 할머니!"

"주여, 보살펴주시기를!"

"무슨 날씨가 이럴까요!"

잠시 후 사샤가 말했다.

이때, 비로소 나쟈는 눈물을 흘렸다. 이제야 정말 이곳을 떠난다는 생각이 똑똑히 들었던 것이다. 할머니와 작별 인사를 하고, 어머니를 바라보고 있었을 때까지도 정말 이곳을 떠나리라고는 믿기지 않았다. 거리여, 잘 있거라! 이렇게 생각하는 순간, 나쟈에게는 지난날의 모든 일들이 낱낱이 되살아 떠올랐다. 안드레이, 그의 아버지, 새집, 꽃병과 나체 여인을 그린 유화, 그러나 이 모든 추억들은 이미 나쟈를 위협하거나 괴롭히지는 않았다. 단지 야비하고 천박하게 느껴질 뿐, 모든 것은 뒤로 뒤로 사라져갔다. 그들이 차에 오르고 기차가 움직이기 시작하자, 장엄하고 거대하다고 생각되던 과거의 모든 것은 보잘것없이 작은 것으로 압축돼버리고, 지금까지는 막연하게만 생각되던 넓고 웅장한 미래가 눈앞에 펼쳐져 왔다. 빗줄기가 차창을 두들겼다. 푸릇푸릇한 들과 전깃줄 위에 새들이 앉아 있는 전주(電柱)들이 어른거릴 뿐 아무것도 보이지 않았다. 문득 나쟈의 가슴에는 기쁨이 넘쳐흘렀다. 그녀는 자유의 몸이 되어 대학에 가는 것을 생각했다. 그리고 어느 옛말에 "카자흐처럼 떠나간다"는 속담이 자기를 두고 하는 말같이 느껴지기도 했다.
나쟈는 울기도 하고, 웃기도 하며, 기도를 드리기도 했다.
"좋군요! 정말 좋아요!"
사샤는 빙그레 웃으며 말했다.

6

가을도 가고 겨울도 지났다. 나쟈는 고향이 그리워지기 시작했다. 그리고 매일같이 어머니와 할머니가 그리웠다. 사샤도 그리워졌다. 집에서는 부드럽고 다정한 사연이 담긴 편지가 몇 통 와 있었다. 이제는 모든 것이 용서받고 잊힌 듯했다. 5월의 시험을 마친 나쟈는 건강하고 즐거운 마음을 안고, 고향으로 가는 길에 사샤를 만나러 모스크바에 들렀다. 그는 작년 여름과 조금도 변함이 없었다. 털북숭이 수염이며, 엉클어진 머리며, 프록코트에 무명바지며, 커다랗고 아름다운 두 눈이며, 모든 것이 예전 그대로였다. 그러나 그의 안색은 좋지 않았고 몹시 피로해 보였다. 몹시 여위고 늙어 보였다. 그리고 노상 기침을 했다. 어째서인지 나쟈는 그에게서 우울한 시골뜨기 같은 인상을 받았다.
"오오, 나쟈가 왔군!"
그가 말하며 반갑게 맞아주었다.
"사랑하는 나쟈!"
두 사람은 잉크와 페인트 냄새에 숨이 막힐 듯하고 담배 연기가 자욱한 인쇄소 안에 잠시 앉았다가, 이윽고 사샤의 방으로 갔다. 거기에서도 역시 담배 연기가 코를 찔렀고, 여기저기 침 뱉은 흔적이 보였다. 책상 위의 식은 사모바르 옆에는 검은 종이로 덮인 깨진 접시가 놓여 있었고, 책상과 마루 위에는 죽은 파리가 지저분하게 깔려 있었다. 이 모든 것은 사샤가 자신의 개인 생활을 되는 대로 보내며, 사치를 얼마나 경멸하는지를 말해주었다. 그리고 만일 누군가가 그의 개인적인 행복에 대해서, 그의 개인 생활에 대해서, 그의 취미에 대해서 그를 설복한다 해도, 그는 조금도 이해하지 못하고 웃어버릴 것임에 틀림없었다.

"모든 일이 잘 진행되고 있어요."

나쟈는 서두르며 말했다.

"가을에는 어머니가 저를 만나려고 페테르부르크로 오셨댔어요. 할머니도 이젠 노여워하시지 않고 줄곧 내 방에 가서는 벽 위에 성호를 긋고 계신다고 어머니가 말씀하더군요."

사샤는 즐거운 듯한 표정이었으나, 연달아 기침을 하며 쉰 목소리를 냈다. 나쟈는 그의 병이 정말 나빠졌는지, 그렇지 않으면 자기가 그렇게 생각할 따름인지를 분명히 몰라서 물끄러미 그를 바라보았다.

"사샤, 몸이 편칠 않군요!"

나쟈는 말했다.

"아니, 괜찮아요. 병은 병이지만 그렇게 대단하진 않아요……."

"저런, 어쩌나!"

나쟈는 흥분해서 외쳤다.

"어째서 의사한테 보이질 않는 거예요? 어째서 자기 몸을 소중히 여기지 않으세요? 네, 다정한 사샤."

이렇게 말하는 나쟈의 눈에는 눈물이 글썽했다. 그리고 이렇다할 이유도 없이 안드레이 안드레이치며, 꽃병과 나체 여인을 그린 유화며, 지금은 아득한 옛날처럼 생각되는 자기의 모든 과거가 눈앞에 어른거렸다. 그리고 이미 사샤는 작년처럼 신비하고 흥미 있고 교양 있는 사람으로는 보이지 않았다. 이것이 또한 나쟈를 울게 만든 원인이었다.

"사랑하는 사샤, 당신의 몸은 말이 아니군요. 저는 당신의 건강을 회복시킬 수 있는 일이라면 뭣이든지 하겠어요. 당신은 저의 은인이에요! 당신은 저를 위해서 얼마나 많은 일을 하셨는지 몰라요, 나의 다정한 사샤! 정말 당신은 지금 나에게 가장 가깝고 가장 다정한 분이세요."

그들은 앉아서 이야기를 주고받았다. 그러나 페테르부르크에서 한겨울을 보내고 온 지금, 나쟈에게는 사샤도, 그의 말도, 웃음도, 그의 모든 모습조차도 오래전에 시들고 낡아 지금은 이미 무덤 속으로 가고 있을지도 모르는 그 무엇을 암시해주는 데 불과했다.

"저는 모레 볼가로 가겠습니다. 그리고 다음엔 쿠무이쓰*를 마시러 가렵니다."

사샤는 말했다.

"쿠무이쓰를 마시고 싶어요. 저와 함께 한 친구 내외가 떠납니다. 그 부인은 훌륭한 분입니다. 저는 그 부인에게 대학에 들어가라

---

* 말젖.

고 줄곧 설복하고 있지요. 그 부인의 생활을 변화시키려는 생각입니다."

 잠시 이야기를 나눈 다음, 두 사람은 정거장으로 떠났다. 사샤는 차와 능금을 나쟈에게 사주었다. 기차가 떠나자, 그는 웃음을 지으며 손수건을 흔들었다. 그의 병이 얼마만큼 무거워졌는지는 그의 걸음걸이를 보아서도 알 수 있었다. 그리고 그의 여생이 얼마 되지 않음을 말해주는 듯도 싶었다.

 나쟈는 정오 무렵 고향에 도착했다. 정거장에서 집으로 마차를 달리는 동안, 거리는 무척 넓어 보였으나 집들은 땅에 달라붙은 듯이 작아 보였다. 거리에는 인적이 없었다. 다만 불그죽죽한 외투를 입은 독일인 악기 수선사를 보았을 뿐이다. 그리고 집마다 뽀얗게 먼지를 뒤집어쓴 것 같았다. 이미 늙을 대로 늙고 피둥피둥 보기 싫게 살진 할머니는 나쟈를 두 팔로 껴안고 그녀의 어깨에다 얼굴을 파묻은 채, 한참이나 흐느끼며 떨어질 줄을 몰랐다. 나쟈의 어머니 니나 이바노브나도 보기 흉하게 늙어버렸고, 온몸은 바싹 여위어 보였다. 그러나 역시 옷차림만은 단정했고, 손가락에서는 다이아몬드가 번쩍였다.

 "귀여운 내 딸!"
 어머니는 온몸을 들먹이며 말했다.
 "귀여운 내 딸!"
 그들은 앉아서도 아무 말 없이 울기만 했다. 어머니도 할머니도 이미 지나간 과거가 되돌아오지 않는다는 것을 잘 알고 있음에 틀림없었다. 그들은 이미 사교계의 지위도, 지난날의 영광도, 손님을 초대할 자격도 잃어버리고 말았던 것이다. 그것은 평화스럽고 단란한 가정에 어느 날 밤 경관이 불현듯 뛰어들어 집 안 수색을 한 끝에, 주인이 공금을 횡령했다든가 주화를 위조했다는 죄목이 드러남으로써 지금까지 단란하고 평화롭던 생활이 영원히 깨지고 만 그런 경우와도 흡사했다. 나쟈는 2층으로 올라가 전과 다름없는 침대를 보았다. 창문 밖으로 즐겁게 재잘대며 햇빛이 넘쳐흐르는 예전의 정원을 보았다. 나쟈는 자기 책상을 만져보기도 하고, 앉아보기도 하며 생각에 잠겼다. 그리고 점심을 맛있게 먹고, 구수하고 기름기가 도는 크림과 함께 차를 마셨다. 그러나 어쩐지 허전했다. 방 안이 공허하게 느껴졌다. 그리고 천장이 내려앉는 것만 같았다. 해가 저물자 나쟈는 자리에 누웠다. 푹신하고 따스한 침대 속에 누워 있으려니 어쩐지 어색한 느낌이 들었다.

니나 이바노브나가 잠시 이야기를 하려고 들어왔다. 그녀는 무슨 죄나 지은 사람처럼 두리번거리며 자리에 앉았다.

"그래 어떠니, 나쟈? 만족하니……? 정말 만족하니……?"

어머니는 더듬더듬 말했다.

"네, 만족해요."

니나 이바노브나는 일어서서 나쟈의 머리 위에 성호를 그었다.

"나는 믿음이 깊어졌단다."

어머니는 말을 이었다.

"요샌 철학을 공부하고 있어서 늘 생각에 잠기곤 하지……. 모든 것이 햇빛처럼 선명히 보이기 시작했어. 인생은 프리즘을 들여다보듯이 지나간다고 생각하는 것이 무엇보다도 필요한 일인 듯하구나."
"그런데 어머니, 할머니 건강은 어떤가요?"
"괜찮을 것 같다. 그때 네가 사샤와 함께 떠나간 후 집에 전보를 보냈을 때, 할머니는 그걸 읽으면서 그만 기절하고 마셨단다. 사흘 동안을 일어나지 못하셨어. 그다음부턴 매일같이 기도를 드리지 않으면 우는 것이 할머니 생활이었지. 그러나 지금은 괜찮아지셨어."
어머니는 일어서서 방 안을 거닐었다.
똑, 딱.
야경꾼의 딱따기 소리가 들려왔다.
똑, 딱, 똑, 딱.
"무엇보다도 중요한 것은 인생이란 프리즘을 보듯이 지나간다고 생각하는 것이란다."
어머니는 말했다.
"즉, 다시 말하면 자각적(自覺的) 생활이란 것은 여러 가지 빛깔을 일곱 가지 원색으로 귀납하도록, 그 원소를 해부해서 원소마다 따로따로 연구해야 된다는 거야."
어머니가 그다음 무슨 말을 했는지, 언제 방에서 나가셨는지 나쟈는 몰랐다. 벌써 잠들었던 것이다.
5월이 지나고 6월이 다가왔다. 나쟈도 집에 익숙해지고 말았다. 할머니는 숨을 헐떡이며 사모바르 준비에 바빴다. 니나 이바노브나는 밤마다 자기의 철학을 논했다. 그녀는 여전히 혼자서 외롭게 살았고, 한 푼이라도 일일이 할머니에게 의존하지 않으면 안 되었다. 집 안에는 파리 떼가 윙윙 날아다녔다. 천장이 점점 낮아지는 듯이 느껴졌다. 할머니와 니나 이바노브나는 안드레이 신부와 안드레이 안드레이치를 만날까 두려워 거리에도 나가지 못했다. 그러나 나쟈는 정원과 거리를 거닐면서 회색 담과 집들을 구경했다. 그리고 그녀는 이 거리의 모든 것이 이미 오래전에 낡아빠져서 스스로 멸망을 기다리는지, 아니면 젊고 새로운 것을 기다리는지, 분간키 어려웠다. 오오! 새롭고 빛나는 생활이 빨리 돌아와주었으면! 인간이 정직해야 하고, 즐겁고 자유스러워야 한다는 것을 알기 위해서 자기 운명에 대담하게 직면할 수 있는 생활이 하루 속히 돌아와주었으면! 어쨌든 그런 생활이 온 것임에는 틀림없었다. 이런 시대가 오면 할머니의 집은 만사가 정돈되어 지하실의 불결한 방에는 하인 넷만이 살게 되리라. 그 시대가 오면 집은 흔적도 없이 사라지고 아무도 회상하는 사람이 없이 잊히고 말리라. 그러나 지금 나쟈를 즐겁게 해주는 사람은 이웃집 아이들뿐이었다.

'약혼녀! 약혼녀!'

사라토프에서 사샤의 편지가 왔다.

그 속에는 춤추는 듯하고 우스꽝스러운 독특한 필적으로 볼가의 여행은 완전히 성공이었으며, 그러나 사라토프에서는 다소 몸이 약해져서 지금은 말도 못 하고 2주 동안 병원에 입원 중이라는 사연이 적혀 있었다. 나쟈는 이 편지가 무엇을 의미하는지 알았다. 그리고 어떤 선고를 받은 듯한 예감에 사로잡혔다. 그러나 이 예감도, 사샤를 생각하는 마음도, 그전처럼 그녀를 슬프게 할 수는 없었다. 이것이 또한 그녀를 괴롭게 만들었다. 지금 나쟈는 무척 살기를 원했고, 하루 속히 페테르부르크로 떠나고 싶었다. 그리고 사샤에 대한 그녀의 우정도 지금은 단지 그리움뿐으로 머나먼 과거의 일같이 느껴졌다. 나쟈는 뜬눈으로 밤을 새웠다. 아침이 되자 창가에 앉아 귀를 기울였다. 아래층에서는 여러 사람의 목소리가 들려왔다. 할머니는 매우 당황한 목소리로 무엇인가를 재빨리 물어보았다. 뒤이어 누군가의 울음소리가 들려왔다……. 나쟈가 아래층으로 내려가보니 할머니는 눈물 젖은 얼굴로 방구석에서 기도를 드리고 있었다. 책상 위에는 전보가 한 장 놓여 있었다.

나쟈는 할머니의 울음소리를 들으며 한참 동안을 거닐었다. 그러다가 전보를 보았다. 그것은 어젯밤 알렉산드르 치모페비치가, 더 간단히 말하자면 사샤가 폐병으로 사라토프에서 사망했다는 소식이었다.

할머니와 니나 이바노브나는 추도 미사를 드리러 교회로 떠났다. 그러나 나쟈는 이 방에서 저 방으로 돌아다니며 오랫동안 생각에 잠겼다. 그는 자기의 생활이 사샤가 원하던 대로 전환되었음을 똑똑히 느꼈다. 그리고 이 거리에선 자기가 이방인인 동시에 고독하고 소용없는 인간이며, 또 자기에게도 이 거리의 모든 것이 필요치 않으며, 그리고 모든 과거는 그에게서 떨어져 나가서 불탄 뒤에 바람에 날린 잿가루처럼 사라지고 말았음을 똑똑히 느꼈다. 나쟈는 사샤의 방으로 가서 잠시 서 있었다.

'잘 가요, 그리운 사샤!'

그녀는 마음속으로 중얼거렸다. 나쟈의 눈앞에는 새롭고 넓고 자유로운 생활이 떠올랐다. 아직 막연하긴 하지만 신비로움이 넘쳐흐르는 그 생활은 그녀를 손짓하며 불렀다.

나쟈는 짐을 꾸리러 아래층으로 내려갔다. 그리고 이튿날 아침, 가족과 작별 인사를 나누고 이제는 영원히 헤어지는 것이라고 생각하면서 희망차고 상쾌한 마음으로 거리를 떠났다.

골짜기

1

우클레예보 마을은 골짜기에 파묻혀 있어서 신작로나 정거장에서 보면 단지 종각(鐘閣)과 염색 공장의 굴뚝이 보일 뿐이었다. 길을 지나는 나그네들이 무슨 마을이냐고 물으면 사람들은 으레, "목사 나으리가 장례 때 어란(魚卵)을 잡수시던 마을입니다"라고 대답했다.

공장주 코슈츄코프의 장례 때 늙은 목사가 굵직굵직한 어란을 아주 맛있게 먹은 일이 있었기 때문이다. 그때 사람들은 목사의 옆구리를 쿡쿡 찌르기도 하고 소매를 잡아당기기도 했으나 목사는 어찌나 맛있던지 정신없이 어란만을 먹었다. 그는 접시의 어란을 모조리 먹어버리고는 통에 들었던 4파운드의 어란마저 깨끗이 처치해 버렸다고 했다.

그로부터 이미 몇 해가 지나고 그 목사도 오래전에 세상을 떠났지만, 어란 이야기만은 아직도 잊히지 않았다. 10년 전에 일어난 이렇게 보잘것없는 사건 이외에는 아무 기억도 남길 수 없었을 만큼 이 마을의 생활은 비참했고, 또 그만큼 사람들도 단순했다. 어쨌든 사람들은 우클레예보 마을에 대해서 달리 이야기할 건더기가 없었다.

마을에는 열병이 그치지 않았다. 여름에도 이 고장은 질퍽질퍽했다. 특히 늙은 버드나무가 늘어져서 응달진 울타리 근처는 진흙이 마를 줄을 몰랐다. 그리고 공장에서는 언제나 쓰레기 냄새와 무명을 염색할 때 사용하는 시큼한 초산 냄새가 풍겨왔다. 세 개의 무명 공장과 가죽 공장은 바로 마을 안이 아니라, 마을에서 좀 떨어진 변두리에 자리 잡고 있었다. 모두 조그마한 공장들로 모든 직공을 합쳐도 4백 명을 넘지 못했다. 시냇물은 가죽 공장 때문에 늘 악취를 풍겼고, 목장에는 쓰레기가 산처럼 쌓이고, 농가의 가축들은 시베리아 페스트에 걸려 신음했다. 도청에서는 공장을 폐쇄하라는 명령을 내렸다. 그래서 공장은 폐쇄되리라고 생각했으나 공장주에게 매달 10루블씩을 받는 지방 경찰관과 군의사(郡醫師)의 묵인으로 직업은 비밀리에 계속되었다. 마을 전체를 통해서 석조 건물에 함석지붕을 씌운 집이라고는 단 두 채밖에 없었다. 그중 하나는 면사무소였고, 또 하나는 교회 맞은편에 있는, 예피판에서 온 그리고리 페트로비치 츠이부킨이라는 상인의 2층 집이었다.

그리고리는 식료품 가게를 했다. 그러나 이것은 겉모양뿐으로 실제로는 보드카며, 가축이며, 가죽이며, 밀로 만든 빵이며, 돼지까지

매매했다. 그는 닥치는 대로 무엇이든지 사고 팔았다. 예를 들어 외국에서 여자 모자에 꽂는 까치 털을 주문해서는 두 개에 30코페이카씩 이익을 얻기도 하고, 산림을 사서 나무를 찍어내기도 하고, 이자 돈을 놀리기도 했다. 아무튼 빈틈없이 장사 이치에 밝은 노인이었다.

그 노인에겐 아들 둘이 있었다. 맏아들 아니심은 경찰서 수사과에 근무해서 집에 돌아오는 일이 드물었다. 둘째 아들 스체판은 가게에서 아버지 일을 거들었지만 몸이 약한 데다가 귀까지 먹어서 그에게서 그리 큰 도움을 기대할 수는 없었다. 아름다운 얼굴에 몸매가 고운, 그리고 명절이면 모자와 양산을 쓰고 양산을 받고 나가곤 하는 둘째의 처 아크시니야는 이른 아침에 일어나서는 밤이 늦어서야 자리에 누웠다. 그녀는 치맛자락을 접어 올리고 열쇠 뭉치를 짤랑거리면서 헛간에서 움으로, 아니면 움에서 가게로 하루종일 쉬지 않고 뛰어다녔다. 츠이부킨 노인은 눈을 빙글빙글 돌리면서 흐뭇한 표정으로 며느리를 바라보았다. 그리고 그럴 때마다 저 애가 여자의 아름다움이라는 것을 조금도 모르는 귀머거리 둘째 아들의 처가 아니라, 맏아들의 처라면 얼마나 좋으랴 하는 아쉬운 생각을 하고는 했다.

노인은 남달리 가정 생활에 취미가 있어서 이 세상의 무엇보다도 자기 가정을 사랑했고, 그중에서도 형사로 근무하는 맏아들과 둘째 아들의 처를 사랑했다. 아크시니야는 귀머거리 둘째 아들한테 시집 온 그날부터 놀라운 장사 재주를 보이기 시작하여 누구에게는 외상을 줘도 좋고, 또 누구에게는 안 된다는 것을 잘 알았다. 그녀는 열쇠를 맡았는데, 자기 남편마저 믿지 않았다. 주판으로 계산을 맞추는가 하면 농군들이 하듯이 말의 이(齒)를 검사하기도 했다. 그리고 하루종일 그녀의 웃음소리와 외치는 소리는 그치지를 않았다. 그녀가 무슨 일을 하든, 무슨 말을 하든 간에 노인은 단지 웃음을 머금고 언제나 이렇게 중얼거렸다.

"그렇지, 그래! 참 신통한 며느리야……."

노인은 그때까지 홀아비로 지냈으나 며느리를 맞고 1년이 지나자, 자기도 마누라 없이는 못 배기게 되었다. 우클레예보에서 30베르스타* 가량 떨어진 곳에 사는 바르바라 니콜라예브나라는 처녀가 물망에 올랐다. 그리 젊지는 않았으나 혈통이 좋았고, 용모가 아름다운 온순한 처녀였다. 그녀가 2층에 자리 잡고 살게 되자, 마치 창문에 새 유리를 끼운 듯이 집 안의 모든 물건이 갑자기 환해 보였다. 성상(聖像) 앞에는 등불을 켜고 테이블에는 눈처럼 새하얀 커버를 씌우고 창문과 정원 앞에는 빨간 꽃봉오리가 달린 여러 가지 꽃들을 놓았다. 그리고 식사 때에는 한 냄비에서 떠먹는 것이 아니라 한 사람 앞에 하나씩 접시가 배당되었다. 바르바라 니콜라예브나는 언제나 즐겁고 부드러운 웃음을 띠고 있어서, 집 안의 모든 것이 언제나 싱글벙글 웃는 듯이 느껴졌다. 거지나 순례자들도 안뜰까지 들어오게 되었다. 그전에는 한 번도 이런 일이 없었다. 창문 밑에서는 우클레예보 시골 여인의 애처로운 노랫소리며, 술주정 때문에 공장에서 쫓겨난 사내들의 허약하고 메마른 기침 소리가 들려오곤 했

---

* 1베르스타는 1.067킬로미터.

다. 바르바라는 그들에게 돈이며, 빵이며, 헌 옷가지들을 나누어주었고, 그다음 차차 집안일에 익숙해지자 그녀는 가겟방에서까지 물건을 가져다주기 시작했다. 어느 날 귀머거리 스체판은 어머니가 차(茶) 4온스를 집어내는 것을 보았다. 스체판은 놀랐다.

"어머니가 차 4온스를 집어냈어요."

그는 나중에 아버지한테 고자질을 했다.

"어느 장부에 기입할까요?"

노인은 아무 말 없이 눈썹을 치켜세우고 한참 동안 서서 생각하다가, 2층 마누라 방으로 올라갔다.

"바르바라슈카, 뭣이든지 필요한 것이 있으면 가겟방에서 마음대로 가져와요. 사양치 말고 가져다 써요."

그는 상냥하게 말했다.

그리고 이튿날 귀머거리 스체판은 안뜰을 뛰어가면서 바르바라한테 외쳤다.

"어머니, 뭐든지 필요한 것이 있으면 가져가세요!"

바르바라가 불쌍한 사람들을 도와주는 마음씨 속에는 마치 성상 앞에 켜진 등불이나 붉은 꽃처럼 무엇인지 새롭고 후련한 즐거움이 있었다. 사육제 때나 사흘 계속되는 교회 제일에는 도저히 옆에서 냄새를 맡고 서 있지 못할 만큼 악취가 풍기는 소금절임 고기를 농군들에게 팔았다. 그리고 주정뱅이들한테서는 낫이며, 모자며, 여자 머플러 같은 것을 담보로 잡아두곤 했다. 질이 나쁜 보드카에 곯아떨어진 공장 직공들이 진흙 속에 뒹굴어서 죄(罪)라는 것이 공중에 낀 안개처럼 자욱하게 느껴졌을 때에도, 악취를 풍기는 소금절임 고기나 보드카에는 도무지 관계가 없는 깨끗한 용모에 마음씨가 유순한 여자가 이 집에 산다는 것을 생각하면 누구나 마음이 가벼워졌다. 바르바라의 마음씨는 괴롭고 암담한 날에도 기계의 안전판과 같은 효과를 지녔다.

츠이부킨의 집은 언제나 바빴다. 아크시니야는 해가 떠오르기 전에 일어나서는 문간에서 요란스레 세수를 했다. 부엌에서는 사모바르가 불길한 예언을 하는 듯 끓었다. 작달막한 키에 용모가 깨끗한 그리고리 페트로프 노인은 기다란 검정 프록코트를 입고 무명바지에 반짝반짝 윤이 나는 긴 장화를 신고, 유명한 가극 속에 나오는 시아버지처럼 작은 장화 뒤꿈치로 딸각딸각 소리를 내며 방 안을 거닐었다. 가게 문이 열리고 동이 훤히 터오면 속력이 빠른 사륜마차가 현관 앞에 이른다. 노인은 커다란 모자를 귀밑까지 내려쓰고 젊은이처럼 날쌔게 마차 위로 오른다. 그 모습을 보면 누구라도 그를 쉰여섯 살 난 노인이라고 말하지 못했을 것이다. 그의 처와 며느리가 그를 바래다주었다. 이처럼 깨끗하고 멋진 프록코트를 입고, 3백 루블이나 값이 나가는 커다란 말이 끄는 사륜 마차에 올랐을 때, 노인은 무슨 불평을 밀하러 오거나 정을 하려고 오는 농군들을 좋아하지 않았다. 그는 농군들을 미워하고 그들을 멸시했다. 그리고 어떤 농군이 문 옆에서 기다리는 것을 보면, 그는 벌컥 화를 내며 외쳤다.

"뭐 하러 거기 서 있는 거야? 저리 가!"

어쩌다 거지가 서 있으면 그는 이렇게도 외쳤다.

"하느님한테 구걸 가게!"

그는 일을 보러 나갈 때면 으레 마차를 타고 다녔다. 그의 처는 검정 옷에 검은 앞치마를 두르고 방을 치우기도 하고 부엌 일을 돌보기도 했다. 아크시니야는 가게를 보았다. 병들이 부딪치는 소리, 또는 짤랑짤랑 돈 만지는 소리, 그녀의 웃음소리, 커다란 외침 소리, 그에게서 무안을 당하고 손님들이 화를 내는 소리 등이 안뜰에서 들려왔다. 이럴 때면 가게에서는 이미 보드카 판매가 시작되었음을 알 수 있었다. 귀머거리 스체판도 역시 가게에 앉아 있는 것이 예사였고, 그렇지 않을 때는 모자도 쓰지 않은 채 양손을 주머니에 넣고 멍하니 농가를 바라보기도 하고 하늘을 쳐다보며 거리를 거닐기도 했다. 그들은 하루에 여섯 번씩 차를 마셨고 네 번씩 식사를 하러 식탁에 앉았다. 그리고 밤에는 매상고(賣上高)를 계산해서 장부에 기입하고 나서야 깊이 잠들어버렸다.

우클레예보 마을에 있는 세 개의 무명 공장과 공장 주인 흐로이민 형제, 그리고 코슈츄코프의 집 사이에는 전화가 가설되어 있었다. 면사무소에도 전화가 가설되었으나 통 속에 빈대와 딱정벌레가 번식해서 말이 통하지를 않았다. 이 마을의 면장은 교육이라고는 받아보지 못한 사람이어서 사무소의 서류는 낱말마다 대문자로 썼다. 그리고 전화가 통하지 않을 때는 이렇게 말하곤 했다.

"이젠 전화가 없으니 일하기가 힘들 거야."

흐로이민 형제 사이에는 재판 소송이 그치지를 않았다. 때때로 작은 흐로이민은 집안끼리 싸움을 하고는 소송을 제기했고, 그때마다 그들의 공장은 다시 화해할 때까지 한 달이고 두 달이고 쉬어야 했다. 그리고 싸움이 있을 때마다 여러 가지 이야깃거리와 소문을 남기기 때문에 우클레예보 마을 주민들은 이 재판 소동에 흥미를 가졌다. 명절 때에는 코슈츄코프와 작은 흐르이민이 경쟁을 하는 것이 예사로, 그들은 우클레예보 마을을 뛰어다니기도 하고 송아지를 죽이는 경쟁을 하기도 했다. 그리고 화려하게 차려입은 아크시니야는 풀 먹인 스커트를 살레살레 흔들면서 가게 근처의 한길을 이리저리 걸어다녔다. 그러면 작은 흐르이민이 그녀의 팔을 붙잡고 마치 강제로라도 끌고 가듯이 데리고 갔다. 그리고 이때 츠이부킨 노인도 새로 사들인 말을 자랑하려고 바르바라와 함께 마차를 몰고 나가곤 했다.

경쟁이 끝나고 날이 저물어 사람들이 잠자리로 들어갈 무렵이면, 작은 흐르이민의 안뜰에서는 아름다운 손풍금 소리가 흘러 나왔다. 달이 밝은 밤이기라도 하면, 그 멜로디는 사람들의 가슴을 기쁨 속에 설레게 만들곤 했다. 그리고 우클레예보 마을도 이미 초라한 골짜기라고는 생각되지 않았다.

2

맏아들 아니심은 큰 명절 때를 제외하고는 집에 돌아오는 일이 드물었다. 그러나 그 대신 자주 농군들 편에 선물이나 편지를 보내 왔다. 그 편지는 언제나 청원서 용지에 아주 훌륭한 필적으로 누군가에게 대필해서 보냈다. 거기에는 아니심이 평소에 누구에게도 사용한 적이 없는 말투가 씌어져 있었다.

사랑하는 아버지, 어머니. 양친의 건강을 기원하는 의미에서 꽃차(花茶) 한 폰드를 보내나이다.

어떤 편지건 마지막에 가서는 끝이 닳아 못 쓰게 된 펜으로 긁어 놓은 듯이 "아니심 츠이부킨"이라고 적혀 있었고, 그 밑에는 역시 필적을 자랑이라도 하는 듯이 "대필"이라고 씌어 있었다.

편지를 몇 번이고 소리 높이 되풀이하여 읽고 노인은 감격한 나머지 낯을 붉히면서 이렇게 말했다.

"그놈은 집에서 살기를 원하지 않거든. 학식 있는 사회에서 출세를 하려는 거야. 내버려둬야지! 사람이란 누구나 자기 갈 길이 있는 법이니까."

사육제 전의 어느 날 우박이 섞인 비가 줄기차게 내렸다. 노인과 바르바라는 비가 오는 것을 보려고 창문가로 다가섰다. 바로 그때 아니심이 썰매를 타고 정거장에서 돌아오는 것이 눈에 띄었다. 그의 도착은 전혀 예기치 않던 일이었다. 그는 어쩐지 불안하고 초조한 표정으로 방 안에 들어섰다. 들어온 후에도 그는 여전히 불안과 초조에 싸여 있었다. 그의 태도도 어쩐지 난폭해 보였다. 여느 때처럼 바삐 돌아가려고 서두르지 않는 것으로 보아 면직(勉職)이라도 당한 것 같았다. 바르바라는 그가 온 것을 반가워했다. 그리고 능청스러운 눈초리로 그를 바라보고는 한숨을 내뿜으며 머리를 흔들었다.

"아니 어떻게 된 거요, 나리님? 벌써 스물여덟이 됐으면서도 총각 신세를 면하지 못하니, 에이구, 쯧쯧……."

다른 방에서 들으면 바르바라의 부드럽고 나직한 말소리가 단지 "에이구, 쯧쯧" 하고 밖에 들리지 않았다. 그녀는 남편과 아크시니야에게 귓속말로 무슨 말을 속삭이기 시작했다. 그리고 그 둘의 얼굴에는 마치 음모자(陰謀者)들과 같은 교활하면서도 비밀을 가진 듯한 표정이 떠올랐다.

아니심을 장가 보내자는 의논이 성립되었던 것이다.

"에이구, 쯧쯧…… 동생은 벌써 오래전에 장가를 들었는데."

바르바라는 말했다.

"그런데 자네는 장터의 수탉처럼 아직 짝을 얻지 못하고 있으니 어째서 그런가? 아이구, 제발 색시감을 구하도록 하게. 그러면 자네는 일터로 나가고 안사람은 집에서 일이나 도우면 되지 않는가. 자네 같은 젊은이가 되는 대로 살고 있으니. 자네는 이 세상의 순리를 잊어버린 것 같군그래. 에이구, 쯧쯧, 자네나 거리 사람들이나 모두 한심한 사람들이지."

츠이부킨의 집안에서 장가를 들 때에는 부잣집 사람들이 그렇듯이 역시 인물이 아름다운 처녀를 골랐다. 그래서 아니심에게도 얼굴이 예쁜 처녀가 배당되었다. 아니심 자신은 겉으로 보아 조금도 눈에 띄는 곳이 없는 평범한 사나이였다. 그는 작달막한 키에 병이라도 있는 듯한 허약한 몸을 가졌다. 그리고 그의 두 볼은 언제나 불룩하게 부풀어 있었다. 그는 좀체로 눈을 깜박이지 않아서 그의 눈초리는 사람을 노려보는 듯이 날카로웠다. 불그스레한 턱수염이 거칠게 자라서 무슨 생각을 할 때면 수염을 입 속에 넣고 잘근잘근 씹는 것이 버릇이었다. 게다가 그는 자주 과음을 해 얼굴에나 걸음걸이에도 주정뱅이 티가 났다. 그러나 자기에게 예쁜 색시가 마련되었다는 소식을 들었을 때, 그는 이렇게 말했다.

"암, 물론 그렇겠지. 나도 애꾸눈은 아니니까. 우리 츠이부킨 집안 사내들은 하나도 못난 사람이 없으니까."

도시 가까이에 톨구예보라는 마을이 있었다. 최근에 그 마을의 절반은 도시에 편입되었으나, 나머지 절반은 아직 그대로였다. 절반이 도시로 편입된 그곳에 자그마한 집 한 채를 가진 과부가 살았다. 그 과부댁엔 품팔이를 다니는 아주 가난한 동생이 함께 살았는데, 그녀에게는 리파라는 딸이 있었고, 리파 역시 품팔이로 생계를 도왔다. 톨구예보 마을에서는 벌써부터 리파의 얼굴이 아름답다는 소문이 떠돌았으나 너무나 가난한 탓에 혼사 말을 끄집어내는 사람은 아무도 없었다. 어느 홀아비나 늙은이라면 혹시 그녀의 가난함을 문제시하지 않고 아내로 삼을 수 있을 테지, 아니면 첩으로 데려갈지도 모르지, 그렇게 되면 그의 어머니도 배고픈 신세를 면하게 될 거야, 이렇게 마을 사람들은 생각했다. 바르바라는 중매인한테서 리파의 이야기를 듣고 톨구예보 마을로 떠났다. 이윽고 과부의 집에서 선을 보게 되었다. 그날은 포도주며, 안주며, 여러 가지 음식이 장만되었다. 리파는 선을 보이기 위해서 일부러 새로 만든 연분홍 옷을 입고 불꽃처럼 빨간 리본을 머리에 맸다. 그녀는 바깥 일 때문에 볕에 그을리기는 했으나, 파리한 얼굴에 몸집이 가늘고 약한 처녀였다. 리파의 용모에는 상냥하고 세련된 아름다움이 깃들어 있었다. 수줍은 듯한 구슬픈 웃음이 그녀의 얼굴에서 떠나지를 않았고, 그녀의 두 눈은 어린애처럼 순진한 호기심을 가지고 바라보았다.

리파는 젖가슴이 겨우 눈에 뜨일 정도의 어린 소녀였다. 그러나 시집 가기에 조금도 어린 나이가 아니었다. 그녀는 정말 아름다웠다. 그러나 단 하나, 가위같이 축 늘어진, 사내처럼 커다란 두 손만은 마음에 들지 않았다.

"지참금이 전혀 없다, 그런 건 우리한테 조금도 문제가 되지 않습니다."

츠이부킨 노인은 과부에게 말했다.

"우리 둘째 아들 스체판의 처도 가난한 집에서 데려왔습니다만 지금은 아무 불평 없이 잘살고 있습니다. 집 일에나, 가게 일에나 아주 손색이 없는 손을 가졌어요."

리파는 문 곁에 서서 "부디 당신들 좋도록 해주세요. 저는 당신을 믿습니다"라고 말하려는 듯한 눈초리로 바라만 보았다. 그러나 품팔이를 하는 그의 어머니 푸라스코비야는 겁에 질린 나머지 부엌에 숨어 있었다. 아직 젊었을 적의 어느 날, 그녀는 어떤 상인의 집에서 마루를 훔치다가 주인한테 지독한 꾸지람을 들은 일이 있었다. 매우 질겁을 한 나머지 그때부터 그녀의 마음속에서는 공포라는 것이 사실 줄을 몰랐고 언제나 겁에 질리면 손빌이 후들후들 떨리고 볼이 바르르 경련을 일으켰다. 그는 부엌에 앉아서 손님들이 무슨 말을 하는지 엿들었다. 그러고는 손을 이마에 대고 성상(聖像) 쪽을 바라보면서 연이어 성호를 그었다. 얼근히 취한 아니심은 부엌 문을 열고 거리낌없이 말했다.

"아니, 왜 여기 앉아 계세요, 소중한 어머님? 어머님이 없이는 지루해 못 견디겠어요."

이 말을 듣자, 푸라스코비야는 어쩔 줄을 몰라서 홀쭉 여윈 가슴 위에 두 손을 얹으며 대답했다.

"아니 별말씀을 다 하십니다……. 그렇게 친절히 말씀해주셔서……."

선을 보고 나서 결혼식 날짜를 정했다. 그다음부터 아니심은 휘파람을 불며 이 방 저 방으로 돌아다니는가 하면, 문득 무슨 생각을 하고, 깊은 생각에 잠기면서 마치 땅 속까지라도 꿰뚫을 듯한 눈초리로 뚫어지게 마루 위를 바라보곤 했다. 그는 부활제가 끝나면 곧 다음 일요일에 결혼식을 하게 되었는데도 조금도 기뻐하는 기색 없이 약혼녀를 보고 싶어하지도 않았고, 그저 휘파람만 불 뿐이었다. 그가 결혼하게 된 것은 순전히 아버지와 계모의 뜻에 의한 것이 분명했다. 그리고 집안일을 돌볼 여자를 얻으려고 아들에게 아내를 얻어주는 것이 이 고장 풍습이기 때문이기도 했다. 그는 근무처로 떠나가면서도 조금도 서두르는 기색이라곤 없었다. 예전에 왔을 때와는 완전히 다른 사람 같았다. 눈에 뜨일 정도로 버릇 없는 행동을 취하기도 하고, 실없는 말을 지껄이곤 했다.

3

쉬칼로보 마을에는 스르이스토이스트보교(敎)*를 믿는 자매가 양재점을 했다. 결혼식 때에 입을 새 옷들을 이 양재점에 맡겼다. 그

---

* 그리스 정교의 편신교(鞭身敎) 일파.

래서 재봉사들은 이따금씩 치수를 재려고 와서는 오랫동안 차를 마시곤 했다. 바르바라는 검은 레이스와 유리 구슬이 달린 주황빛 옷을 맞추었고, 아크시니야는 앞가슴이 노랗고 치맛자락에 무늬를 한 연녹색 옷을 맞추었다. 재봉사들이 옷을 다 만들었을 때, 츠이부킨 노인은 현금을 주지 않고 자기 가게에 있는 물건으로 지불했다. 재봉사들은 조금도 필요치 않은 양초 봉지와 정어리 절임이 든 꾸러미를 안고 시름에 잠긴 모습으로 돌아갔다. 그리고 마을을 벗어나 들판에 이르렀을 때, 그들은 언덕 위에 앉아서 엉엉 목을 놓아 울기 시작했다.

결혼하기 사흘 전, 아니심은 아래위 새 옷으로 갈아입고 집으로 왔다. 그는 반짝반짝 윤이 나는 고무 덧신을 신고, 넥타이 대신 작은 구슬이 달린 빨간 노끈을 매고, 소매에 손을 끼지 않은 채 역시 새 외투를 등에 걸치고 있었다.

성상 앞에 정중히 기도를 드리고 나서 그는 아버지에게 인사를 했다. 그리고 10루블 은화와 반 루블짜리 은화 열 닢을 아버지에게 드렸다. 바르바라에게도 같은 은화를 주었고, 아크시니야에게는 25코페이카짜리 스무 닢을 주었다. 이 선물이 주는 색다른 매력은 어디서 주워 모았는지 모두 햇빛에 반짝이는 주화였다는 것이다.

아니심은 점잖고 엄숙한 표정을 지으려고 애쓰는 듯한 얼굴을 찌푸렸고, 그의 두 볼은 바람을 입에 문 듯이 불룩 나왔다. 그리고 그에게선 술 냄새가 풍겼다. 아마 정거장을 지날 때마다 식당으로 달려갔음에 틀림없었다. 그의 태도는 여전히 그 사람으로서는 지나칠 정도로 거친 데가 있었다. 이윽고 아니심은 노인과 함께 점심을 먹고 차를 마셨다. 바르바라는 새 돈을 손으로 뒤집어보기도 하고, 도시로 가서 사는 마을 사람들의 소식을 묻기도 했다.

"모두 괜찮아요. 주님의 은총으로 잘 지내고 있습니다."

아니심은 말했다.

"단지 이반 예고로프네 집안에 사건이 생겼을 뿐입니다. 그의 늙은 마누라 소피야 니키포로브나가 세상을 떠났습니다. 폐병이었어요. 모두가 돌아가신 영혼의 명복을 빌기 위해서 한 사람에 2루블 반씩 내고 다과점에서 추도 만찬회를 열었죠. 진짜 포도주가 나왔어요. 이 마을에서 간 농군들도 역시 2루블 반씩 회비를 냈지요. 그런데 그놈들은 아무것도 먹지 않았어요. 아주 체면만 차리고 있었답니다!"

"2루블 반!"

아버지는 머리를 흔들며 말했다.

"왜 그러세요? 거기는 시골이 아니니까요. 요리점에 가서 식사라도 하려면 으레 한두 가지는 주문하게 되고, 또 친구들이 모이면 술을 마시게 되고 그러는 사이에 날이 새고 만답니다. 결국 한 사람 앞에 3루블 내지 4루블씩은 물게 됩니다. 거기에 사모로도프라도 끼면 그 사람은 무엇을 먹고 난 뒤에도 코냑이 섞인 커피를 마시고 싶어합니다. 그런데 그 코냑이란 것이 자그마한 잔에 60코페이카나 하거든요."

"그 허풍선이가, 아니 그 허풍선이가!"

노인은 흥분해서 말했다.

"저는 요새 사모로도프하고 단짝입니다. 아버지에게 보낸 내 편지는 전부 사모로도프가 써준 것입니다. 정말 그자는 글을 잘 써요. 그런데 어머니, 사모로도프란 자가 어떤 사람인지 얘기한다 해도……."

아니심은 즐거운 듯 바르바라 쪽을 향해 말을 계속했다.

"어머니는 곧이듣지 않으실 것입니다. 우리는 그자가 아르메니아 사람처럼 새까매서 '코끼리 파수병'이라고 불러요. 그자의 일이라면 뱃속까지 환합니다. 내 손가락을 보듯이 잘 알지요. 그리고 그놈도 내 심정을 잘 알아서 언제나 내 꽁무니를 쫓아다녀요. 정말 우리는 떨어질 수 없는 사이가 되고 말았답니다. 그자도 그것을 싫어하고 있지만 내가 없으면 그는 살아갈 수 없어요. 내가 가는 곳이라면 어디든지 쫓아오죠. 어머니, 우린 정말 정확한 눈을 가지고 있답니다. 예를 들어 농사꾼이 시장에서 셔츠를 판다고 합시다. 그때 '잠깐만 기다려, 그 셔츠는 훔친 거다!'라고 말하면 그것은 틀림없이 훔친 물건이라는 사실이 판명되고 맙니다."

"어떻게 알 수 있니……."

바르바라가 물었다.

"어떻게라는 것이 없어요. 그저 부기만 하면 됩니다. 셔츠에 관해선 도무지 모르지만, 아무 까닭도 없이 그 셔츠 쪽으로 눈이 쏠립니다. 그래서 알게 되죠. 단지 그뿐입니다. 나와 같이 있는 형사들은 나를 보고 '오! 아니심이 도요 사냥에 나선다'라고 말한답니다. 도요라는 것은 훔친 물건이라는 말이죠. 그래요……. 아무라도 훔칠 수는 있지만, 어떻게 그것을 보존하느냐가 문제거든요! 세상은 넓지만 훔친 물건을 숨길 곳은 없으니까요."

"지난 주일에 우리 마을 군토레프 집에서도 어미 양 한 마리와 새끼 양 두 마리를 도둑맞았는데, 찾아줄 사람이 있어야지……. 참, 딱하기도 해…….."

"그래요? 제가 찾아주지요. 염려할 건 없습니다."

결혼식 날이 다가왔다. 아직 싸늘한 기분이 감돌았지만 맑게 갠 상쾌한 4월이었다. 마을 사람들은 굴레와 말갈기를 가지각색 리본으로 장식한 두 필이나 세 필의 말이 끄는 마차를 타고 짤랑짤랑 방울 소리를 내면서 아침 일찍부터 우클레예보 마을을 돌아다녔다. 이 소동에 놀란 흰 주둥이의 까치들은 버드나무 가지 사이에서 시끄럽게 울어댔다. 집 안에서는 여러 개의 식탁에 기다란 생선이며, 햄이며, 속에 양념이 든 통닭이며, 멸치 통조림이 든 상자며, 여러 가지 소금 절임이며, 수많은 보드카와 포도주 병들을 벌써 즐비하게 늘어놓았고, 삶은 순대 냄새와 새우젓 냄새가 풍겼다. 츠이부킨 노인은 구두 뒤꿈치를 딱 딱 울리며 식탁 옆을 왔다 갔다 하면서 여러 종류의 칼을 갈아주었다. 사람들은 쉴 새 없이 바르바라를 불러서 물어보곤 했고, 바르바라는 당황한 표정을 하고서는 숨을 헐떡이며 부엌으로 달려갔다. 부엌에서는 코슈츄코프 댁에서 온 요리사와 작은 흐르이민 댁에서 온 여자 요리사들이 아침 일찍부터 일했다. 머리를 지졌으나 아직 저고리도 입지 않은 채, 코르셋 바람으로 삐걱삐걱 소리나는 새 장화를 신은 아크시니야는 벌거숭이 무릎과 가슴을 흔들거리며 회오리바람처럼 안뜰을 뛰어다녔다. 집 안이 떠나갈 듯 소란했다. 호령하는 소리가 들리는가 하면, 잘못했다고 비는 소리도 들려왔다. 오가던 사람들도 열린 대문 앞에 걸음을 멈추었다. 그리고 이 모든 것을 통하여 무슨 경사로운 일이 있다는 것을 느낄 수 있었다.

"새색시를 데리러 간대!"

잘랑잘랑 방울 소리가 나더니 마을 저쪽으로 사라져갔다……. 두 시가 지나자, 사람들은 언덕 위로 뛰어올라갔다. 다시 방울 소리가 들려왔다. 새색시가 온다! 교회에는 사람들이 가득 모였다. 촛대에 불이 켜졌다. 성가대는 츠이부킨 노인의 청으로 악보에 따라 노래를 불렀다. 찬란한 불빛과 화려한 옷차림들이 리파를 어리둥절케 만들었다. 성가대의 우렁찬 노랫소리가 리파에겐 머리를 쇠망치로 내리치는 듯이 느껴졌다. 난생처음으로 입어보는 코르셋과 반장화로 해서 온몸이 숨이 막힐 듯이 답답했다. 그녀의 얼굴에는 마치 기절했던 사람이 간신히 정신을 차렸을 때 같은 그런 표정이 떠올랐다. 그녀는 사방을 둘러보았으나 아무것도 이해할 수가 없었다. 검은 프록코트를 입고 넥타이 대신에 빨간 노끈을 맨 아니심은 멍하니 한 곳만 바라보며 생각에 잠겨 있었다. 그리고 성가대의 노랫소리가 갑자기 높아졌을 때, 그는 황급히 가슴에 성호를 그었다. 그는 감동한 나머지 울고 싶은 마음이 들었다. 이 교회는 그가 어릴 때부터 다니던 낯익은 곳이었다. 어떤 날에는 어머니가 성찬(聖餐)을 받으러 그를 데리고 오기도 했고, 또 어떤 날에는 어린이 합창단에 끼여 노래를 부른 적도 있었다. 어느 구석, 어느 성상도 그의 기억에 생생하지 않은 것이 없었다. 바로 이곳에서 그는 혼배 성사를 받으려는 것이다. 사람된 도리를 다하기 위해서는 장가를 들어야 한다. 그러나 지금 그는 그런 생각을 하진 않았다. 그는 완전히 결혼식이란 것을 잊어버렸다. 눈물이 앞을 가려 성상을 똑똑히 볼 수도 없었다. 가슴이 메는 듯했다. 그는 기도를 드리면서 피할 수 없는 불행들이(오늘이 아니면 내일이라도 닥쳐올지 모르는 불행들이) 비 한 방울 뿌리지 않고 마을 위를 지나가는 가문 날의 비구름처럼 무사히 지나가주기를 주님께 빌었다. 그러자 지금까지 자기가 범해온 수많은 죄악들은 피할 수 없을 뿐만 아니라 시정될 수도 없고, 또 주님께 용서를 빌 수조차 없었음을 깨달았다. 그러나 그는 주님께 용서를 빌었다. 그리고 흑흑 흐느껴 울었다. 하지만 아무도 그에게 관심을 돌리는 사람은 없었다. 남들은 그저 술이 과해서 그러는 것으로 알았다.

시끄러운 어린애의 울음소리가 들려왔다.
"엄마, 여기서 나가, 엄마!"
"조용히 하십시오."
신부가 소리쳤다.

그들이 교회에서 나오자 구경꾼들이 뒤에서 쫓아왔다. 가게 근처며, 대문간이며, 안뜰이며, 창밑에까지 사람들이 가득 모였다. 축가를 불러줄 시골 여인이 도착했다. 신랑 신부가 문지방을 넘어서자 악보를 손에 들고 미리부터 현관에 늘어서 있던 성가대들이 힘을 다해 우렁차게 노래를 부르기 시작했다. 도시에서 일부러 불러온 악대가 연주를 시작했다. 거품이 끓어오르는 '돈' 지방 술이 길쭉한 술잔을 채웠다. 그러자 하청업을 하는 목수로, 후리후리한 키에 홀쩍 여위어 보이고 눈을 가릴 정도로 짙은 눈썹을 한 엘리자로프 노인이 신랑 신부에게 말했다.

"아니심과 너는 주님 뜻을 거역하지 말고 사이좋게 살아야 해. 알겠나? 얘들아, 그러면 주님께서도 보살펴주시니라."

아니심은 할아버지 어깨에 얼굴을 파묻고 흑흑 흐느꼈다.

"그리고리 페트로비치, 자 함께 우세. 너무 기쁘면 눈물이 나오는 법이야!"

그는 가느다란 목소리로 이렇게 말하고, 곧 커다란 소리로 웃기 시작했다.

"허, 허, 허! 참 훌륭한 색시를 얻었어! 흠잡을 곳 없는 색시거든! 모든 기계와 여러 가지 나사들이 소리 없이 잘 돌아갈 걸세."

이 할아버지는 예고리예브스키 지방에서 태어났으나, 젊을 때부터 우클레예보 마을과 근처의 공장에서 일해왔으므로 그에겐 여기가 자기 고향이나 다름이 없었다. 그는 몇 해 전부터 지금과 같이 여위고 키가 큰 노인이 되고 말았다. 그래서 마을 사람들은 그를 장대 할아버지라고 불렀다. 40년이란 긴 세월을 공장에서 기계를 만지며 보내서인지 그는 어떤 사람을 보건, 어떤 물건을 보건 간에 그것이 수리를 필요로 하는지 아닌지를 먼저 생각했다. 그는 으레 식탁에 앉기 전에 외자가 상한 데기 없는가를 살펴보았고, 물고기마서도 잘 익었는지 아닌지를 만져보았다. 거품이 나는 '돈' 지방 술을 마신 다음 모두들 식탁에 앉았다. 손님들은 의자를 움직이며 이야기를 주고받았다. 성가대는 현관에서 노래를 부르고 악대는 연주를 했다. 그러는가 하면 안뜰에서는 시골 색시들이 음조에 맞추어 축가를 불렀다. 이 모든 소리가 서로 얽혀서 나오는 시끄러운 음향은 사람들의 머리를 빙글빙글 돌게 만들었다.

장대 할아버지는 의자에 앉은 채 이리저리 몸을 돌리면서 옆 사람을 팔꿈치로 쿡쿡 찌르며 남의 이야기를 방해했다. 그러다가는 울기도 하고 소리내어 웃기도 했다.
"얘들아, 얘들아……."
할아버지는 재빨리 중얼거렸다.
"귀여운 아크시니야, 귀여운 바르바라, 우리는 사이좋게 살아야 돼. 귀염둥이들아……."
그는 술을 마실 줄 몰랐다. 그런데 오늘 영국산 강주(强酒) 한 잔을 마시고 나니 흠뻑 취해버린 것이다. 무엇으로 만드는지도 모르는 이 강주를 마신 사람은 모두 사지를 못 쓸 정도로 취해버렸다. 혀 꼬부라진 소리들이 나오기 시작했다.
여기에는 교구의 신부(神父)며, 부인을 동반하고 온 공장 사무원이며, 이웃 마을에서 온 상인과 술집 주인 들이 참석했다. 14년 동안을 이 마을에서 근무하면서 그동안 한 번도 서류에 서명한 일이 없으며, 면사무소로 갔던 사람치고 그에게 속거나 모욕을 당하지 않은 사람이 없다는 면장과 면서기도 가지런히 앉아 있었다. 두 사람 다 피둥피둥 살지고 기름이 번지르르 돌았다. 모두 부정(不正)과 사기(詐欺)가 몸에 배어서 그들의 얼굴 피부까지도 어쩐지 유달리 사기 근성이 깃든 듯이 느껴졌다. 여윌 대로 여위고 사팔뜨기 눈을 한 서기의 마누라는 자기 자식들을 모조리 데리고 와서는 먹이를 노리는 독수리처럼 요리 접시를 흘끔흘끔 곁눈질하다가 닥치는 대로 집어서는 자기 호주머니와 애들 호주머니에 쑤셔 넣었다.
리파는 교회에서와 마찬가지로 얼빠진 사람처럼 앉아 있었다. 아니심은 리파를 알게 된 날부터 지금까지 한마디도 얘기한 적이 없었으므로 아직 새색시의 목소리를 몰랐다. 지금 그는 새색시와 나란히 앉아서 말없이 영국산 강주만 마셨다. 차차 취기가 오르자 그는 맞은편에 앉은 아주머니에게 말을 걸었다.

"내 친구 중에 사모로도프라는 사람이 있는데요, 아주 이상한 놈이에요. 훌륭한 공민(公民)의 자격을 구비한 친구지요. 이야기도 곧잘 한답니다. 그렇지만 나는 그자의 뱃속까지도 환히 알거든요. 그리고 그자도 나를 잘 압니다. 아주머니, 자, 사모로도프의 건강을 위해서 저와 한잔 들어주세요!"

바르바라는 피곤하고 들뜬 모습으로 손님들에게 요리를 권하며 식탁 주위를 돌아다녔다. 이렇게 많은 음식과 요리가 나왔으니 아무도 자기에게 핀잔을 줄 사람은 없으리라고 마음속으로 기뻐하는 듯했다. 해가 저물었으나 식사는 여전히 계속되었다. 손님들은 지금 무엇을 먹는지, 무엇을 마시는지 분간하지 못할 지경이 되어 있었다. 그들이 지껄이는 말은 한마디도 알아들을 수 없었다. 악대가 쉴 때, 어느 시골 색시가 외치는 소리가 밖에서 들려왔다.

"저 녀석들이 우리 피를 빨아먹고 있어! 모소리 페스트나 걸려 죽어라!"

밤이 되자 사람들은 악대에 맞추어 춤을 췄다. 작은 흐르이민 패가 포도주를 가지고 왔다. 그중 한 사람은 카드릴리*를 출 때, 양손에 술병을 들고 입에 술잔을 물고 있어 모든 사람을 웃게 만들었다.

---

*   네 패의 남녀가 추는 춤.

카드릴리를 추면서 그들은 갑자기 무릎을 구부린 채 앉아서 돌아가기도 했다. 초록색 옷을 입은 아크시니야는 치맛자락으로 바람을 일으키며 날쌔게 돌아갔다. 누군가가 그의 치맛자락을 밟았을 때 장대 할아버지는 이렇게 외쳤다.

"얘야, 치맛자락이 떨어져 나간다!"

아크시니야는 깜박이지 않는 앳된 잿빛 눈을 가졌고, 그녀의 얼굴에서는 언제나 아리따운 웃음이 가실 줄을 몰랐다. 그리고 깜박이지 않는 눈이며, 기다란 목에 자그마한 머리며, 가냘픈 그의 몸매가 어쩐지 뱀과 같은 인상을 주었다. 앞가슴만 노란 장식을 했을 뿐 온통 초록색 비단에 휘감겨서 방긋 웃는 모습은 봄날에 보리밭 이랑에서 머리를 도사리다가 튀어나와 통행인들을 노리는 살무사와도 같았다. 작은 흐르이민 패거리는 그녀와 허물없이 지냈다. 그리고 그녀가 흐르이민 패거리의 두목과 벌써부터 친한 사이라는 것은 누구나 다 아는 사실이었다. 그러나 귀머거리 남편은 아무것도 몰랐다. 그는 다리를 끼고 앉아서 마치 권총을 쏘는 듯한 요란한 소리를 내면서 호두를 까먹었다.

한편 츠이부킨 노인은 방 중앙으로 나서면서, 자기도 러시아 춤을 추고 싶다는 뜻으로 손수건을 흔들었다. 그러자 집 안에서뿐만 아니라 안뜰에 있던 사람들까지 와아 하는 함성을 터뜨렸다.

"츠이부킨 노인이 춤을 춘대! 할아버지가 춘대!"

바르바라는 춤을 추었으나 노인은 손수건으로 뒤축을 두드릴 따름이었다. 밖에 있던 하인들은 서로 밀치고 떠밀면서 창가에 매달려 환성을 올렸다. 적어도 이 순간만은 그에 대한 불평들을 버렸다.

그가 지독히 재산을 모은 것이며, 하인들에게 횡포를 부리는 것을.

"잘한다. 그리고리 페트로비치!" 하는 소리가 군중 속에서 들려왔다.

"더 힘을 내서! 더 신나게! 핫, 핫!"

춤은 늦게 새벽 두 시까지 계속되었다. 아니심은 비틀거리며 성가대와 악사들을 바래다주러 밖으로 나갔다. 그리고 사람마다 반 루블씩 집어주었다. 그의 아버지는 비틀거리지는 않았으나 한쪽 다리로 걷듯이 껑충거리며 손님들을 전송했다. 그러고는 한 사람 한 사람에게 말했다,

"이 결혼식에 2천 루블이나 들었어요."

손님들이 떠들썩하게 헤어질 무렵에 누군가가 자기의 헌 외투를 버리고 쉬칼로보 음식점 주인의 고급 외투를 입고 갔다. 아니심은 발칵 화를 내고 고함을 쳤다.

"가만있어, 내 곧 찾아내지. 누가 훔쳤는지 당장 알 수 있어!"

그는 한길로 뛰어나가 어떤 사람을 쫓아갔다. 이윽고 그 사람을 잡아서 집까지 끌고 와서는, 취하고 화난 김에 얼굴이 빨갛게 상기된 채 땀을 흘리면서, 아주머니가 벌써 리파의 옷을 벗기고 있던 신방 안으로 그를 잡아 넣고 철컥 자물쇠를 잠그고 말았다.

4

그로부터 닷새가 지났다. 떠날 채비를 하던 아니심은 바르바라에게 작별 인사를 하려고 2층으로 올라갔다. 성상 앞에는 여러 개의

등불이 켜져 있었고, 주위에선 향 냄새가 풍겼다. 바르바라는 창문가에 앉아서 붉은 털실로 양말을 뜨고 있었다.

"아니 며칠 있었다고, 벌써 싫증이 난 게로군그래. 그런데 아니심……. 우리는 모든 것이 풍족해서 남부럽지 않게 살고 있어. 그래 자네 결혼식도 제대로 잘 진행되지 않았나. 아버지 말씀에 의하면 2천 루블이나 썼다더군. 그런데 한 가지 우리는 장사꾼들처럼 아주 답답한 생활을 하고 있어. 농군들을 속이고 있단 말야. 그것이 마음에 꺼려져 죽겠군그래. 아아, 얼마나 속일까? 말(馬)을 바꾸는 데나 무슨 물건을 사들이는 데나, 일꾼을 고용하는 데나, 어느 때고 속이지 않을 때는 없지 않아. 속이고 또 속이고……. 가게에 있는 기름은 쓰고 구린내 나서 사람들은 좀 더 좋은 것을 가져오라고들 야단인데 응, 어째서 그럴까. 좋은 기름을 팔아선 안 된단 말인가?"

"어머니, 장사꾼에게는 장사꾼의 요량이 있습니다."

"하지만 사람이란 누구나 한 번씩 죽는다는 것을 생각해야 하지 않아? 그러니 아버지에게 올바로 얘기해드려야 하는 거야."

"어머니가 말씀하시면 되잖아요."

"저런, 저런! 벌써 얼마나 얘기했다고. 그런데 아버지도 자네와 똑같이 말하더군. 장사꾼에겐 장사꾼의 요량이 있노라고. 아니심은 저세상에 가서 우리들이 어떻게 장사를 했는지 드러나지 않을 줄 아나? 주님의 심판은 공정한 거야."

"그러나 아무도 그런 생각을 하는 사람은 없습니다."

아니심은 이야기하며 한숨을 내쉬었다.

"주라는 것은 없어요, 어머니. 그러니 아무도 그렇게 생각할 리는 없습니다."

바르바라는 손뼉을 치며 비웃고는 놀란 듯이 그를 바라보았다. 그녀는 아니심의 말에 너무나 놀라서 이상한 사람이라도 보는 듯이 그를 쳐다보았다. 아니심은 어리둥절해졌다.

"아니, 주는 계실지 모르지만 믿음이 없단 말입니다. 제 결혼식 때만 해도 저는 제정신이 아니었습니다. 마치 암탉의 품에 안긴 달걀 속에서 병아리가 뻑뻑 울기 시작하듯이 그때 저의 양심도 울기 시작했습니다. 그리고 혼배 성사를 받는 동안에도 역시 주님은 계신다고 생각했어요. 그렇지만 교회에서 나오자 그런 생각은 어디론가 사라져버렸어요. 그리고 주님이 있는지 어떻게 안단 말이에요? 저희들은 어릴 적부터 그런 것을 모르고 자랐어요. 아직 어머니 젖을 빨 때부터 '장사꾼에게는 장사꾼의 요량이 있다'는 것만 배워왔어요. 아버지도 역시 주를 믿지 않아요. 어머니, 군토레프가 양 몇 마리를 도둑맞았다고 하셨지요……. 내가 그걸 찾아냈어요. 쉬칼로보의 농군이 훔쳤더군요. 그놈은 양을 훔쳤지만 그 양털은 아버지한테 돌아왔습니다……. 바로 이런 것이 신앙이랍니다!"

아니심은 눈을 깜빡이면서 머리를 흔들었다.

"목사 역시 주를 믿는 것은 아닙니다."

그는 말을 계속했다.

"그리고 집사(執事)나 보제(補祭)도 마찬가지입니다. 그들이 교회에 다니고 계명을 지키는 것은 세상 사람들이 나쁜 소문을 퍼뜨리지 않도록 하기 위해서예요. 그리고 어쩌면 심판의 날이 정말 돌아올지도 모른다고 생각하기 때문입니다. 요즈음 사람들은 인간이 점점 약해지고 부모를 공경하지 않게 되었다는 것 등으로 말세가 닥쳐왔다고들 말합니다. 모두 부질없는 소리지요. 어머니, 저는 우리 인간들이 조금도 양심을 가지고 있지 않다는 데서 여러 가지 불행이 일어난다고 생각합니다. 저는 모든 것을 꿰뚫어 보는 눈을 가지고 있어서 잘 압니다. 이를테면 어떤 사람이 셔츠를 훔쳤다고 해도 곧 알아낼 수 있습니다. 어머니는 어떤 사람이 차를 마시고 있을 뿐이라고 생각할 테죠. 그러나 제가 보면 차 같은 건 보이지 않고 더 나아가 그 사람에게 양심이 없다는 것을 보게 됩니다. 하루 종일 돌아다녀도 양심을 가진 사람은 한 사람도 없어요. 그 이유는 모두 주가 계시는지 안 계시는지를 모르기 때문입니다……. 그럼, 안녕히 계셔요, 어머니. 몸조심하세요. 저를 나쁘게 생각지 마세요."

아니심은 바르바라에게 허리를 굽혀 인사를 했다.

"모든 일에 감사합니다, 어머니."

그는 말했다.

"어머니는 우리 집안의 큰 보배입니다. 어머니는 아주 훌륭하신 분이에요. 저는 여러모로 만족합니다."

아니심은 매우 감동해서 나갔다. 그러나 다시 돌아와서 이렇게 말했다.

"사모로도프와 함께 저는 어떤 일을 계획하고 있는데요, 부자가 될지 망하게 될지는 모르겠습니다. 만일 무슨 일이 생기면, 그때 어머니께선 아버지를 잘 위로해주세요."

"무슨 실없는 소리야! 그저…… 주님께 빌기나 해. 그런데 아니심, 자네는 색시를 귀여워해줘야 하네. 그렇게 서로 부어 있지들 말고 좀 웃어보면 어때."

"네, 어쩐지 좀 이상한 여자예요……."

이렇게 말하며 아니심은 한숨을 쉬었다.

"아무것도 몰라요. 입을 붙인 채 통 말도 안 하는걸요. 아직 애송이가 돼서 좀 더 자라도록 내버려둬야겠어요."

키가 크고 피둥피둥 살진 흰 말이 벌써 마차에 매여 현관 옆에 서 있었다.

츠이부킨 노인은 날쌔게 마차에 올라타고 고삐를 잡았다. 아니심은 바르바라와 아크시니야 그리고 동생에게 키스했다. 리파도 현관에 서 있었다. 그는 멍청하니 다른 쪽을 바라보고 서 있어서 마치 남편을 바래다주러 나온 것이 아니라, 어떻게 우연히 나온 듯이 생각됐다. 아니심은 리파 곁으로 다가서서 그의 볼에 살짝 입술을 가져갔다.

"잘 있어."

그는 말했다.

리파는 그를 보지도 않고 일부러 웃는 것 같은 웃음을 지어 보였다. 그녀의 얼굴은 부들부들 떨렸다. 모든 사람에게는 리파가 측은히 여겨졌다. 아니심이 껑충 마차에 뛰어올랐다. 그러고는 자기를 호남아라고 생각이라도 하는 듯 어깨를 뒤로 젖히고 두 손을 허리에 얹었다.

마차가 골짜기를 올라가는 동안 아니심은 줄곧 마을 쪽을 돌아다보았다. 따스하고 맑은 날이었다. 가축들이 오늘 처음으로 뜰로 나왔다. 그 옆에선 명절 옷을 입은 아낙네들, 처녀들이 가축들을 좇았다. 다갈색 황소는 뜰에 나온 것이 기쁜 듯 음매 음매 울면서 앞발로 땅을 팠다. 여기저기서, 아래서나 위에서나 종달새가 노래부른다. 아니심은 아름다운 흰 교회를 바라보았다. 그것은 바로 며칠 전에 자기가 그곳에서 어떻게 기도를 드렸는가 떠오르게 했다. 그는 초록색 지붕을 가진 학교를 바라보고 옛날 헤엄을 치며 고기잡이를 하던 시냇물을 바라보기도 했다. 마음속에서는 기쁨이 용솟음쳐 올랐다. 갑자기 땅속에서 담이라도 솟아올라 자기를 더는 가지 못하게 만들면 얼마나 좋으랴……, 그리고 자기 생애에는 오늘까지의 과거만이 남아준다면 얼마나 좋으랴 하고 생각되었다.

정거장에 이르자 두 사람은 식당으로 가서 버찌 술 한 잔씩을 마셨다. 아버지가 술값을 치르려고 호주머니 속에 손을 집어넣었다.

"제가 내겠습니다!"

아니심은 말했다.

노인은 감동해서 아들의 어깨를 가볍게 두드리고는 "자, 어때, 좋은 아들을 뒀지!" 하는 눈치로 식당 주인에게 눈을 깜박였다.

"아니심, 네가 집에 남아서 일했으면 좋으련만."

노인은 말했다.

"그 이상 바랄 것은 없지! 그러면 너를 머리에서 발끝까지 금으로 싸주겠는데."

"아버지, 전 그럴 수 없어요."

버찌 술은 새큼하고 초 냄새가 풍겼다. 그러나 두 사람은 한 잔씩 더 마셨다.

츠이부킨 노인이 정거장에서 돌아왔을 때, 그는 맨 처음 자기 새

며느리의 모습을 알아보지 못했다. 리파는 남편을 실은 마차가 안뜰에서 떠나가자 사람이 달라진 듯 갑자기 쾌활해졌던 것이다. 리파는 지금 맨발에 다 떨어진 낡은 치마를 입고, 소매를 어깨까지 걷어 올리고서 은방울이 울리는 듯한 가냘픈 목소리로 노래를 부르며 현관의 층층대를 훔치고 있었다. 그리고 구정물이 담긴 커다란 통을 들고 밖으로 나가서 어린애 같은 웃음을 띠고 태양을 쳐다볼 때는 종달새와도 같은 느낌을 주었다.

현관 앞을 지나가던 어떤 나이 많은 직공은 머리를 끄덕이며 이렇게 말했다.

"참, 그리고리 페트로비치, 자네 집 며느리는 하느님이 보냈어! 시골뜨기가 아니라 보배 덩어리거든!"

5

6월 8일, 금요일에 장대라는 별명을 가진 엘리자로프 할아버지와 리파는 카잔의 성모를 예배하기 위해서 어떤 교회에 참례했다가 함께 카자스코예 마을에서 돌아왔다. 그들 훨씬 뒤에서는 리파의 어머니가 걸어왔다. 그녀는 몸이 아픈 데다가 숨이 차서 자꾸 뒤떨어지게 마련이었다. 막 어두워지려는 무렵이었다.

"으음……!"

장대 할아버지는 놀란 듯이 말했다.

"으음……! 그래?"

"일리야 마카르이치, 저는 잼을 대단히 좋아해요."

골짜기 71

리파는 말했다.

"저는 방구석에 앉아서 언제나 잼을 섞어서 차를 마셔요. 아니면 바르바라 니콜라예브나와 함께 차를 마시기도 해요. 그분은 아주 재미있는 얘기들을 많이 들려준답니다. 우리 집에 잼이 많아요. 네 통이나 있어요. 집안 식구들은 '리파, 사양하지 말고 많이 먹어요' 하지 않겠어요."

"으흠…… 네 통이라니!"

"모두 잘들 살아요. 흰 빵에다 차를 마시고, 고기도 먹고 싶은 대로 먹어요. 잘살긴 하지만 왜 그런지 저는 그 사람들이 무서워서 못 견디겠어요. 일리야 마카르이치, 정말 무서워 죽겠어요."

"무엇이 그렇게 무서우냐, 응?"

장대 할아버지는 이렇게 물어보고 푸라스코비야가 얼마나 떨어졌는가 뒤돌아보았다.

"맨 처음은 결혼식 때, 아니심 그리고리치가 무서웠어요. 그분은 아무 말도 하지 않고 저를 욕하지도 않았지만 그분이 옆에 오기만 하면 오싹 소름이 끼쳐 뼛속까지 얼어붙는 것 같았어요. 그래서 저는 밤새도록 자지 않고 오들오들 떨면서 하느님께 기도를 드렸답니다. 그런데 지금은 아크시니야가 또 무서워졌어요, 할아버지. 그렇다고 그분이 어떻게 한다는 건 아니에요. 그분은 언제나 웃는 낯이지만 때때로 창문을 내다보는 그 눈초리에는 마치 우리 속에 갇힌 양같이 노기등등한 퍼런 빛이 번쩍이곤 해요. 작은 흐르이민이 또 그분을 꼬셔요. '너의 집 할아버지는 부쵸키노에 1백20에이커의 땅을 가지고 있어'라고 말하지 않겠어요. '그 땅에는 모래도 있고 물도 있으니, 아크시니야, 그곳에 벽돌 공장을 세우도록 해. 우리도 한 몫 낄 테니까'라고요. 지금 벽돌은 천 장에 20루블 정도니까 아주 수지가 맞는 일일 테죠. 그래 어젯밤 식사 때, 아크시니야는 아버지한테 이렇게 말하더군요. '저는 부쵸키노에다 벽돌 공장을 세우고 싶습니다. 저 혼자의 힘으로 그 사업을 하고 싶어요'라고 말하고 그분은 웃고 있었어요. 그러나 그리고리 페트로비치는 얼굴빛이 좋지 않았어요. 마음에 들지 않는가 보죠. '내가 살아 있는 동안 가족이 헤어져서는 안 돼. 모두 함께 살아야 하는 거야'라고 아버지는 말씀하셨어요. 이 말을 듣자 아크시니야는 눈을 부릅뜨고 이를 부득부득 갈았어요……. 기름 과자가 나왔지만 먹지도 않았어요!"

"으흠……! 먹지도 않았다!"

장대 할아버지는 놀라는 표정이었다.

"그리고 그분은 통 밤잠을 자지 않았어요!"

리파는 말을 이었다.

"30분가량 자고는 벌떡 일어나 농군들이 어디다 불을 지르지나 않는지, 무엇을 훔치지나 않는지…… 하여 노상 두루두루 살피면서 돌아다니기만 한답니다. 저는 그분이 무서워요, 일리야 마카르이치. 그리고 작은 흐르이민 패는 결혼식이 끝난 다음부터 밤잠도 자지 않고 재판을 하러 도시로 쏘다니고 있어요. 모두가 아크시니야 때문이라는 소문이 떠돌아요. 삼형제 중에서 두 형제는 아크시니야에게 벽돌 공장을 세워줄 약속을 했지만 셋째 동생이 말을 듣지 않는대요. 그래 공장은 달포나 쉬어서 제 삼촌 푸로호르는 일자리를 잃고 이 집 저 집으로 빵 부스러기를 얻으러 다니잖아요.

'그동안 밭에 나가 김을 매든지, 산에 가서 나무를 찍든지 하세요, 삼촌. 제 낯이 뜨거워 못 보겠어요'라고 말했더니 '나는 농사를 어떻게 짓는지 잊어버리고 말았어. 그래서 할 수도 없단다. 리푸인카……'라고 말씀하시지 않겠어요?"

두 사람은 푸라스코비야를 기다리면서 쉬려고 사시나무 숲 곁에서 발걸음을 멈추었다. 엘리자로프는 이미 오래전부터 하청업을 맡았지만 말을 타는 일은 없었다. 그는 언제나 빵과 마늘이 든 조그마한 배낭을 가지고 여러 지방을 걸어다녔다. 그는 손을 흔들며 성큼성큼 걸었다. 그래서 그와 함께 걷는다는 것은 쉬운 일이 아니었다.

숲으로 들어가려는 곳에 이정표가 있었다. 엘리자로프는 거기에 손을 얹고 읽었다. 푸라스코비야는 숨을 할딱이며 따라왔다. 언제나 겁에 질린 듯한 주름 많은 그녀의 얼굴도 오늘은 행복에 빛났다. 그녀도 오늘은 다른 사람들과 같이 교회에 참례했고, 그다음 시장에 들러서 배로 만든 크바스*를 마시고 왔다. 그에게 이런 일은 좀체로 드물었다. 그래서 오늘은 난생처음으로 보람 있게 산 듯 느껴지기까지 했다. 잠시 쉰 다음에 세 사람은 나란히 서서 걸었다. 해는 이미 저물어가고 있었다. 저녁 햇살이 수풀 속까지 스며들어 나뭇가지들을 붉게 물들였다. 수풀 저쪽에서 여러 사람의 목소리가 울려왔다. 훨씬 앞질러 갔던 우클레예보 처녀들이 아마 숲속에서 버섯을 찾는 듯싶었다.

"어어이, 애들아!"

---

* 러시아의 음료수.

엘리자로프는 외쳤다.

그러자 대답 대신 웃음소리가 들려왔다.

"장대가 왔어, 얘! 장대 할아버지! 영감태기!"

그리고 그 메아리도 웃었다. 이윽고 수풀을 지나왔다. 벌써 공장 굴뚝이 보이기 시작했다. 종각 위의 십자가가 반짝반짝 빛났다. 바로 그곳이 '목사님이 장례 때 어란을 잡수셨다'는 마을이었다. 이제 집까지는 얼마 남지 않았다. 커다란 골짜기 속으로 내려가기만 하면 되었다. 맨발로 걷던 리파와 푸라스코비야는 장화를 신으려고 풀 위에 앉았다. 장대 할아버지도 따라 앉았다. 아래를 내려다보니 즐비하게 우거진 버드나무며, 흰 교회며, 가느다란 시내가 흐르는 우클레예보 마을은 평화스럽고 아름다워 보였다. 그런데 단 한 가지 값을 고려해서 칠한 음침하고 너절한 공장 지붕만은 이 아름다운 화폭을 더럽혔다. 저쪽 비탈진 곳에는 보리밭이 보였다. 노적가리로 쌓아 올린 것도 있고, 짚으로 묶은 것도 있고, 마치 비바람이 불어 흩어진 듯 널린 것도 있고, 방금 낫으로 베어 가지런히 눕혀둔 것도 있었다. 귀리 이삭도 벌써 여물어서 진주알같이 햇빛에 반짝거렸다. 지금이 한창 보리를 거둬들일 때였다. 오늘은 명절이지만 내일 토요일이 되면 농군들은 다시 보리를 거둬들이고 건초를 날라야 한다. 그리고 또 일요일의 휴식이 온다. 매일같이 멀리서는 천둥이 울렸다. 찌는 듯이 무더워 금방 비가 쏟아질 듯했다. 그러나 농군들을 바라보며 이렇게 때맞추어 보리를 거둬들이게 된 것은 주님의 보살핌이 있었기 때문이라고 생각했다. 그리고 즐거움과 기쁨에 마음이 들떴다.

"요새 보리 베기 품삯은 비싸답니다."

푸라스코비야가 말했다.

"하루 40코페이카라우!"

시골 여인들이며, 새 모자를 쓴 공장 직공들이며, 거지, 아이들 할 것 없이 많은 사람이 카잔스코예 시장에서부터 줄을 이어 왔다. 달구지가 먼지를 일으키며 지나가고 팔리지 않은 말(馬)이 그 뒤를 따랐다. 말은 자기가 팔리지 않은 것을 무척 기뻐하는 것 같았다. 다음엔 심술을 부리는 소가 뿔을 잡힌 채로 끌려왔다. 그 뒤에는 다시 달구지가 따르고 달구지 위에서는 술 취한 농군들이 발을 흔들거렸다. 어떤 노파가 커다란 모자와 긴 장화를 신은 소년을 데리고 왔다. 그 소년은 찌는 듯한 더위와 무릎을 굽힐 수 없는 무거운 장화 때문에 녹초가 되어 있었다. 그러면서도 장난감 나팔을 힘을 다해 불었다. 사람들은 벌써 골짜기를 내려서서 한길로 접어들었다. 그러나 여전히 나팔 소리는 들려왔다.

"이곳 공장 주인들은 아주 몰상식한 녀석들이거든."

엘리자로프는 말을 꺼냈다.

"한심하기 짝이 없어! 글쎄 코슈츄코프 녀석이 '처마를 고치는 데 재목을 너무 많이 썼다'고 말하지 않겠나. 그래 나는 '뭐가 많단 말이오? 필요한 대로 썼을 뿐인데요, 바실리 다닐르이치. 그럼 제가 재목으로 국이라도 끓여 먹었단 말입니까?' 하고 대꾸해줬지. '네가 감히 그런 말을 지껄일 수 있어? 이 못난 녀석 같으니! 네 신분도 알아야 해! 넌 내 덕택으로 하청업자가 되지 않았어!'라고 하길래, 나도 '달갑지 않습니다. 하청업자가 되기 전에도 매일같이 차를 마실 수는 있었습니다' 해줬더니 '에이구, 저 악당 같으니……' 하고 화를 내더군. 나는 그 이상 아무 말도 안 하고 '그래, 우리는 이 세상에서 악당이지만 자네는 저세상에 가서 악당이 될 걸세, 하, 하, 핫!' 하고 마음속으로 웃어버리고 말았지. 이튿날이 되니 그 녀석도 좀 마음이 풀린 듯 이렇게 말하겠지. '여보게, 내가 그런 말을 했다고 성낼 것은 없지 않나. 내 말이 좀 지나쳤다 하더라도 나는 상업 조합 간부고 자네보다는 높은 사람이 아닌가……. 그러니 꾹 참고 견뎌야 하는 법이야.' 그래서 나는 '당신은 상업 조합 간부고 나는 목수임이 틀림없습니다. 그리고 성도(聖徒) 요셉도 목수였지요. 우리는 주의 가르침을 따라 일하는 겁니다. 그러니 당신이 나보다 높다고 생각하겠으면 하고 마음대로 하구려, 바실리 다닐르이치'라고 말해줬지. 이렇게 말하고 나서 상업 조합 간부하고 목수 사이에 누가 더 높을까 생각해봤어. 그것은 목수가 더 높아야 되지!"

장대 할아버지는 잠시 생각하고 말을 이었다.

"그건 이런 뜻에서 그렇다는 거야. 노동을 하는 자나 고통을 참는 자가 누구보다도 뛰어난 사람이기 때문이지."

벌써 해는 저물고 짙은 우윳빛 안개가 냇가며, 교회 뜰이며, 공장 근처의 공지에 덮이기 시작했다. 지금처럼 갑자기 어둠이 깃들고 아래에서는 등불이 반짝거리고 안개가 끝이 없는 심연을 아래에 감춘 듯이 보일 때는, 가난한 집에서 태어났고 겁에 찬 듯이 늘 양순한 마음씨만을 품은 것 말곤 아무것도 없이 일생 동안 가난에 쪼들리며 살아야 하는 리파와 그의 어머니도 잠시 동안은 이런 생각을 했을는지도 모른다. 이 광막하고 신비로운 세상의 헤아릴 수 없이 다

양한 생활 속에서 자기들도 인간 축에 들지도 모르고, 이 세상에는 자기들보다 못난 사람이 있을지도 모르리라고. 세 사람은 언덕에 앉아 있는 것이 매우 즐거웠다. 그들은 즐겁게 웃으면서 아래로 내려가는 것조차 잊어버렸다.

드디어 그들도 집으로 돌아왔다. 문 앞과 가게 옆에는 품삯꾼들이 땅바닥에 앉아 있었다. 우클레예보 마을 농군들은 츠이부킨 집에서 일하기를 꺼렸기 때문에 다른 마을에서 품삯꾼을 데려와야 했다. 지금 어둠 속에 앉아 있는 것은 길고 검은 수염을 기른 사람들인 듯싶었다. 가게는 열려 있었다. 귀머거리 스체판이 어떤 소녀하고 장기를 두는 것이 들여다보였다. 품삯꾼들 중에는 겨우 들릴 만큼 가느다란 목소리로 노래를 부르는 사람도 있었고, 어제의 품삯을 달라고 큰 소리로 떠드는 사람도 있었다. 그러나 츠이부킨 집에서는 내일까지 그들을 잡아두려고 품삯을 지불하지 않았다. 츠이부킨 노인은 저고리를 벗고 조끼 바람으로 아크시니야와 벚나무 밑에서 차를 마셨다. 탁자엔 등불이 밝았다.

"영감님!"

일꾼 한 사람이 빈정대는 어조로 문 밑에서 소리쳤다.

"그럼 반씩이라도 주슈! 영감님!"

그러자 밖에서는 웃음소리가 들려왔다. 이윽고 그들은 또다시 낮은 소리로 노래를 부르기 시작했다. ……장대 할아버지는 차를 마시려고 자리에 앉았다.

"우리는 시장에 다녀왔네."

그는 얘기하기 시작했다.

"얘들아, 아주 좋은 기분으로 교회에 다녀왔다. 그런데 한 가지 좋지 않은 일이 일어났어. 대장간 사쉬카가 담배를 사고 반 루블 은화를 주인에게 내주지 않았겠나. 그랬더니 그 은화가 위조였단 말이야."

장대 할아버지는 주위를 살펴보며 말을 이었다. 그는 속삭이려고 했으나, 너무 지나치게 쉰 목소리로 말했기 때문에 모든 사람이 들을 수 있었다.

"그 반 루블 은화가 위조라는 것이 드러났단 말일세. 어디서 받았는가고 물으니, 그 녀석 말이, 아니심 츠이부킨의 결혼식에 갔을 적에 아니심한테서 받았다고 하지 않겠나. 사람들은 경관을 불러서 대장장이를 넘겨버리더군……. 그리고리 페트로비치, 이번 일에 걸려들지 않도록 조심하게. 아무 말도 하지 않도록 조심해……."

"영감님!"

아까와 같은 목소리가 문밖에서 들려왔다.

"영감님!"

침묵이 깃들었다.

"아, 애들아, 애들아   ."

장대 할아버지는 재빨리 중얼거리며 일어섰다. 그는 졸려서 견딜 수 없었다.

"얘들아, 차와 설탕 잘 먹었다. 잘 때가 됐는걸. 나도 이젠 썩은 재목같이 되어버리고 말았어. 손발이 다 썩어가니. 핫, 핫, 핫."

그는 나가면서 이렇게 덧붙였다.

"죽을 때가 됐나 봐!"

골짜기 79

할아버지는 한숨을 내쉬었다.

츠이부킨 노인은 차를 마시다 말고 잠시 동안 깊은 생각에 잠겼다. 그의 표정은 벌써 한길 저쪽으로 사라진 장대 할아버지의 발소리를 듣는 듯싶었다.

"대장장이 사쉬카가 거짓말을 한 게지요."

아크시니야는 노인의 생각을 짐작하고 이렇게 말했다.

노인은 집에 들어가더니, 조금 있다가 자그마한 꾸러미를 가지고 나왔다. 꾸러미를 펼치니 거기에는 몇 닢의 은화가, 아주 새로운 은화가 반짝였다. 노인은 은화를 집어서 이로 깨물기도 하고 쟁반 위에 던져보기도 했다. 그리고 또 다른 것을 던져보았다.

"이 돈은 분명히 위조야……."

노인은 아크시니야를 바라보며 믿을 수 없다는 듯이 말했다.

"이 은화는 아니심이…… 그때 선물로 가져온 거다. 이걸 가지고 가서."

그는 꾸러미를 아크시니야에게 내어주며 낮은 소리로 말했다.

"우물 속에 던져버려……. 보기도 싫다! 그리고 다른 사람한테는 절대로 이런 말을 해선 안 돼. 무슨 일이 있을지 모르니까……. 사모바르도 가져가고 불을 꺼다오……."

헛간에 앉은 리파와 푸라스코비야는 등불이 하나씩 꺼져가는 모습을 보았다. 단지 2층 바르바라 방에서만은 파란색과 붉은색 등불이 켜졌다. 그곳에서는 고요하고 아늑한 행복이 흘러나오는 듯했다. 푸라스코비야는 자기 딸이 부잣집에 시집왔다는 사실에 도저히 익숙해질 수 없었다. 그래서 이 집에 왔을 때는 매우 황송한 듯한 웃음을 띠면서 문간방에 쭈그린 채 겁에 질려 있었다. 그리고 이 방에서 차와 설탕을 날라다 먹었다. 리파 역시 익숙해질 수는 없었다. 남편이 떠난 후로는 침대에서 자질 않고 헛간이나 부엌에서 자곤 했다. 그녀는 매일같이 마루를 닦고 빨래를 했다. 그래서 리파는 자기가 고용녀와 다름없다고 느꼈다. 오늘도 교회에서 돌아온 모녀는 부엌에서 요리사들과 함께 차를 마신 다음 헛간으로 가서 썰매와 바람벽 사이의 마룻바닥에 드러누웠다. 헛간은 캄캄하고 말 똥에 냄새가 풍겨왔다. 집 안 등불이 꺼지고 귀머거리 스체판이 가게 문을 닫는 소리가 들려왔다. 일꾼들이 안뜰에서 잠자리를 고르는 소리도 들려왔다. 멀리 떨어진 작은 흐르이민 집에서는 아름다운 손풍금 소리가 울려왔다……. 푸라스코비야와 리파는 곧 잠들어버렸다.

문득 누구의 발소리에 잠을 깨고 보니 밖에는 달빛이 넘쳐흘렀다. 헛간 입구에는 아크시니야가 두 손에 이불을 안고 서 있었다.

"여긴 좀 선선하겠지……."

아크시니야는 헛간으로 들어섰다. 그리고 바로 문지방 옆에 드러누웠다. 달빛이 그녀의 온몸을 비춰주었다. 아크시니야는 잠을 이루지 못했다. 더위를 참지 못해서인지 옷을 모조리 벗어버린 채 한숨을 내쉬며 이쪽으로 저쪽으로 뒤척거렸다. 파란 달빛을 받은 그녀의 모습은 한결 아름답고 풍만해 보였다. 잠시 후 또 다른 발소리가 들려왔다. 새하얀 잠옷을 입은 츠이부킨 노인이 문 앞에 나타났다.

"아크시니야! 여기 있냐?"

노인은 물었다.

"그래요!"

그녀는 화난 듯이 대답했다.

"아까 우물에 돈을 집어넣으라고 했는데 집어넣었니?"

"우물에 집어넣다니 무슨 말씀이세요! 일꾼들에게 줘버렸어요……."

"아니, 저런!"

노인은 질겁을 해서 소리쳤다.

"에구, 저 망할 년 같으니!"

노인은 손을 흔들며 나가버렸다. 가면서도 무슨 말을 중얼거렸다. 조금 있다가 아크시니야는 일어나 앉아서 땅이 꺼질 듯한 한숨을 쉬더니 이불을 말아 안고 밖으로 나갔다.

"어머닌 어째서 이런 집에 저를 시집 보냈어요?"

리파가 말했다.

"하지만 여자란 누구나 시집을 가게 마련이란다. 그리고 이 집에 오게 된 것은 내가 정한 것이 아니었어."

두 모녀는 가슴에 솟아오르는 위로할 수 없는 슬픈 생각을 억제하지 못했다. 그러나 그들은 저 높은 하늘에서, 푸른 하늘보다 더 높은 별(星) 세계에서 누군가가 우클레예보 마을에서 일어나는 모든 일을 보살펴주리라고 믿었다. 그리고 지상에서 아무리 큰 죄악이 범람해도 역시 밤은 고요하고 아름다웠다. 그리고 저주의 세계 역시 밤이면 고요하고 아름다우리라. 거기엔 또 진리와 정의가 있으리라. 그리고 지상의 모든 것은 달빛이 밤의 대지에 녹아내리듯이 인간도 정의와 진리에 융합되기를 기다리리라.
 두 모녀는 서로 몸을 의지한 채 평화로운 잠길에 들어섰다.

6

 아니심이 주화를 위조하고 그것을 사용한 죄로 투옥되었다는 소문이 떠돈 것은 벌써 오래전 일이었다. 몇 달이 지나고, 어느새 반년 이상 세월이 흘렀다. 기나긴 겨울도 지나고 봄이 돌아왔다. 집안 사람이나 마을 사람이나 아니심이 감옥에 갇혔다는 사실을 잊어버린 지 오래였다. 혹시 밤에 이 집 옆을 지나거나, 가겟방을 지나게 되면 문득 아니심이 감옥에 갇혀 있겠지 하고 생각할 뿐이었다. 그리고 교회에서 기도를 드릴 때면 어째서인지 또 아니심이 감옥에 갇혀서 재판을 기다리겠지…… 하고 생각했다.
 집 안에는 어떤 그림자가 누워 있는 듯이 느껴졌다. 집 안은 전보다 더 어두워졌고, 지붕엔 녹이 슬고, 가게로 통하는 무거운 녹색 철문은 군데군데 껍질이 벗겨져서 귀머거리 스체판은 문 위에 물집이 생겼다고 말했다. 그리고 츠이부킨 노인도 몹시 우울해진 듯 느껴졌다. 그는 머리와 수염이 자라는 대로 텁수룩하게 길렀다. 이제는 날쌔게 마차에 뛰어오르거나 거지에게 "하느님한테 구걸 가게"라고 외치지도 않았다. 그는 점점 쇠약해갈 뿐이었다. 그리고 이것은 그의 어느 면에서나 찾아볼 수 있었다. 농군들도 전같이 그를 무서워하지 않았다. 경관은 아직도 뇌물을 받아먹으면서 가게에서 조서를 꾸몄다. 그리고 술 밀매의 취조를 받기 위해 노인은 세 번이나 거

골짜기 83

리로 불려갔다. 증인이 출두하지 않아서 사건은 차일피일 연기되었다. 이런 상태고 보니 츠이부킨 노인도 쇠약해지지 않을 수 없었다.

그는 자주 아들을 면회하러 가서는 어떤 사람을 고용하기도 하고, 누구에게 탄원서를 내기도 하고, 어떤 곳에 교회의 성기(聖旗)를 기증하기도 했다. 그는 아니심이 갇혀 있는 감옥의 간수에게 "이성(理性)의 기준을 알지어다"라고 에나멜로 새긴 은잔과 기다란 숟가락을 선사했다.

"우리를 도와줄 사람은 아무도 없어요."

바르바라는 말했다.

"저, 저, 여보, 장관에게 편지 쓸 만한 사람을 거리에서 찾아보도록 하세요……. 재판할 때까지 보석이라도 되게요……. 그 애가 얼마나 고생하겠어요!"

바르바라도 슬퍼하긴 했으나, 근자에 와서는 피둥피둥 살이 찌고 얼굴도 희멀쑥하게 좋아졌다. 그녀는 예전과 다름없이 자기 방에 여러 개의 등불을 켜고, 집 안의 모든 것이 청결하게 보이도록 보살피면서 손님들이 오면 잼과 능금, 치즈를 대접했다. 귀머거리 스체판과 아크시니야는 가게를 돌보았다. 새로운 사업(부쵸키노의 벽돌공장 사업)이 진행되어서 아크시니야는 매일같이 마차를 타고 그리로 갔다. 그녀가 직접 마차를 몰았다. 도중에서 아는 사람을 만나면 파란 보리밭에서 나온 뱀처럼 목을 쭉 빼고 천진난만하면서도 비밀이 깃든 듯한 웃음을 던지곤 했다. 한편 리파는 사순제(四旬祭) 전에 낳은 갓난아기를 달래면서 시간을 보냈다. 그 애는 너무 작고 여위어서 불쌍해 보였다. 그래선지 갓난애가 소리를 지르든가, 주위를 둘러보든가, 그 애가 의젓이 한 사람의 인간으로서 니키포르라는 이름을 가졌다든가 하는 것이 신기하게 느껴졌다. 갓난애는 요람 속에 누워 있었다. 리파는 문 곁으로 다가서서 인사를 하며 이렇게 말했다.

"안녕하세요, 니키포르 아니시미치!"

그러고는 황급히 아기한테로 달려가서 입을 맞추었다. 이윽고 리파는 문 쪽으로 물러서서 다시 인사를 하며 말했다.

"안녕하세요, 니키포르 아니시미치!"

그러면 아기는 빨간 발을 버둥거리며 엘리자로프 할아버지가 하듯이 웃음과 울음이 뒤섞인 소리를 냈다.

드디어 재판 날짜가 결정되었다. 츠이부킨 노인은 닷새 전에 거리로 떠났다. 그동안 집에서는 증인으로 농군 몇 사람이 불려갔다는 말을 들었다. 어떤 늙은 직공도 호출장을 받고 떠났다.

재판은 목요일에 있었다. 그러나 일요일이 지났는데도 츠이부킨 노인은 돌아오지 않았다. 아무 소식도 보내오지 않았다. 화요일 저녁때에 바르바라는 열린 들창 가에 앉아서 남편이 돌아오기를 기다렸다. 그 옆방에서는 리파가 갓난애를 달래는 참이었다. 그녀는 두 손으로 아기를 번쩍 들고는 기뻐서 못 견디겠다는 듯이 이렇게 말했다.

"애야, 이제 이만큼 크게 자라면 그땐 농사꾼이 돼서 나와 함께 일해요! 네, 같이 일해요!"

"얘, 얘!"

바르바라는 언짢은 소리로 말했다.

"함께 일하다니, 무슨 바보 같은 소리야? 그 애는 장사꾼이 돼야 해……!"

리파는 나지막하게 노래를 불렀다. 그러나 잠시 후에는 방금 들은 말을 잊어버리고, 다시 이렇게 말했다.

"이제 이만큼 크게 자라지. 그러면 농사꾼이 돼서 나와 함께 일해요."

"저 애는 또 저런 소릴하고 있어!"

리파는 니키포르를 안고 문 옆에 서서 이렇게 물었다.

"어머니 저는 애가 왜 이렇게 귀여울까요? 그리고 왜 이렇게 애가 불쌍할까요?"

그녀는 떨리는 목소리로 말을 이었다. 그녀의 눈에는 눈물이 맺혔다.

"이 아기는 어떤 아길까요? 어떻게 보이세요? 새털이나 빵 부스러기처럼 가볍지만 저는 이 애가 좋아요. 벌써 어른이 된 것같이 사랑해요. 이 애는 아직 아무것도 하지 못하고 입도 떼지 못하지만, 저는 이 작은 눈이 무엇을 바라는지 알아요."

바르바라는 귀를 기울였다. 저녁 기차가 정거장으로 들어오는 소리가 들려왔다. 노인이 돌아왔을까? 그녀는 리파의 말을 듣지도 않았다. 들으려고도 하지 않았다. 시간이 가는 줄도 몰랐다. 그리고 두려움이라기보다는 강한 호기심에 끌려서 온몸을 떨었다. 그녀는 농군들을 가득 실은 마차가 덜컹거리며 지나가는 모습을 보았다. 증인으로 갔던 사람들이 정거장에서 돌아왔다. 마차가 가게 옆을 지나갈 때 한 늙은 직공이 마차에서 뛰어내려서 안뜰로 들어왔다. 그가 안뜰에서 사람과 인사를 하며 묻는 말에 대답하는 소리가 들렸다.

"모든 재산과 권리를 박탈하고."

그는 큰 소리로 말을 이었다.

"7년 간 시베리아 유형이라고 판결되었습니다."

가게 뒷문으로 아크시니야가 나오는 것이 눈에 띄었다. 아크시니야는 방금 석유를 팔던 중이라 한쪽 손에는 석유 병을 들고, 입에는 몇 닢의 은화를 물고 있었다.

"아버지는 어디 계셔요?"

그녀는 은화를 문 채 물었다.

"정거장에 계십니다."

일꾼이 대답했다.

"좀 더 어두워지면 오신답니다."

그리고 아니심이 유형 선고를 받았다는 말이 집 안에 퍼지자, 부엌에 있던 요리사가 자기 신분으로 봐서 울어야 되겠다고 생각해서인지, 장례 때같이 목놓아 울기 시작했다.

"당신이 가시면 우리는 누굴 믿고 살겠어요, 아니심 그리고리치. 독수리처럼 훌륭한 분이셨는데……."

개들이 놀라서 짖기 시작했다. 바르바라는 창가로 달려가서 슬픔에 찬 목멘 소리로 요리사에게 외쳤다.

"조용히 해요, 스체파니야, 조용해요……. 제발 괴롭히지 말아요!"

모두들 사모바르를 끓이는 것까지 잊어버렸다. 아무 일도 손에 잡히질 않았다. 단지 리파만은 무슨 일이 일어났는지도 모르고 아기와 장난치고 있었다.

츠이부킨 노인이 정거장에서 돌아왔을 때, 아무도 그에게 물어보는 사람이 없었다. 그는 집안 식구들한테 인사를 하고 묵묵히 이 방 저 방을 돌아다녔다. 그는 저녁식사도 들지 않았다.

"아무도 돌봐주는 사람이 없었군요……."

노인과 단둘이 되었을 때 바르바라는 말을 꺼냈다.

"제가 뭐랬어요. 높은 사람을 찾아봐야 한다니까요. 그때는 제 말을 귀담아듣지 않으셨어요……. 탄원서라도 냈더라면……."

"여러모로 애써봤어."

노인은 손을 흔들며 말했다.

"아니심을 재판할 때 그 애를 변호해준 사람한테도 가봤지만, '이젠 틀렸습니다. 도저히 어떻게 할 도리가 없어요'라고 말하지 않겠소. 그리고 아니심도 역시 할 수 없노라고 말하더군. 그래도 나는 재판을 할 때면 언제나 변호사를 만나서 선금(先金)을 쥐여주곤 했어. 이제 일주일 후에 다시 한번 가볼 생각이야. 모든 것이 주의 뜻대로 되겠지."

노인은 다시 집 안을 돌아보러 나갔다가 돌아와서 바르바라에게 이런 말을 했다.

"아마 무슨 병에라도 걸린 것 같아. 머릿속이 이렇게…… 안개라도 낀 듯이 흐릿해서 통 생각을 할 수 없으니."

그는 리파가 엿듣지 못하도록 문을 닫고는 나직한 소리로 말을 이었다.

"나도 돈에는 꽤 박복한 놈이야. 당신은 아니심이 장가들기 전인

부활제 전 주일에 그 녀석이 새 은화를 나한테 갖다 준 일을 기억하겠지? 그때 한 보따리는 감춰뒀지만, 또 한 보따리는 내 돈하고 섞어버리고 말았어……. 그런데 내 숙부 드미트리 피라트이치가(주여 그분의 영혼을 구하소서) 아직 살아 계실 때, 그분은 장사를 하려고 노상 모스크바나 크림으로 돌아다니는 것이 일이었어. 숙부에겐 마누라가 있었는데, 글쎄 그 마누라가 남편이 장사하러 떠난 동안은 다른 사내하고 살았다네. 그 집에는 자식이 반 타스나 있었지만, 숙부가 술을 마시는 날이면 웃으면서 이런 말을 했다더군. '어느 놈이 내 자식이고, 어느 놈이 남의 자식인지 도무지 모르겠다'고. 성미도 그쯤 되면 괜찮겠지. 바로 이 모양으로 지금 어느 돈이 진짜고, 어느 돈이 가짠지 알 수가 없어. 내 눈에는 모두 가짜로밖에 안 보인단 말야."

"그럴 리가 있겠어요!"

"정거장에서 표를 사고 3루블을 지불했는데 그것도 가짜 돈 같은 생각이 드네그려. 그리고 가슴이 할랑거리질 않겠나. 아무래도 병인 것 같아."

"글쎄요, 모든 것은 주의 뜻에 맡기는 수밖에 없어요……. 그런데, 여보……."

바르바라는 머리를 흔들며 말을 이었다.

"당신은 이런 생각을 해두셔야 해요. 이제부터 어떤 일이 일어날지 모르는 데다, 당신도 이제는 젊은 분이 아니니까, 만일 당신이 돌아가시기라도 한다면 저 손자를 얼마나 업신여기겠어요. 집안 식구들이 니키포르를 업신여기리라 생각하니 무섭다는 생각이 드는군요. 그 애는 아비 없는 자식과 같고, 어머니는 어린 데다 우둔하고 보니……. 손자 앞으로 재산이라도 남겨둬야 하지 않겠어요? 다만 부쵸키노 땅 정도라도 주도록 하세요, 그리고리 페트로비치. 잘 생각해보세요!"

바르바라는 노인을 설득하면서 말을 이었다.

"저 귀여운 아이가 불쌍해 죽겠어요! 내일이라도 가서 유언장을 쓰도록 하세요. 무엇을 기다리겠어요?"

"참, 손자놈을 잊어버리고 있었군……. 그놈을 좀 봐야겠어. 그래 그 녀석은 잘 노나? 으음, 아무쪼록 잘 키워야 할 텐데……."

츠이부킨 노인은 문을 열고 구부러진 손가락으로 리파를 불렀다. 리파는 아기를 안고 노인 옆으로 왔다.

"애, 리푸인카, 무엇이든 필요한 것이 있으면 말해라."

노인은 말했다.

"그리고 먹고 싶은 음식이 있으면 사양 말고 먹어. 조금도 아깝지 않으니까. 언제나 몸은 건강해야 되느니라……."

노인은 손자의 머리 위에다 성호를 그었다.

"그리고 손자를 잘 돌봐줘. 아들놈이 없어서 아비 없는 아이와 다름없으니."

노인의 두 볼에는 눈물이 흘러내렸다. 그는 어깨를 들먹이며 그 자리에서 물러섰다. 이윽고 자리에 들자 노인은 일주일 동안이나 자지 못했던 탓으로 깊이 잠들어버리고 말았다.

7

츠이부킨 노인은 잠시 거리를 다녀왔다. 누가 아크시니야에게 노인이 공증인한테 갔던 것은 유언장을 쓰기 위해서였으며, 아크시니야가 벽돌 공장을 세운 부쵸키노 땅을 니키포르에게 넘겨주었다고 말했다. 아크시니야가 이 말을 들은 것은 아침이었는데, 그때 츠이부킨 노인과 바르바라는 층계 다리 옆의 벚나무 밑에 앉아서 차를 마시고 있었다. 아크시니야는 거리와 안뜰에 면한 가게 문을 닫아걸고는 자기가 맡았던 열쇠를 모조리 주워 모아서 시아버지 발밑에 내동댕이쳤다.

"당신들을 위해서 더는 일해주기 싫어요!"

앙칼진 목소리로 이렇게 말하고는 갑자기 흐느껴 울기 시작했다.

"나는 이 집 며느리가 아니라, 식모예요! 동리 사람들은 나를 비웃으며 이렇게 말해요. 츠이부킨의 집에는 좋은 식모를 뒀다고요! 나는 고용녀가 아니에요! 거지도 아니고 노예도 아니에요. 나에게는 아버지도 있고 어머니도 있어요."

그녀는 흘러내리는 눈물을 닦을 생각도 하지 않고 눈물이 글썽글썽한 눈을 부릅뜨고 시아버지를 노려보았다. 그녀의 얼굴이며, 목덜미는 벌겋게 상기되었다. 그녀는 다시 목청을 돋우어 외쳤다.

"나는 더는 일하기 싫어요!"

그녀는 말을 이었다.

"이젠 지쳤어요. 날마다 가겟방에 앉혀두고, 밤이 되면 보드카 때문에 쏘다니게 해서 일이란 일은 다 나한테 떠맡겼다가 땅을 넘길 때가 되니 유형수의 여편네나 애새끼에게 주다니! 그년은 이 집 주

골짜기 91

인이고 난 종년이군요! 뭐든지 다 주세요. 그 대신 목졸려 죽을 날이 있을 거라고 말하세요. 난 집으로 가겠어요! 나 대신 다른 바보년을 골라두세요, 에잇, 더러워!"

츠이부킨 노인은 지금까지 한 번도 자기 자식을 꾸짖어본 적이 없거니와 욕한 적도 없었으므로, 자기 식구 가운데 누군가가 이렇게 버릇없이 난폭한 언사를 자기에게 던지리라고는 꿈에도 생각지 못했다. 그래서 노인은 너무나 놀란 나머지 집 안으로 뛰어들어가 찬장 뒤에 숨어버렸다. 바르바라는 앉은 자리에서 일어설 수도 없을 만큼 정신을 잃고 말았다. 그리고 벌이라도 쫓듯이 두 손을 코밑에서 흔들 뿐이었다.

"아니, 저게 무슨 말을?"

그녀는 무서움에 질린 듯한 목소리로 말했다.

"아니, 왜 저렇게 고함을 지를까? 저런, 얘……! 남이 듣겠다! 조용히 해라……. 조용히 해!"

"부쵸키노 땅을 죄인 여편네한테 준다면서요."

아크시니야는 계속해서 외쳤다.

"아무거나 다 줘버리세요. 나는 아무것도 필요 없어요! 모두들 뒈져버려라! 당신들은 모두 악당들이에요. 내가 이 눈으로 본 걸요! 당신들은 손님들의 돈을 빨아먹은 도둑놈들이에요. 늙은이건 젊은이건 할 것 없이 모조리 빨아먹었어요! 세금 없이 보드카를 파는 것은 누구죠? 그리고 당신네들은 위조 주화를 상자 가득히 가지고 있죠? 좋아요, 나는 아무것도 필요치 않아요!"

활짝 열린 대문간에서는 떼를 지어 모여든 구경꾼들이 안뜰을 들여다보았다.

"남들이 보면 어때요!"

아크시니야는 외쳤다.

"톡톡히 망신을 줘야겠어요! 당신네들은 불에 타 죽어도 시원찮은 사람들이에요! 내 발밑에 꿇어앉아도 될 정도예요! 여보, 스체판!"

아크시니야는 귀머거리 남편에게 소리쳤다.

"빨리 집으로 갑시다! 우리 부모한테로 가요. 난 이 죄인들과 같이 살고 싶지 않아요! 떠날 채비나 하세요!"

안뜰에는 빨랫줄 위에 옷가지가 널려 있었다. 아크시니야는 아직 마르지 않은 자기 치마며 재킷이며를 걷어서 귀머거리 남편 손에 던졌다. 화가 치밀 대로 치민 그녀는 빨랫줄 옆을 뛰어다니며 옷가지는 모조리 낚아챘다. 그러고는 자기 것이 아닌 옷가지는 땅바닥에 내던지고 발로 짓밟았다.

"아아, 저 애를 저리 데리고 가줘요!"

바르바라는 괴로운 듯이 말했다.

"무슨 여자가 저럴까! 부쵸키노를 쥐버리세요. 하느님을 위해서 줘버리세요!"

"무슨 여자가 저래!"

대문간에 서 있는 구경꾼들이 말했다.

"저래도 여잔가! 아이구 저 성난 것 좀 봐. 지독하군!"

아크시니야는 빨래하는 소리가 나는 부엌으로 뛰어들어갔다. 거기서는 리파가 혼자서 빨래를 하는 중이었다. 요리사는 냇가로 옷을 빨러 나가고 없었다. 난로 옆 대야와 솥에서는 김이 무럭무럭 솟아올라 부엌 안은 안개라도 낀 듯이 흐리고 무더웠다. 마루 위에는 빨지 않은 옷이 산더미처럼 쌓여 있었다. 그리고 갓난애 니키포르는 떨어지더라도 다치지 않도록 바로 옆 벤치 위에 눕혀두어 벌거숭이 발을 버둥거렸다. 바로 아크시니야가 들어섰을 때, 리파는 아크시니야의 속옷을 빨랫감에서 끄집어내서 대야에 담고는, 상 위에 있던 커다란 국자를 잡고 끓는 물을 퍼부으려는 참이었다.

"이리 줘!"

아크시니야는 증오에 찬 눈초리로 리파를 바라보고 대야에서 옷을 끄집어내며 말했다.

"네년한테 속옷을 만지게 할 줄 알아! 너는 유형수의 여편네야! 자기 주제나 알고 덤벼!"

리파는 아크시니야를 보고 흠칫 뒤로 물러났다. 그 순간은 무슨 영문인지를 몰랐으나, 문득 아크시니야가 갓난애를 보는 눈초리를 깨닫자, 갑자기 리파는 그 뜻을 알고 온몸이 파랗게 질리고 말았다…….

"네 놈이 내 땅을 빼앗았지!"

이렇게 말하며, 아크시니야는 끓는 물이 든 국자를 잡고 니키포르에게 퍼부었다.

곧 뒤이어 우클레예보 마을에서는 아직까지 한 번도 들어보지 못한 비명 소리가 들렸다. 그리고 그 소리를 들은 사람은 리파처럼 작고 연약한 여자가 어떻게 저런 비명을 지를 수 있는지 의심할 정도였다. 그러나 갑자기 안뜰도 잠잠해졌다.

아크시니야는 여느 때처럼 앳된 웃음을 지은 채, 아무 말 없이 집 안으로 들어갔다……. 귀머거리 남편은 한 아름 옷가지를 안고 이리저리 거닐다가 이윽고 아무 말 없이 그것을 다시 줄에 느릿느릿 널기 시작했다. 그리고 요리사가 돌아올 때까지 아무도 부엌에 들어가보겠다는 사람이 없었으므로 거기서 무슨 일이 있었는지 아무도 알지 못했다.

8

니키포르는 마을의 병원으로 보냈으나 그날 밤으로 죽고 말았다. 리파는 사람들이 오기를 기다리지 않았다. 그녀는 죽은 아기를 싸개에 싸 안고 집으로 향했다.

커다란 창문이 달린 병원은 언덕 위에 높이 솟아 있었다. 이 건물은 바로 얼마 전에 세운 것이었다. 저녁노을이 병원 유리창에 비쳐서 흡사 안에서 불이라도 붙은 듯이 빨갛게 보였다. 아래에는 자그마한 마을이 있었다. 리파는 언덕길을 내려섰다. 마을로 들어가기 전에 삭은 연못가에 앉았다. 한 아낙이 말을 끌고 와서 물을 먹이려 했으나 말은 물을 먹지 않았다.

"뭣이 먹고 싶니?"

아낙은 알지 못하겠다는 듯이 나직하게 물었다.

"뭣이 먹고 싶어?"

빨간 셔츠를 입은 소년이 연못가에 앉아서 아버지의 장화를 씻고 있었다. 그 밖에는 마을에나 언덕에나 사람이라고는 보이지 않왔다.

"물을 먹지 않는군요……."

리파는 말을 바라보며 중얼거렸다.

이윽고 아낙도 가고, 소년도 장화를 들고 내려갔다. 이젠 정말 아무도 보이지 않았다. 태양도 금빛과 자줏빛 비단으로 휘감긴 채 잠자리로 들었다. 붉은빛이나 연자줏빛 가느다란 구름은 태양의 편안한 휴식을 보호하려는 듯 이리저리 하늘에 흩어져 있었다. 어디선가 멀리서 해오라기의 구슬픈 울음소리가 은은히 들려왔다. 마치 외양간에 갇힌 암소의 울음소리와도 같았다. 이 괴상한 새소리는 봄이 되면 언제나 들려오곤 했으나, 그것이 어떤 새이며, 어디 사는지 아는 사람은 없었다. 병원이 있는 언덕 위와 바로 연못가의 숲 속 그리고 마을 저쪽 들판에서는 꾀꼬리의 노랫소리가 넘쳐흘렀다. 뻐꾹새가 누구의 나이를 세다가 잘못 세고는 다시 셈을 시작했다. 연못 속에서는 개구리들이 째질 듯한 심술궂은 목청으로 앞을 다투어 울어댔다. 그 소리는 마치 이런 말을 지껄이는 것 같았다.

"너 같은 건 그렇지! 너 같은 건 그렇지!"

지독히 소란한 밤이었다. 이 모든 동물은 오늘 같은 봄 밤에 아무도 자지 못하게 하려고 일부러 외치고 노래를 부르는 듯했다. 심술궂은 개구리들까지도 "인생은 덧없다. 일 분도 헛되게 보내지 말고 인생을 찬미하고 노래하라!"고나 하는 듯이 느껴졌다.

하늘에는 은빛 반달이 빛나고 수많은 별이 반짝였다. 리파는 얼마나 오래 연못가에 앉아 있었는지 몰랐다. 그러나 그녀가 일어서서 발걸음을 옮겼을 때에는 이미 자그마한 마을도 잠들고 등불 하나 보이지 않았다. 집까지는 12베르스타가량 되었다. 그러나 거기까지 갈 힘이 없었다. 어떻게 갈 것인가를 생각할 기력조차 없었다. 지금까지 앞에서 빛나던 달이 오른편으로 기울어졌다. 아까 울던 뻐꾹새가 목멘 소리로 "조심해라. 길이 틀렸다!"라고 리파를 비웃는 듯이 외쳤다. 리파는 걸음을 빨리했다. 그녀의 머플러는 어느새 날아가버리고 없었다……. 그녀는 하늘을 바라보며 '지금 아기의 영혼이 어디 있을까, 자기 뒤를 따라올까, 그렇지 않으면 저 별이 반짝이는 높은 하늘을 헤맬까, 그리고 벌써 자기 어머니를 잊어버리지나 않았을까……?' 하고 생각했다. 이런 밤중에 광막한 들판에서 자기가 노래 부를 수 없이 우울할 때 새들의 노랫소리를 듣거나 자기가 즐겁지 못할 때 즐거운 외침 소리를 듣는다는 것은, 오! 얼마나 외롭고 쓸쓸하랴……. 봄이거나 여름이거나, 사람이 살아 있거나 죽어 있거나를 가릴 것 없이, 한결같이 외롭게 밤하늘에서 내려다보는 달을 쳐다볼 때, 오! 얼마나 가슴 아픈 일이랴……. 가슴속에 슬픔을 품고 있을 때 혼자 남는다는 것은 얼마나 괴로운 일이랴. 이럴 때 어머니 푸라스코비야가 계셔주었더라면! 그렇지 않으면 장대 할아버지라도, 요리사라도, 아니 아무 농사꾼이라도 옆에 있어주었으면!

"부우!"

해오라기가 울었다.

"부우!"

그러자 별안간 사람의 목소리가 똑똑히 들려왔다.

"말을 달게, 바빌라!"

바로 앞 길가에서 모닥불이 타고 있었다. 불꽃은 이미 꺼졌으나 타다 남은 숯덩이가 빨갛게 빛났다. 말이 풀을 뜯어먹는 소리가 들렸다. 어둠 속에 두 대의 마차가 어렴풋이 보였다. 한쪽 마차에는 통이 실렸고 또 하나의 낮은 마차 위에는 여러 개의 자루가 실렸다. 그리고 두 사내의 모습도 보였다. 한 사람은 마차에다 말을 달고 있었고, 다른 한 사람은 뒷짐을 지고 모닥불 옆에 우두커니 서 있었다. 마차 옆에서 개가 으르렁거렸다. 말을 끌던 사람이 멈칫하며 말했다.

"누가 이리 오나 보군."

"샤리크, 가만있어!"

또 한 사람이 개에게 소리쳤다.

그 목소리로 보아 그는 노인인 듯싶었다. 리파는 발걸음을 멈추며 말했다.

"애들 쓰시네요!"

노인은 리파에게로 다가섰다. 그러나 곧 대답하지는 않았다.

"안녕하슈!"

"안녕하세요! 저 개가 물지 않을까요, 할아버지?"

"괜찮으니 지나가시오. 달려들진 않으니까."

"저 병원에서 오는 길이에요."

리파는 잠시 사이를 두었다가 말을 이었다.

"아기가 죽었어요. 그래 지금 집으로 안고 간답니다."

노인은 그 말에 기분이 언짢았는지, 뒤로 물러서며 성급히 말했다.

"상심 마시오, 모두 주님의 뜻이니까."

노인은 이렇게 말하며 말을 달던 사람에게 외쳤다.

"뭘 그렇게 꾸물거려. 빨리 해!"

"할아버지의 지름대가 보이지 않아요."

"또 네놈의 버릇이 나왔군."

노인은 숯덩이를 들고 푸우 불었다(그의 눈과 코가 발갛게 빛났다). 이윽고 지름대를 찾아내자 그는 불을 들고 와서 리파의 얼굴을 비춰 보았다. 그러고는 동정하는 듯이 부드러운 표정을 지었다.

"애 어머니군. 어느 어머니든지 자기 자식 때문에 고생하게 마련이라우."

이렇게 말하며 노인은 한숨을 몰아쉬고 머리를 저었다. 바빌라는 불덩이 위에 무엇을 던지고는 그것을 밟았다. 그러자 갑자기 주위는 캄캄해졌다. 아무것도 보이지 않았다. 그리고 다시 거기에는 들판과 별이 반짝이는 하늘만이 남고 서로 잠을 방해하려 애쓰는 새들의 노랫소리가 들릴 뿐이었다. 그리고 뜸부기의 노랫소리도 들렸다. 이 소리는 모닥불이 타던 바로 그 자리에서 들려오는 듯했다. 그러나 잠시 후, 리파는 다시 두 대의 마차와 노인과 후리후리한 바빌라의 모습을 볼 수 있었다. 두 대의 마차는 삐걱 소리를 내며 한길로 나섰다.

"할아버진 이 동리에 사시나요?"

리파는 노인에게 물었다.

"아니, 우린 피루사노보에서 왔다오."

"아까 할아버지가 저를 보실 때, 저는 마음이 놓였어요. 그리고 저분도 친절한 분이시군요. 저는 이 동리 사람들이거니 생각했어요."

"어디까지 가시우!"

"우클레예보까지요."

"그럼 이 마차를 타시지. 쿠지메노크까지 데려다줄 테니 거기서 바로 가면 될 테고, 우린 왼쪽으로 가고."

바빌라는 통이 실린 마차에 앉고, 노인과 리파는 다른 마차에 올랐다. 바빌라가 앞장섰고, 마차는 걸어가듯이 느릿느릿 떠나갔다.

"이 애는 하루 종일 괴로워했어요. 조그만 두 눈으로 물끄러미 바라볼 뿐 아무 말도 없었죠. 아아, 하늘에 계신 아버지! 저는 슬픔에 못 이겨 그만 마루에 쓰러지고 말았어요. 그다음 일어섰다가 다시 침대 옆에 넘어지고 말았답니다. 네, 할아버지, 이렇게 어린것이 죽기 전에 왜 괴로워했을까요? 남자나 여자나 어른이 괴로워하는 것은 죄사함을 받기 위해서라 하지만, 아무 죄도 없는 갓난애가 괴로워하는 건 어째서일까요? 네, 왜 그럴까요?"

"그걸 누가 알겠소!"

노인이 대답했다.

그들은 아무 말 없이 30분가량 마차를 달렸다.

"우리는 어떤 일이 왜 그런가를 모두 알 순 없는 거요."

노인은 입을 열었다.

"어떤 새건 날개가 두 개씩 달렸지, 네 개씩 달린 것은 없거든. 그건 두 개의 날개로 날게 되었기 때문이오. 그와 마찬가지로 인간도 전부를 알 수 있는 것이 아니라, 그 절반이나 사 분의 일 정도밖에 모르게 돼 있는 거요. 그러나 사람이 살아가는 데 알아야 될 것만은 알게 마련이라오."

"할아버지, 전 걸어가는 편이 낫겠어요. 가슴이 두근거려서 못 견디겠어요."

"괜찮으니 앉아 있어요."

노인은 하품을 하고 입 위에 성호를 그었다.

"근심하지 마오……."

노인은 되풀이했다.

"조금도 상심하지 말아요. 앞길이 구만리 같은 몸이니 아직 좋은 일도 있을 게고 나쁜 일도 있을 거요. 우리 러시아는 무척 큰 나라니까 별의별 일이 다 있다오."

그는 이렇게 말하며 사방을 둘러보았다.

"러시아 가운데서 내가 가보지 못한 곳이라고는 없고, 또 여러 가지 일도 당해봤지요. 그러니 내 말은 거짓말이 아니라오. 좋은 일도 있고 슬픈 일도 있는 법이오. 나는 남의 부탁을 받고 시베리아로 간 일도 있답니다. 그리고 아무르(黑龍江)에도 갔고, 알타이의 산간 벽지에도 갔으며, 시베리아에서 밭을 갈며 살아보기도 했다오. 그러자 러시아기 그리워져서 다정한 고향으로 돌아오고 말았지요. 우리는 걸어서 왔답니다. 그리고 배를 타고 오던 일도 생각나는군요. 피골이 상접한 나는 온몸에 누더기를 걸친 채 맨발로 추위에 덜덜 떨면서 빵 조각을 씹고 있었지요. 그런데 그 기선에 탄 어떤 나리가 (그 나리가 돌아가셨다면 주의 은총이 있기를) 나를 보더니 애처로운 나머지 눈물을 흘리며 '오오, 자네의 빵은 검구려. 자네의 신세도 검고……'라고 하시지 않겠소. 그리고 집에 와 보니 집에는 말뚝 하나

없고 장작 한 개비 없는 형편이었다우. 내게도 마누라가 있었지만 시베리아에 남겨두고 왔더니 거기서 죽고 말았지요. 그래서 지금은 머슴살이를 한다오. 그런데 말이오, 그러고 나서도 역시 좋은 일도 있고 나쁜 일도 있었지요. 그래선지 죽고 싶진 않아요. 이제 20년만 더 살았으면……. 그러나 결국 따지고 보면 좋은 일이 더 많았던 셈이지요. 아무튼 우리 러시아는 넓으니까!"

이렇게 말하고 노인은 다시 주위를 둘러보았다.

"할아버지, 사람이 죽으면 며칠이나 혼이 이 세상에 머물지요?"

리파는 물었다.

"누가 알겠소! 저 바빌라한테 물어봅시다. 저놈은 학교에 다녔으니. 요새 학교에선 안 가르쳐주는 것이 없다더군. 바빌라!"

노인은 바빌라를 불렀다.

"뭐요!"

"바빌라, 사람이 죽으면 영혼이 며칠이나 이 세상에서 헤매는지 자네 아나?"

"아흐레쯤이지요. 제 삼촌 키릴라가 죽었을 적엔 영혼이 열사흘이나 집에 살았어요."

"그건 어떻게 알았지?"

"열사흘 동안이나 난로 속에서 덜커덕덜커덕 소리가 났거든요."

"흐흠, 됐어. 자, 가세."

노인은 이렇게 말했으나, 그가 한 말을 조금도 믿는 기색이 아니었다.

쿠지메노크 근처에서 마차는 다른 길로 접어들고 리파는 곧바로 걸어갔다. 이미 동이 틀 무렵이었다. 리파가 골짜기로 내려갔을 때, 우클레예보의 농가와 교회는 안개 속에 파묻혀 있었다. 싸늘한 기운이 감돌았다. 그리고 아까 울던 뻐꾹새의 울음소리가 아직도 들려오는 듯했다.

리파가 집에 돌아오니 집에서는 아직 가축들을 풀어놓지도 않은 채 모두 잠들어 있었다. 그녀는 층계 다리에 앉아서 기다렸다. 맨 처음에는 츠이부킨 노인이 나왔다. 리파를 보자 노인은 무슨 일이 생겼는지 첫눈에 알아차렸다. 노인은 오랫동안 아무 말도 못 하고 입술만 쭝긋거릴 뿐이었다.

"오오, 리파, 손자놈을 잘 돌봐주지 않고······."

바르바라도 일어났다. 그녀는 두 손을 비비며 흐느껴 울었다. 곧 죽은 아기를 자리에 눕혔다.

"정말 좋은 아기였는데······. 단 하나밖에 없는 아기였는데, 네가 좀 더 잘 돌봐주었더라면······."

아침 저녁으로 진혼제(鎭魂祭)를 올렸다. 장례는 이튿날 거행되었다. 장례를 치른 후 손님들과 목사는 오랫동안 음식이라는 것을 먹어보지 못한 듯이 아주 맛있게 많은 음식을 먹었다. 리파는 시탁을 돌아보았다. 목사가 소금절임 버섯을 포크로 찔러 들면서 리파에게 말했다.

"아기 일로 너무 상심하지 마시오. 모두 주님의 뜻이니까."

손님들이 모두 돌아가고 나서야, 리파는 니키포르가 이미 이 세상에 없다는 것, 그리고 앞으로는 다시 볼 수 없으리라는 것을 깨닫고 흐느끼기 시작했다. 그녀는 어느 방에 가서 울어야 할지조차 몰랐다. 아이가 죽은 다음부터는 자기 방이 없어지고 말았기 때문이다. 너는 이 집에서 소용없는 거추장스러운 물건이라고나 하듯이. 그리고 다른 식구들도 역시 그렇게 느꼈다.

"아니, 왜 짜고 있는 거야?"

아크시니야가 갑자기 문 앞에 나타나며 앙칼지게 외쳤다. 그녀는 장례식을 핑계 삼아 아래위 새 옷을 입고 얼굴에는 분까지 바르고 있었다.

"조용히 해!"

리파는 울음을 멈추려고 했으나 멈출 수가 없었다. 리파는 더 큰 소리로 흐느꼈다.

"내 말이 들리지 않아······."

아크시니야는 발끈 화를 내고 발을 동동거리며 외쳤다.

"내 말이 들리지 않아······! 썩 밖으로 나가······, 다시는 이 집에 얼씬도 말고. 정배살이 여편네 같은 것이! 썩 나가지 못해!"

"아니, 이거 왜들 그러느냐······."

츠이부킨 노인이 더듬더듬 말했다.

"아크시니야, 그러는 게 아니야······. 애를 잃었으니······ 운다는 것은 당연한 일이지 뭐냐······."

"네, 당연한 일이에요······."

아크시니야는 노인의 말을 흉내냈다.

"오늘 밤까지는 그냥 두지만 내일부터는 얼씬 못 하게 해주세요! 이것도 당연한 일이죠······."

그녀는 한 번 더 시늉을 하고는 샐쭉 웃으며 가겟방 쪽으로 사라졌다.

그다음 날 리파는 아침 일찍 어머니가 있는 톨구예보 마을로 떠나가버렸다.

9

가겟방 지붕과 문에 칠을 하고 보니 새집처럼 윤기가 흘렀다. 들창에는 예전과 같이 아름다운 양아욱 꽃을 놓았다. 그리고 츠이부킨의 집과 뜰에서 일어났던 사건도 어느새 3년이란 세월이 흘러서 거의 잊혔다.

그리고리 페트로비치 노인은 예전처럼 지금도 주인이라고 생각했다. 그러나 사실은 모든 것이 아크시니야의 손아귀로 넘어가고 말았다. 그녀가 물건을 사고팔았고 그녀의 동의 없이는 어떤 일도 할 수 없었다. 벽돌 공장도 활기를 띠었다. 철도 시설을 하기 위해서 벽돌이 필요했기 때문에 벽돌 값은 천 개에 24루블까지 올랐다. 시골 여인들과 처녀들이 정거장으로 벽돌을 운반해서는 화차에 실었다. 그들은 품삯으로 하루 24코페이카를 받았다.

아크시니야는 흐르이민 조합에 한몫 끼여 있었고, 지금 그 공장은 '작은 흐르이민 회사'라고 불렸다. 그들은 또한 정거장 옆에 술집을 세워서, 요즘은 아름다운 손풍금 소리가 공장 쪽에서 들리는 것이 아니라 술집에서 들리곤 했다. 이 술집에는 우체국장도 자주 드나들었다. 그와 역장은 다 같이 어떤 거래에 관계했기 때문이다. 작은 흐르이민은 귀머거리 스체판에게 금시계를 선사해서 스체판은 연방 금시계를 호주머니에서 꺼내서는 귀에 갖다 대어보았다.

마을에서는 아크시니야가 커다란 세력을 가지고 있다는 소문이 떠돌았다. 화려한 옷을 입은 아크시니야가 앳된 웃음을 띠면서 아침마다 즐거운 기분으로 공장을 향해 마차를 모는 모습이며, 공장에서 이것저것 지시하는 모습을 보면, 정말 커다란 세력을 가졌음을 알 수 있었다. 지금은 집안 식구들은 물론, 마을 사람들이나 공장 사람들까지도 모두 아크시니야를 무서워했다. 그녀가 우체국에 들어가면, 우체국장은 벌떡 자리에서 일어나 그녀에게 이렇게 말했다.

"자, 어서 앉으십시오, 크세니야 아브라모브나!"

나이가 꽤 들었는데도 엷은 비단실로 만든 저고리를 입고 에나멜을 칠한 높다란 장화를 신은 어떤 멋쟁이 지주가 아크시니야에게 말 한 필을 판 일이 있었다. 말을 흥정할 때, 지주는 아크시니야의 미모에 홀딱 반해서 여자 측이 요구하는 대로 값을 내렸다. 그는 오랫동안 아크시니야의 손을 잡은 채, 명랑하면서도 교활한 빛이 흐르는 그녀의 눈초리를 바라보며 이렇게 말했다.

"크세니야 아브라모브나, 당신 같은 부인을 위해서라면 어떠한 일이라도 할 용의가 있습니다. 아무도 방해하지 않는 곳에서 어떻게 당신을 만나볼 수 있을지요. 어서 말씀해주십시오."

"언제라도 좋습니다!"

그다음부터 나이가 듬직한 멋쟁이 지주는 거의 매일같이 맥주를 마시러 가겟방으로 왔다. 그 맥주는 쑥처럼 지독하게 썼으나, 지주는 머리를 저으면서도 그것을 마셨다. 츠이부킨 노인은 이미 장사에서 손을 뗀 지 오래였다. 어느 것이 진짜 돈이며 어느 것이 가짜 돈인지 도저히 알아낼 수가 없어서 돈이라는 물건을 모으는 재미를 잊어버리고 말았기 때문이다. 그러나 그는 입을 꼭 봉한 채 이와 같은 약점을 누구한테도 얘기하지 않았다. 그는 점점 기억이 흐려갔다. 그리고 집안 식구가 식사를 주지 않는다 해도 독촉하지 않았다. 이제는 집안 식구들도 노인의 모습이 보이지 않는 식사에 익숙해지고 말았다. 바르바라는 때때로 이런 말을 했다.

"저 영감은 엊저녁에도 밤참을 잡수시지 않고 주무셨어."

바르바라도 이런 말을 태연스럽게 할 정도로 익숙해졌다. 어찌 된 셈인지 노인은 여름이나 겨울이나 할 것 없이 노상 털외투를 입고 나다녔다. 그러나 매우 무더운 날만은 나가지 않고 집 안에 앉아 있었다. 언제나 털외투에 몸을 감싼 노인은 외투 깃을 세우고서 마을을 산책하기도 하고 정거장 쪽의 한길을 걷기도 하며, 그렇지 않으면 아침부터 저녁까지 교회 문 앞의 벤치에 앉아 있었다. 노인은 벤치에 앉은 채 움직이지 않았다. 지나가는 사람이 인사를 해도 받아주지 않았다. 그는 여전히 농군들을 싫어했기 때문이다. 혹시 누가 묻기라도 하면 아주 공손하게 재치 있는 말로 짤막하게 대답해 줄 따름이었다. 마을에서는 며느리가 시아버지를 쫓아내고 끼니도 대접하지 않아서 노인은 구걸을 하며 연명한다는 소문이 떠돌았다. 마을 사람들 중에는 이 소문을 재미있어 하는 사람도 있었고, 가엾게 여기는 사람도 있었다.

바르바라는 더욱 피둥피둥 살이 찌고 희멀쑥해갔다. 그리고 전과 다름없이 자선 사업에 열중했다. 아크시니야도 바르바라한테만은 아무 간섭도 하지 않았다. 지금 집에는 햇과실을 미처 먹지 못할 정도로 많은 잼이 저장되어 있었다. 그래서 바르바라는 이 굳어가는 잼을 어떻게 처리하느냐가 큰 걱정이었다.

아니심에 관해서는 거의 모두들 잊어버렸다. 어떻게 되어서인지 그에게서 한 장의 편지가 도착했다. 청원서 같은 커다란 용지에 전처럼 훌륭한 필적으로 쓴 운문(韻文) 편지였다. 이 편지로 봐서 그의 친구 사모로도프도 함께 고역(苦役)하고 있음을 알 수 있었다. 그 편지 끝에는 겨우 뜯어 읽을 수 있을 만큼 서툰 글씨로 이런 말이 적혀 있었다.

저는 여기서 언제나 앓고 있습니다. 괴롭습니다. 어서 저를 구해 주십시오.

어느 날(맑게 갠 가을 저녁이었다) 츠이부킨 노인은 교회 문 앞에 앉아 있었다. 털외투에 목깃을 높이 세웠으므로 코와 모자 챙 외에는 아무것도 보이지 않았다. 기다란 나무 의자의 한끝에는 하청업자인 엘리자로프 노인과 올해 칠십이 되는 학교의 수위 야코프 노인이 나란히 앉아 있었다. 그들은 이런 말을 했다.

"애들은 노인을 모셔야 하는 법이야……. 부모도 공경할 줄 알고."

야코프 노인은 성난 듯이 말했다.

"그런데 저 집 며느리는 시아버지를 집에서 쫓아내고 말았네그려. 지금 저 사람은 먹지도 마시지도 못하고 있으니 어디로 가겠나? 사흘이나 아무것도 먹질 못했다더군."

"사흘이나!"

장대 할아버지는 깜짝 놀라며 말했다.

"저 사람은 아무 말없이 저렇게 앉아 있기만 하니. 몹시 쇠약해졌어. 왜 가만있을까! 고소해버리지. 재판소에서도 며느리를 칭찬하지는 않을 텐데."

"누굴 칭찬한다구요?"

장대 할아버지는 말귀를 알아듣지 못하고 이렇게 물었다.

"뭘 말이오?"

"그래도 그 며느리는 일꾼이라오. 그 며느리가 없이 그 집 장사가 될 줄 아슈……. 나는 죄가 없다고 보는데요……."

"시아버지 집에서 시아버지를 내쫓는 법이야 있나!"

야코프 노인은 성난 어조로 외쳤다.

"자기가 벌어서 산 집이라면 또 모르겠지만. 에이구, 그런 년은 처음 봤어! 지독한 년이야!"

츠이부킨 노인은 꼼짝달싹도 않고 이 말을 듣기만 했다.

"자기 집이건, 남의 집이건 따스하고 여편네가 바가지를 긁지만 않는다면 모두 마찬가지라오……."

장대 할아버지는 웃으면서 말했다.

"젊었을 때 나는 내 마누라 나스타샤를 무척 사랑했지요. 마누라는 양순한 여자였는데도 늘 '여보 마카르이치, 집 한 채 사요! 집 한 채 사요' 하고 졸라댔다우. 그리고 죽음이 임박해서도 이렇게 말하지 않겠소. '여보 마카르이치, 당신도 걸어다니지 않게 경주용 마차를 한 대 사세요'라고요. 그런데 나는 마누라한테 푸랴니크*를 사주

골짜기 109

었을 뿐 아무것도 해준 것이 없었어요."

"그 귀머거리 사내 자식이 바보거든."

야코프 노인은 장대 할아버지의 말을 귀담아듣지도 않으며 말을 이었다.

"정말 바보야. 거위처럼 아무것도 모른단 말이야. 몽둥이로 거위 머리를 때려봤자, 알 리가 없지."

장대 할아버지는 공장으로 가려고 일어섰다. 야코프 노인도 일어섰다. 두 노인은 이야기를 나누며 함께 걸었다. 그들이 오십 걸음 가량 걸어갔을 때, 츠이부킨 노인도 일어섰다. 그는 마치 미끄러운 얼음판을 걷듯이 비틀거리며 그들의 뒤를 따랐다.

마을에는 벌써 황혼이 깃들었다. 비탈진 언덕을 따라 뱀처럼 구불구불 기어올라간 한길 위쪽에만은 아직도 저녁 햇빛이 비쳤다.

아이들을 거느린 할머니들이 산에서 돌아왔다. 그들은 버섯이 든 광주리들을 들었다. 농가의 아낙이며 처녀들도 떼를 지어 정거장에서 돌아왔다. 그들은 거기서 벽돌을 화차에 싣는 작업을 했기 때문에 눈 밑의 볼이며 코가 빨간 벽돌 가루로 뒤덮여 있었다. 그들은 노래를 불렀다. 그들 맨 앞에는 리파가 걸어왔다. 그녀는 하루의 일을 끝마치고 이제 편히 쉬리라는 기쁨과 즐거움이 넘쳐서 하늘을 쳐다보며 높은 소리로 노래를 불렀다. 그들 사이에는 리파의 어머니 푸라스코비야도 끼여 있었다. 그녀는 한 손에 보자기를 들고 여느 때와 같이 숨을 할딱이며 걸어왔다.

---

* 과자의 일종.

"안녕하세요, 마카르이치!"

리파는 장대 할아버지를 보자 인사를 했다.

"안녕하세요, 할아버지!"

"오, 잘 있었니, 리푸인카!"

장대 할아버지는 무척 기뻐했다.

"얘들아, 이 돈 많은 목수를 사랑해다오! 핫핫! 귀여운 것들아(장대 할아버지는 눈물을 흘렸다), 내 귀여운 것들아!"

장대 할아버지와 야코프는 저리 지나갔으나 그들의 말소리는 아직 들려왔다. 그다음 얼마 안 가서 츠이부킨 노인을 만났다. 갑자기 모두들 잠잠해졌다. 리파와 푸라스코비야는 잠시 뒤로 물러섰다. 노인이 그들 옆에 다가왔을 때 리파는 정중히 인사를 했다.

"안녕하세요, 그리고리 페트로비치!"

어머니도 인사를 했다. 노인은 발걸음을 멈추고 그들 모녀를 물끄러미 바라만 보았다. 입술이 바르르 떨리고 그의 눈에는 눈물이 글썽하게 맺혔다. 리파는 어머니의 보자기에서 빵 조각을 꺼내 노인에게 주었다. 노인은 그것을 받아 들고 씹어먹기 시작했다.

해도 이미 완전히 저물고 말았다. 한길 위를 비추던 저녁 햇빛도 자취를 감추었다. 주위에는 어둠이 깃들고 싸늘한 기분이 감돌았다. 리파와 푸라스코비야는 다시 발걸음을 옮기면서 연이어 자기 가슴에 성호를 그었다.

귀여운 여인

퇴직한 팔등관(八等官)인 풀레먀니코프의 딸 올렌카는 생각에 잠겨 자기 집 현관 층계에 앉아 있었다. 날씨는 무더운데, 파리까지 짓궂게 덤벼들어서 기울어가는 해가 빨리 저물기만 기다려졌다. 검은 비구름이 이따금 생각난 듯이 습기찬 미풍을 일으키며, 동쪽에서 몰려왔다.

뜰에는 이 집 건넌방을 빌려 쓰는 치볼리 야외 극장 지배인 쿠우킨이 하늘을 쳐다보고 서 있었다.

"제기랄!"

그는 울상이 되어 투덜거렸다.

"또 비야! 일부러 그러는 것처럼 허구한 날 비만 오니, 이건 내 모가지를 졸라매자는 건가! 날마다 손해가 이만저만해야지! 이러다간 파산이로군, 파산이야!"

그는 올렌카에게 두 손을 쳐들어 보이며 불평을 계속했다.

"우리들의 생활이란 요모양 요꼴입니다, 올리가 세묘노브나. 울어도 시원치 않을 지경이죠! 별 고생을 다하고 죽도록 기를 쓰며 일해봐야, 그리고 어떡하면 좀 더 나아질까 하고 밤잠도 자지 않고 별 궁리를 다해봐야, 그게 무슨 소용이겠습니까? 첫째로, 관중이 야만인이나 다름없이 무지막지하단 말이에요. 나는 그들에게 일류 가수들을 동원하여 가장 고상한 오페레타나 무언극을 공연해주지만, 과연 관중은 그런 것을 필요로 하겠습니까? 설사 그것을 구경한다 해도 도대체 무엇을 이해할 수 있겠습니까? 관중은 광대를 요구합니다. 아주 저속한 것을 상연해야 한단 말입니다! 게다가 날씨까지 이 모양입니다! 거의 매일 저녁 비가 오지 않습니까? 5월 10일부터 시작해서 6월 내 장마니 이런 기막힌 일이 어디 있겠어요! 구경꾼은 얼씬하지도 않는데, 그래도 자릿세는 물어야 하고, 배우들에겐 보수를 줘야 합니까?"

이튿날도 저녁 무렵 해서 또 검은 구름이 몰려왔다. 쿠우킨은 미친 듯이 웃으며 말했다.

"어쩌겠다는 거야? 퍼부을 테면 얼마든지 퍼부어라! 극장이 퐁땅 물에 잠기고 나는 물속에서 헤어나지 못하도록 실컷 퍼부으란 말이야! 이 세상에서뿐만 아니라 저승에서까지 나를 못살게 하겠다는 게로군! 배우들이 나를 걸어 고소해도 좋다! 재판이 무엇이야? 시베리아로 유형을 보내도 좋고, 교수대에 올려놔도 겁날 것 없다! 핫, 핫, 핫!"

그다음 날도 마찬가지였다…….

올렌카는 쿠우킨의 넋두리를 아무 말 없이 가슴 아프게 생각하며 들었고, 그러한 그녀의 눈에는 눈물이 글썽해지는 때도 있었다. 쿠우킨의 불행은 드디어 올렌카의 마음을 흔들어놓고야 말았다. 그를 사랑하기 시작했다. 그는 안색이 누렇고 이마에 고수머리가 덮인 작달막한 키에 몸집이 여윈 사람이었다. 음성은 가느다란 테너였는데, 얘기할 적마다 입을 샐쭉거렸고, 얼굴에는 언제나 절망의 빛이 떠돌았다. 그러나 그는 올렌카의 마음속에 그렇게 순결하고도 깊은 애정을 일으켰다. 올렌카는 언제나 누구를 사랑하지 않는 때가 없었고, 또 그러지 않고는 살아갈 수 없는 성질의 여자였다. 어릴 적에는 아버지를 무척 따랐다. 그 아버지는 지금 괴로운 숨을 몰아쉬며, 어두운 방 안에서 안락의자에 앉아 앓고 있다. 그리고 2년에 한 번쯤이나 브란스크에서 다녀가는 작은어머니도 사랑했다. 여학교 시절에는 프랑스어 선생을 사랑했다. 올렌카는 고운 마음씨를 가진 착하고 인자스러운 여자였다. 또한 그녀의 눈길은 잔잔하고 부드러웠으며 몸은 매우 건강한 편이었다. 통통하고 불그레한 뺨이며, 보드랍고 흰 살결에 까만 점이 찍힌 목덜미며, 무슨 재미있는 얘기를 들을 때 떠오르는 티없이 상냥한 웃음 같은 것을 보는 사내들은 으레 "거 괜찮게 생겼는걸……" 하며 자기들도 웃음 지었고, 여자 손님들은 얘기를 주고받다가도 "아이 참 귀엽기도 하지!" 하며 느닷없이 그녀의 손을 잡아보지 않고는 못 견뎠다.

올렌카가 태어날 때부터 살아왔고, 또 아버지의 유언장에도 그녀의 명의로 된 이 집은 도심에서 떨어진 츠이간스카야 슬로보드카에 있었다. 치볼리 야외 극장이 가까워서 저녁마다 늦도록 음악 소리와 폭죽 터지는 소리가 들려왔다. 그런 소리를 듣노라면, 올렌카는 자기의 운명과 싸우며, 자기의 가장 큰 적인 무관심한 관중을 공격하는 쿠우킨의 모습을 연상했고, 그러면 그녀의 심장에는 달콤한 감격이 벅차올랐다. 잠을 청할 생각은 아예 하지도 않았다. 새벽 녘에 그가 돌아오면 침실 창문을 똑똑 두드리며 커튼 사이로 얼굴과 한쪽 어깨만을 내밀며 상냥한 미소를 지어 보이곤 했다.

쿠우킨이 올렌카에게 청혼하여 그들은 결혼했다. 그리하여 그녀의 목덜미며, 포동포동한 두 어깨를 보게 되었을 때, 그는 두 손을 번쩍 쳐들고 이렇게 말했다.

"정말 당신은 귀염둥이로구려!"

그는 행복했다. 그러나 결혼식 날에도 밤낮을 두고 비가 온 것처럼 그의 얼굴에서 절망의 빛이 아주 사라지지는 못했다.

결혼 후에 그들은 다정스럽게 살았다. 올렌카는 입장권을 팔기도 하고, 극장 안의 여러 가지 일을 거들어주기도 하며, 계산서를 꾸미고 월급을 치러주기도 했다. 그녀의 불그레한 두 뺨과 티없이 맑고 귀여운 웃음이 매표구에서 보였는가 하면, 무대 뒤나 구내 식당에 나타나곤 했다. 그리고 그녀는 어느덧 자기 친지들에게, 연극이야말로 인간 생활에서 가장 보람 있고 또 없어서는 안 될 중요한 것이며, 연극을 통해서만 인간은 참다운 위안을 느낄 수 있고 교양을 지닌 인도주의적 인간이 될 수 있다고 곧잘 설명하게 되었다.

"하지만 관중이 과연 그걸 이해할 수 있겠어요?"

그녀는 이렇게 말했다.

"그들이 요구하는 건 광대라니까요! 어제 파우스트의 개작(改作)

을 공연했더니 관람석이 아주 텅 비었어요. 그렇지만 우리 주인 바니치카와 내가 저속한 신파나 공연했더라면 틀림없이 대만원이었을 거예요. 내일 바니치카와 나는 〈지옥에서의 오르페우스〉를 상연하기로 했지요. 꼭 보러 오세요."

그리고는 연극이나 배우들에 관해서 쿠우킨이 하던 말을 그대로 되풀이하곤 했다. 남편이 하는 그대로 예술에 대한 관중의 냉담과 무지를 탓하기도 하고, 무대 연습에 끼어들어 배우들의 포즈를 고쳐주고, 악사들의 몸짓을 감독하기도 했다. 어쩌다 지방 신문에 연극에 관한 악평이 실리면 눈물을 흘렸고, 그 악평을 해명하려고 직접 신문사에 찾아다니기도 했다.

배우들도 올렌카를 좋아했다. 그들은 "바니치카와나"라거나 "귀여운 여인"이라고 그녀를 부르게 되었다. 그녀는 배우들을 동정해서 많지 않은 돈이면 돌려주기도 했다. 그러다가 만일 배우들이 약속을 지키지 않을 때에도 남편에게 일러바치는 일은 없었고, 그저 혼자서 눈물을 찔끔찔끔 짜고 말았다.

두 내외는 겨울에도 잘 지냈다. 야외 극장은 시내에 있는 극단이 공연하지 않는 대신에 소러시아에서 흘러온 소규모의 극단이라든가, 마술사라든가, 그렇지 않으면 시골 아마추어 연극 동호회 같은 데 단기간씩 빌려주었다. 올렌카는 점점 몸이 나기 시작했고, 흡족한 표정으로 얼굴이 환해져갔다. 그러나 쿠우킨은 노랗게 말라만 가면서 겨우내 경기가 나쁘지 않았는데도 손해가 막심하다고 투덜거리기만 했다. 그는 밤마다 쿨룩쿨룩 기침을 했다. 그래서 올렌카는 남편에게 딸기라든가 라임을 짜서 끓여 먹이기도 하며, 오데콜

롱으로 찜질도 해주었고, 자기의 따뜻한 숄을 둘러주기도 했다.

"난 당신이 얼마나 좋은지 몰라요!"

남편의 머리를 쓰다듬으며 그녀는 다정스럽게 말했다.

"정말 당신은 좋은 분이셔!"

사순제(四旬祭)가 되어 쿠우킨은 극단을 부르러 모스크바로 떠났다. 남편 없이 올렌카는 잠을 이룰 수 없었고, 그래서 밤이 새도록 별들만 바라보며 들창 가에 앉아 있었다. 그런 때 그녀는 닭장에 수탉이 없으면 괜히 겁을 집어먹고 밤새 잠을 못 자는 암탉과 자기를 비교해보기도 했다. 쿠우킨은 모스크바에서 한동안 머물렀는데, 부활절까지는 돌아갈 테니 극장 일은 이러이러하게 하라는 편지를 보내 왔다. 그러나 부활절을 일주일 남긴 월요일 밤늦게 문을 두드리는 소리가 불길하게 들려왔다. 문밖에서 누가 커다란 나무 통을 쿠웅쿠웅 두드리는 것 같은 소리였다. 잠이 채 깨지 않은 식모가 맨발로 물이 질벅하게 고인 뜰을 거쳐 대문으로 달려나갔다.

"문 좀 열어주시오!"

밖에서 거칠고 굵직한 목소리가 들렸다.

"댁에 전보요!"

올렌카는 이전에도 남편에게서 전보를 받은 일이 있었지만, 이번만은 어쩐지 정신이 아찔해지는 것 같았다. 부들부들 떨리는 손으로 전보 용지를 펴 들었다. 전보에는 이렇게 적혀 있었다.

    이반 페트로비치 금일 돌연 사망. 화요일 장례식. ××× 지시를 바람

장례식 다음에 적힌 글자는 전혀 뜻 모를 말이었다. 발신인은 소가극단 무대 감독이었다.

"여보!"

올렌카는 흐느껴 울었다.

"나의 소중한 바니치카! 이게 어떻게 된 노릇이에요! 왜 나는 당신과 만났을까요? 왜 나는 당신을 사랑했을까요! 불쌍한 당신의 올렌카를 두고, 이 가엾고 불행한 올렌카를 두고, 당신은 혼자 어디로 가버렸단 말이에요……?"

쿠우킨의 장례식은 화요일 모스크바에서 치렀다. 그리고 수요일에 올렌카는 집으로 돌아왔다. 방에 들어서자 침대에 몸을 던지고, 한길에서나 이웃집에서도 들릴 만큼 큰 소리로 통곡했다.

"가엾기도 해라!"

이웃집 사람들은 가슴에 성호를 그으며 말했다.

"귀여운 올리가 세묘노브나가 저렇게 상심해하다가는 몸을 망쳐 버리겠네!"

그로부터 석 달이 지난 어느 날, 수심에 찬 올렌카가 상복을 입고 미사에서 돌아오는 길이었다. 이웃에 사는 바실리 안드레이치 푸스토발로프도 역시 교회에서 돌아오는 길이었는데, 우연하게도 올렌카와 나란히 걷게 되었다. 그는 바바카예프라는 목재상의 주인이었다. 맥고모자를 쓰고 금으로 만든 시곗줄을 드리운 흰 조끼를 받쳐 입은 품이 상인이라기보다는 차라리 시골 지주라는 편이 어울릴 것 같은 사람이었다.

"세상의 모든 일은 다 주의 안배(按配)하심에 따라 결정되는 것입니다, 올리가 세묘노브나."

그는 동정 어린 음성으로 침착하게 타이르듯 말했다.

"우리가 믿고 귀중히 여기는 사람 중 누가 죽는다 해도 그것은 주의 뜻입니다. 우리는 슬픔을 참고 그 뜻에 순종해야 하지 않겠습니까?"

대문까지 올렌카를 바래다준 그는 작별 인사를 하고 돌아갔다. 이런 일이 있은 후 그의 침착하고 위엄 있는 음성은 그녀의 귓전에서 온종일 사라지지 않았고, 눈을 감기만 하면 그의 검은 수염이 머릿속에 떠올랐다. 올렌카는 그를 퍽 좋아하게 되었다. 남자 편에서도 그녀에게 관심을 가진 것이 틀림없었다. 며칠 후 조금 안면이 있는 어떤 중년 부인이 커피를 마시러 집으로 찾아와서, 식탁에 앉기가 무섭게 푸스토발로프의 말을 꺼내며, 그가 아주 착실하고 믿음직스러운 신랑감이기 때문에 그 사람한테 시집가라면 뉘 집 색시든지 혹하고 덤빌 것이라는 말을 장황히 늘어놓고 간 일만으로도 넉넉히 짐작할 수 있었다. 그리고 사흘 후에는 푸스토발로프 자신이 찾아왔다. 그는 불과 10분이나 앉아 있었을까, 말도 몇 마디 하지 않고 돌아갔으나 올렌카는 벌써 그를 사랑하게 되었다. 어떻게 그에게 반해버렸는지, 그날은 밤새도록 잠을 이루지 못하고 열병에 걸린 사람처럼 들떠 있었다. 그래서 아침이 되기가 바쁘게 그 중년 부인을 불러오게 했다. 곧 혼담이 성립되었고, 그다음 결혼식도 끝났다.

결혼한 후, 푸스토발로프와 올렌카는 의좋게 지냈다. 남편은 보통 점심때까지 상점에 앉아 있다가 일을 보러 밖으로 나가곤 했다.

그러면 올렌카가 그를 대신하여 저녁때까지 앉아서 계산서를 꾸미기도 하고 물건을 팔기도 했다.

"목재는 해마다 2할씩이나 값이 오른답니다."

물건을 사러 오는 손님이나 아는 사람들에게 그녀는 이렇게 설명했다.

"그도 그럴 것이 전에는 이 지방 목재만 가지고도 장사가 되었는데, 지금은 우리 주인 바시치카가 목재를 구입하러 모길레프까지 해마다 다녀와야 합니다. 그리고 또 그 운임은……."

이렇게 말하며, 그녀는 두 손으로 뺨을 감싸며 아주 놀란 표정을 지어 보였다.

"아주 엄청나게 먹힌다니까요!"

올렌카는 벌써 오래전부터 자기가 목재상을 경영해온 것처럼 느꼈고, 또 목재야말로 인간 생활에서 가장 중요하고 필요불가결한 물건이라고 생각하게 되었다. 그리고 대들보, 통나무, 서까래, 판자, 각재, 창재(窓材), 기둥, 톱밥 등등 이런 말들은 어릴 적부터 귀에 익은 것처럼 다정스럽게 들렸다. 잠을 잘 때에도, 차곡차곡 쌓아올린 두껍고 얇은 판자의 더미라든가, 어디론지 시외로 나무를 운반해 가는 우마차의 기다란 행렬이라든가, 길이가 30척이 넘는 일곱 치 들보 각재가 곤추서서 마치 군대처럼 재목 저장고로 행군하는 꿈을 꾸었다. 통나무, 들보, 판자 같은 마른 나무가 요란한 소리를 내고 서로 부딪치며 한꺼번에 무너져 내렸다가는 다시 저절로 쌓아 올려지는 꿈도 꾸었다. 그럴 때 올렌카는 소스라쳐 깨어나곤 했다. 그러면 푸스토발로프가 어린애 달래듯 했다.

"왜 그러지, 올렌카? 어서 성호를 그어요!"

남편의 생각은 바로 아내의 생각이기도 했다. 남편이 방이 너무 넓다고 하든가 장사가 시원치 않다고 생각하면, 그녀도 역시 그렇게 생각했다. 남편은 어떤 종류의 오락도 즐길 줄 몰랐다. 공휴일에도 그는 집에만 틀어박혀 있었고, 아내도 역시 마찬가지였다.

"매일 집 안에나 사무실에만 박혀 있지 말고 극장 같은 데 구경이라도 좀 다녀보시지."

가깝게 지내는 사람들은 그녀에게 이렇게 권했다.

"우리 바시치카와 나는 극장엔 가지 않기로 하고 있지요."

그녀는 위엄 있는 말투로 대답했다.

"우리 노동자에게는 그런 우스꽝스러운 구경을 하고 다닐 여가가 없습니다. 극장에 다녀봐야 뭐 하나 이로울 게 있어야죠."

토요일이면 푸스토발로프 내외는 저녁 기도에 참석했고 일요일엔 아침 미사에 참례했다. 교회에서 돌아올 때 그들은 부드러운 표정으로 나란히 걸었다. 아내의 비단옷은 사락사락 기분 좋은 소리를 내었고, 남 보기에도 두 사람은 행복스러웠다. 집에 돌아와서는 버터빵에 여러 가지 잼을 발라서 차를 마시고, 케이크를 먹었다. 매일 점심때가 되면 이 집에서는 수프며, 양고기며, 오리를 볶는 냄새가 대문 밖 한길까지 풍겨 나왔고, 육식을 금하는 소제(小齊) 날에는 생선으로 요리를 만들었다. 그래서 누구나 이 집 앞을 지날 때 군침을 삼키지 않는 사람이 없었다. 사무실에는 언제나 사모바르가 끓고 있어서 손님들은 차와 도넛 대접을 받았다. 일주일에 한 번씩 이 부부는 목욕탕에 갔다가 불그레하게 상기된 얼굴로 나란히 집으로 돌아오곤 했다.

"덕분에 잘 지내고 있지요."

올렌카는 아는 사람을 만나면 이렇게 말했다.

"남들도 모두 바시치카와 내가 사는 것처럼 행복하게 살 수 있게 해달라고 주께 간구한답니다."

푸스토발로프가 목재를 구입하러 모길레프에 다녀오는 동안 그녀는 퍽 적적해했고 밤잠도 못 자고 눈물만 짰다. 그녀의 집 건넌방을 빌려 쓰는 젊은 군 수의관인 스미르닌이 저녁이면 이따금 놀러 왔다. 그는 올렌카에게 이야기도 해주고 트럼프를 함께 하기도 했는데, 그녀에게는 여간 위로가 되는 게 아니었다. 스미르닌의 가정 얘기는 특히 그녀의 관심을 끌었다. 수의관에게는 처와 아들이 있었는데, 처의 행실이 좋지 못하여 헤어졌다는 것이다. 그는 지금 자기 처를 몹시 원망하기는 하지만 아들의 양육비로 매달 40루블씩 보내준다고 했다. 그런 얘기를 들으며 올렌카는 한숨을 쉬고 머리를 흔들었다. 그가 측은히 여겨졌던 것이다.

"주께서 당신을 구해주시도록 기도하겠어요."

층계까지 촛불을 들고 나와서 그를 보내며 올렌카는 말했다.

"심심한데 와주셔서 참 고마웠어요. 주께서 당신에게 건강을 주시고, 또 성모 마리아께서도……."

그녀의 말투는 남편을 닮아 침착하고 위엄이 있었다. 아래층 문을 열고 나가려는 수의관을 일부러 불러세우고 그녀는 이렇게 충고했다.

"블라디미르 플라토니치, 부인과 화해하셔야 합니다. 아드님을 봐서라도 부인을 용서해줘야지요! 어린 자식 마음에 그늘이 지게 해서는 안 되니까요."

푸스토발로프가 돌아오자 그는 남편에게 수의관의 불행한 가정 얘기를 소곤소곤 들려주었다. 그리고 그들 내외는 한숨을 쉬고 머리를 저으면서, 그 어린애는 얼마나 아버지가 보고 싶겠느냐고 남의 일 같지 않게 동정을 했다. 그러던 내외는 어떤 이상한 생각이 떠올라 성상(聖像) 앞에 무릎을 꿇고 자기들에게도 자식을 주십사는 기도를 드렸다.

이리하여 푸스토발로프 내외는 깊은 사랑 속에서 말다툼 한 번 한 일이 없이 6년 동안 조용하고 평화로운 나날을 보냈다. 그러다가 어느 겨울날 바실리 안드레이치는 상점에서 뜨거운 차를 한잔 들이켜고, 목재가 반출되는 것을 살피러 모자도 쓰지 않은 채 밖으로 나갔다가 그만 감기에 걸려서, 드디어는 앓아 눕게 되었다. 이름난 의사들을 불러보았지만 그의 병세는 조금도 차도가 없더니 넉 달을 누워 앓고는 끝내 죽어버리고 말았다. 올렌카는 다시금 과부가 되었다.

"나를 두고 당신은 혼자 어디로 가신단 말이오, 여보!"

남편의 장례를 치르고 그녀는 이렇게 통곡했다.

"당신 없이 나 혼자 앞으로 어떻게 살아가면 좋아요. 내가 가엾고 불쌍하지도 않으세요. 이웃의 여러분들이 나를 보살펴주세요. 나는 이제 사고무친의 고아가 돼버렸어요……."

올렌카는 상장(喪章)이 달린 검은 옷을 입고 모자를 쓰지도 장갑을 끼지도 않았으며, 교회나 남편의 묘지에 가는 이외에는 밖으로 나오는 일이 없었다. 마치 수도원의 수녀와 같은 생활을 했다. 푸스토발로프가 죽은 후 6개월이 지나자 올렌카는 상복을 벗었고, 들창에 무겁게 닫혔던 덧문을 열어놓기 시작했다. 아침이면 이따금 식모를 데리고 시장에 나가는 그녀의 모습을 사람들은 볼 수 있게 되었다. 그러나 집 안에서 그녀가 어떻게 지내는지 또는 무슨 일이 일어나는지 그런 것은 그저 제멋대로 추측을 해보는 수밖에 딴 도리가 없었다. 그녀가 뜰에 앉아 수의관과 함께 차를 마신다느니, 수의관이 그녀에게 신문을 읽어주는 것을 누가 보았다느니, 또 우체국에서 어떤 친구를 만나 올렌카가 이런 말을 하더라느니 하는 소문이 그러한 추측의 근거가 되었다.

"이 고장에서는 가축 관리가 제대로 돼 있지 않아요. 그것이 여러 가지 병이 생기는 원인이지요. 우유에서 병을 얻게 되고, 말이나 소에게서 무서운 병이 사람에게 옮겨진다는 것쯤은 알 만도 할 텐데. 사실은 가축의 건강에 대해서도 사람의 건강에 못지 않게 세심한 주의가 필요한 거예요."

수의관의 견해를 그대로 남에게 되풀이한 것이다. 그리고 무슨 일에 대해서나 그녀는 벌써 수의관과 꼭 같은 의견을 가지게 되었다. 올렌카는 그 누구에 대한 애정 없이는 단 1년도 살아갈 수 없는 여자임이 분명했다. 그래서 그녀는 자기 집 건넌방에서 새로운 행복을 찾은 것이다. 다른 여자였더라면 사람들에게 비난을 받았겠지만 올렌카의 경우에는 누구도 악의로 해석하려는 사람이 없었다. 그녀에게는 너무도 당연하다고 생각했기 때문이다. 올렌카와 수의관은 누구에게도 자기들의 관계가 달라졌다는 말을 입 밖에 내지 않았고, 될수록 감추려 했지만, 그것은 안 될 일이었다. 올렌카는 비밀이라는 것을 가질 수 없는 여자였다. 연대(聯隊)에 같이 근무하는 수의관의 친구들이 놀러오면 올렌카는 그들에게 차를 대접하기도 하고, 어떤 때는 밤참을 차리기도 했다. 그런 자리에서 그녀는 페스트, 결핵 등 가축의 질병이나 도회지의 도살장과 같은 문제에 대해 늘어놓기가 일쑤여서 수의관을 난처하게 만들었다. 손님들이 돌아간 후 수의관은 그녀의 손을 붙잡고 화를 내며 나무랐다.

"똑똑히 알지도 못하는 그런 얘긴 하지 말라고 그러지 않았소! 우리 수의사끼리 얘기할 땐 제발 말 참견 좀 그만둬요. 내 꼴이 뭐가 되겠소!"

그러면 올렌카는 놀라움과 불안이 뒤섞인 얼굴로 그를 쳐다보며 물었다.

"그럼 볼로치카, 난 무슨 말을 하면 좋아요?"

그리고 눈물이 글썽해서 그를 껴안으며 성내지 말아달라고 애원했다. 두 사람은 행복했다.

그러나 그 행복도 오래 계속되지는 못했다. 연대가 딴 곳으로, 시베리아는 아니지만 아주 먼 곳으로 이동하게 되어, 수의관도 연대와 함께 영영 떠나가버렸다. 그리하여 올렌카는 다시 혼자 남았다.

이제 그녀는 그야말로 외톨이가 되고 말았다. 아버지도 이미 오래전에 세상을 떠났고, 그가 앉았던 의자는 다리가 하나 부러진 채 먼지를 가득 쓰고 지붕 밑 창고 속에 들어가 있다. 그녀의 복스럽던 얼굴도 이제는 여위고 귀여움은 사라졌다. 거리에서 만나는 사람들도 이전처럼 그녀를 보며 웃는 일이 없었다. 분명히 젊고 아름답던 시절은 이미 지나가버리고 다시는 그녀에게 되돌아올 수 없게 된 것이다. 그리고 이제 행복이란 꿈도 꿀 수 없는 그늘진 생활이 새로 시작되었다. 해가 기울면 올렌카는 현관 층계에 앉아 있었다. 야외 극장에서는 음악 소리와 폭죽이 터지는 소리가 예나 다름없이 들려왔지만, 그러나 지금은 아무런 감흥도 일어나지 않았다. 아무 생각도 없이 그리고 아무 욕망도 없이 그저 멍하니 텅 빈 정원을 바라보고 있을 따름이었다. 그러다가 밤이 오면 잠자리에 들어가서 폐허 같은 자기 집 정원을 다시 꿈속에 보았다. 음식은 마지못해 먹는 흉내만 냈다.

그러나 그녀에게 무엇보다도 가장 큰 불행은 이미 아무 일에도 자기 의견을 가질 수 없게 되었다는 것이었다. 물론 자기 주위의 사물이 눈에 띄었고, 또 주위에서 일어나는 일을 알기는 했지만, 그런 일에 대해 아무런 자기 의견도 내세울 수 없었을뿐더러 무슨 얘기를 해야 할지 갈피를 잡을 수가 없었다. 자기 의견을 가질 수 없다는 것이 그녀에게는 얼마나 무서운 일이었는지 모른다. 가령, 병이 놓여 있다든지, 비가 온다든지, 농부가 달구지에 올라타고 간다든지 하는 것을 보았다 해도, 무엇 때문에 있는 병이며, 무엇 때문에 비는 오며, 또 농부는 무엇 하러 가는지 제 생각으로는 얘기할 수 없었다. 아마 천 루블을 줄 테니 말해보라 해도 뭐라 입을 뗄 재주가 없었을 것이다. 쿠우킨이나, 푸스토발로프나, 그다음 수의관과 함께 지낼 때는 모든 일에 대해 설명할 수 있었고, 그럴싸한 자기 의견을 말할 수 있었다. 그러나 지금 그녀의 머릿속과 가슴속은 자기 집 뜰처럼 공허했다. 그것은 소름이 끼치도록 무섭고 괴로운 일이었다.

시가지는 점점 사방으로 퍼져 나와서 츠이간스카야 슬로보드카도 이제는 큰 거리가 되었다. 치볼리 극장과 목재상이 있던 자리에는 집들이 즐비하게 들어서서, 이리저리 골목길이 생겼다. 참으로 세월은 빠르다. 올렌카의 집은 연기에 그을리고, 지붕은 녹이 슬고 헛간은 한쪽으로 기울고, 뜰에는 잡초와 가시나무가 무성했다. 집 주인인 올렌카의 얼굴에도 흉하게 주름이 늘어갔다. 여름이면 허전한 마음으로 시름없이 층계에 나와 앉아 있었고, 겨울에는 눈이 내리는 것을 바라보며 들창 가에 앉아 있었다. 훈훈한 봄바람이 불기 시작하고 그 바람을 타고 교회의 종소리가 들려오면 문득 지난날의 추억이 한꺼번에 되살아나서 가슴이 미어질 것 같았다. 그리고 저도 모르게 눈물이 흘러내렸다. 그러나 그 눈물도 오래가는 것은 아니었다. 다시금 무엇 때문에 사는지 알 수 없는 공허감이 그 자리를 차지했다. 브리스카라는 새까만 고양이가 야옹거리며 곁에 와서 재롱을 부렸으나, 그러한 고양이의 재롱이 올렌카의 마음을 건드릴 수는 없었다. 그녀에게 고양이의 재롱이 무슨 소용이 있겠는가? 그녀에게 필요한 것은 자기의 모든 존재, 자기의 이성과 영혼을 독점하고 생각할 수 있는 힘과 생활의 방향을 제시해주며, 식어가는 피를 다시 따뜻하게 해줄 수 있는 그러한 사랑이었다. 그녀는 옷깃에 매달리는 고양이를 떼내어 밀어버리며 싫은 소리를 했다.

"저리 가거라! 귀찮다!"

날이면 날마다 아무런 기쁨도, 아무런 자기 주견도 없이 이렇게 세월을 보내며 해가 거듭되었다. 살림은 식모 마브라가 하는 대로 맡겨두었다.

무더운 6월 어느 날 저녁 무렵이었다. 시외로 나갔던 가축들이 집 안에 온통 먼지를 뒤집어씌우며 지나갈 무렵 누군가 대문을 두드렸다. 올렌카가 나가서 문을 열었다. 그리고 밖을 보았을 때 하마터면 기절을 할 뻔했다. 문 밖에는 이미 머리가 희끗희끗한 수의관이 평복을 하고 서 있었다. 순간 그녀에게 잊어버렸던 모든 과거가 되살아왔다. 그녀는 어쩔 줄 몰라, 한마디 말도 입 밖에 내지 못한 채 그의 가슴에 머리를 파묻고 흐느꼈다. 걷잡을 수 없는 흥분 속에서 그 다음 두 사람이 어떻게 집으로 들어오고 어떻게 차를 마시러 식탁에 와서 마주 앉았는지 알 수 없었다.

"당신이 오셨구려!"

기쁨에 떨리는 목소리로 그녀는 속삭이듯 말했다.

"블라디미르 플라토니치! 어디 계시다 이렇게 찾아오셨어요?"

"아주 이 고장에 와서 살기로 했습니다."

수의관이 입을 열었다.

"군대도 그만두고, 이젠 내 맘껏 일을 해서 자리잡힌 생활을 해보려고 왔지요. 그리고 아들놈도 학교에 입학시킬 때가 되었습니다. 다 자랐어요. 알고 계신지 모르겠지만 마누라와 화해를 했습니다."

"그럼 부인은 어디 계신데요?"

올렌카가 물었다.

"어린애하고 여관에 있습니다. 그래서 지금 셋방을 얻으러 다니는 길이지요."

"아니 셋방이라니 그게 무슨 말씀이세요. 우리 집에 와 계시면 될 텐데. 왜 여기가 마음에 안 드시나요? 방세는 한 푼도 안 받을 테니 우리 집으로 오세요, 네!"

올렌카는 다시 흥분하여 눈물을 흘렸다.

"이 방을 쓰도록 하세요. 나는 건넌방 하나면 되니까. 그렇게 하시면 얼마나 좋을지 몰라요!"

이튿날 지붕에는 벌써 페인트 칠을 하고 벽도 희게 칠하게 했다. 올렌카는 가슴을 펴고 두 손을 허리에 얹고서 집 안을 돌아다니며 여러 가지로 일을 감독했다. 얼굴에는 예전과 같은 웃음이 떠올랐으며, 마치 오랜 잠에서 깨어난 듯 그녀의 온몸에서는 활기가 넘치는 것 같았다. 수의관의 마누라가 아들과 함께 이사를 왔다. 밉게 생긴 얼굴에 머리를 짧게 자른, 성미가 까다로울 것 같은 여윈 몸집의 여자였다. 아들 사샤는 열 살 난 어린애치고는 키가 작고 똥똥한 편이었는데, 눈이 파랗고 볼따구니엔 오목하게 파인 보조개가 있었다. 아이는 뜰에 들어서기가 무섭게 고양이를 쫓아서 달려나가더니 곧 이어 명랑하고 즐거운 웃음소리가 들려왔다.

"아주머니, 이거 아주머니네 고양이죠?"

사샤가 올렌카에게 물었다.

"새끼 낳으면 우리 하나 주세요. 우리 어머니 쥐를 제일 싫어해요."

차를 따라주며 사샤와 이야기를 하노라면 올렌카는 가슴이 훈훈해오고, 이 아이가 제 자식처럼 사랑스럽게 여겨졌다. 저녁에 사샤가 책상에 앉아 복습을 하면 그녀는 대견스럽게 그것을 바라보며 이렇게 속으로 중얼거렸다.

"참 귀엽기도 하지……. 어쩌면 어린것이 저렇게 똑똑하고, 저렇게 깨끗하담!"

"섬은 사면이 바다로 둘러싸인 육지의 한 부분입니다."

사샤가 소리를 내어 읽었다.

"섬은 사면이 바다로 둘러싸인……."

올렌카도 받아 읽었다. 이것이 여러 해 동안 자기 주견이라는 것을 모르고 침묵 속에서만 살아온 그녀가 자신을 가지고 입 밖에 낸 맨 처음 의견이었다. 이제야 올렌카는 자기 자신의 의견을 가지게 되었다. 밤참 때 그는 사샤의 양친과 이야기하면서 중학교 과목은 어린애들에게 어렵긴 하지만 실업 교육을 받게 하는 것보다는 역시 기초적인 고전들을 교육시키는 중학교가 장래를 위해서 더 좋다고 했다. 즉 중학교를 마치면 의사라든가, 기술자라든가, 자기가 원하는 대로 진출할 수 있는 길이 트이기 때문이라는 것이었다.

사샤는 중학교에 다니게 되었다. 그의 어머니는 하리코프에 있는 자기 언니네 집에 가서 돌아오지 않았고 아버지는 매일같이 가축 검사를 하러 출장을 가 어떤 때는 2, 3일씩 묵었다가 왔다. 그러고 보면 사샤는 자기 가정에서 거추장스러운 존재가 되었고, 따라서 완전히 버림을 받은 것이나 다름이 없었다. 올렌카는 사샤가 그러다가 굶어죽지나 않을까 걱정되었다. 그래서 아이를 데려다가 자기가 거처하는 건넌방에 붙은 조그만 방 하나를 마련해주었다.

사샤가 올렌카에게 와서 살게 된 지도 벌써 반 년이 지났다. 아침이 되면 그녀는 아이 방으로 들어갔다. 사샤는 한쪽 뺨 밑에 손바닥을 고이고 죽은 듯이 잠자고 있었다. 아이를 깨우는 것이 가엾어서 그녀는 늘 망설였다.

"얘, 사센카!"

올렌카는 애처로운 듯이 아이를 불렀다.

"이젠 일어나거라, 학교에 갈 시간이 되었어!"

사샤는 일어나서 옷을 갈아입고 아침 기도를 드린 다음, 차 석 잔과 커다란 도넛 두 개와 버터 바른 빵을 조금 먹었다. 아침식사는 잠이 채 깨지 못해서 뾰로통한 채 먹기가 일쑤였다.

"그런데 사센카, 너 학교에서 배운 그 우화(寓話) 똑똑히 따라 외지 못했더구나."

마치 아이를 어디 먼 곳으로 떠나 보내기라도 하는 것처럼 그녀는 이렇게 타일렀다.

"나는 항상 네 일이 걱정이란다. 열심히 공부하고…… 선생님 말씀도 명심해 들어야 해, 알겠니?"

"아이, 그런 말 제발 그만둬요!"

사샤는 이렇게 내쏘곤 했다.

이윽고 소년이 자기 머리보다 훨씬 큰 모자를 쓰고 책가방을 둘러메고 한길에 나와 학교 쪽으로 걸어가면, 올렌카도 그 뒤를 슬금슬금 따라나섰다.

"사센카!"

뒤에서 불러 세워서는 대추나 캐러멜을 손에 쥐어주기도 했다. 학교가 있는 골목길로 접어들면 사샤는 몸집이 큰 여자가 따라오는 것이 부끄러워서 뒤를 돌아보며 말했다.

"이젠 돌아가요, 아주머니. 나 혼자라도 갈 수 있어."

올렌카는 멈추어 서서 소년이 학교 문 안으로 사라질 때까지 물끄러미 바라보았다. 소년에 대한 그녀의 애정이 얼마나 깊었는지 아는 사람은 없다. 과거에 사랑한 일이 있는 어느 누구에게도 그처럼 깊은 애정을 바친 적은 없었다. 모성으로서의 사랑이 날이 갈수록 불타오르는 지금처럼 그렇게 헌신적이고 순결하며, 자기에게 희열을 주는 애정이 그녀의 영혼을 독차지해버린 일은 결코 없었다. 자기와는 아무 혈연 관계도 없는 이 소년에게, 볼에 박힌 오목한 보조개에, 커다란 학생모에, 그녀는 자기의 한평생을 눈물과 기쁨을 가지고 바칠 수 있었다. 어째서 그런지 누가 대답할 수 있으랴!

사샤를 학교에 바래다주고 올렌카는 흡족하고 평온한 마음으로 천천히 집으로 돌아왔다. 이 반 년 동안에 한결 젊어진 그녀의 얼굴에는 밝은 웃음이 떠날 줄 몰랐다. 길에서 만나는 사람들은 옛날처럼 그녀에게 친밀감을 느끼며 말을 걸어오게 되었다.

"안녕하시오, 귀여운 올리가 세묘노브나! 요새 어떻게 지내십니까?"

"중학교 학과가 아주 어려워졌더군요."

시장에서 올렌카는 이런 말을 했다.

"글쎄 어제는 1학년 애들에게 우화 암송과 라틴어 번역과 또 수학 문제까지 숙제를 내주었으니, 그게 말이 됩니까……. 아직 어린 아이들에게 부담이 너무 과하지 않겠어요?"

그리고 올렌카는 교원들이며, 학과며, 교과서 등에 대해 사샤에게서 들은 얘기를 그대로 늘어놓기 시작했다.

오후 세 시에 점심을 먹고, 저녁에는 함께 예습을 하느라 땀을 빼곤 했다. 사샤를 잠자리에 눕히며 그녀는 몇 번이나 성호를 긋고 입

속으로 기도를 드렸다. 그다음에야 자기도 자리에 누웠다. 그러고는 사샤가 대학을 마치고 의사나 기술자가 되어 마구간과 마차까지 있는 커다란 저택을 가지게 되고 또 결혼하여 자식을 낳고……. 이와 같이 아득히 먼 미래에 대한 환상에 잠겼다. 눈을 감고 그런 생각을 하노라면 뺨에는 하염없이 눈물이 흘러내렸다. 겨드랑이 밑에서 고양이가 가르릉가르릉 코를 골았다.

밤중에 별안간 대문을 꽝꽝 두드리는 소리가 났다. 올렌카는 겁을 먹고 일어나 앉았다. 숨이 막혔다. 가슴에서는 방망이질을 했다. 잠깐 사이를 두고 다시 노크 소리가 들렸다.

"하리코프에서 전보가 왔구나!"

온몸을 후들후들 떨면서 올렌카는 이렇게 생각했다.

"사샤의 어머니가 그 애를 하리코프로 보내라고 전보를 쳤나 봐……. 아…… 이 일을 어쩌면 좋아!"

올렌카는 실망 속에 빠져들어갔다. 머리와 사지가 얼음처럼 얼어 들었다. 그리고 이 세상에서 자기보다 더 불행한 사람은 다시없을 거라고 생각했다. 그러나 잠시 후 목소리가 들렸다. 수의관이 클럽에서 돌아온 것이다.

"아이, 고마워라!"

그녀는 한숨을 몰아쉬었다. 가슴속에 뭉쳤던 무거운 것이 차차 풀리며, 다시 가벼워졌다. 올렌카는 옆방에서 깊이 잠든 사샤를 생각하며 자리에 누웠다. 이따금 사샤의 잠꼬대가 들려왔다.

"난 싫어, 저리 가, 때리지 마!"

정조

 공증인 루뱐체프의 아내(스물다섯가량의 젊고 아름다운 여인) 소피아 페트로브나는 이웃 별장에 피서하러 온 변호사 일리인과 함께 숲속 오솔길을 조용히 거닐었다. 저녁 다섯 시경이었으리라. 오솔길 위 하늘에는 솜처럼 하얀 구름이 뭉게뭉게 깔렸고, 군데군데 구름 사이로 파랗게 반짝이는 조각 하늘이 아래를 엿보았다. 구름은 높다란 노송(老松) 끝에 걸리기라도 한 듯 좀체로 움직일 줄을 몰랐다. 고요하고 무더운 날이었다.
 오솔길 앞은 나직한 철도 제방으로 막혔는데, 오늘은 무슨 일인지 총을 든 보초가 제방 위를 왔다 갔다 했다. 바로 제방 뒤에는 녹슨 지붕에 여섯 개의 둥근 누각이 있는 커다란 교회가 눈에 띄었다.
 "여기서 당신을 만나리라고는 꿈에도 생각지 못했어요."
 소피야 페트로브나는 눈을 내리깔고, 양산 끝으로 길가에 떨어진 나뭇잎을 찌르면서 말했다.

"하지만 만나게 된 걸 한편으론 다행이라고 생각해요. 전 솔직히 모든 것을 털어놓고 당신하고 얘기하고 싶었으니까요. 저, 이반 미하일로비치, 당신이 정말 저를 사랑하고 또 존경해주신다면, 제발 부탁이니 앞으론 제 뒤를 쫓지 말아주세요! 당신은 그림자처럼 제 뒤를 따라다니면서 늘 이상한 눈초리로 저를 바라보시고, 사랑의 고백을 하는가 하면, 이상한 편지를 보내기도 하고……. 도대체 언제까지 그런 짓을 계속하실 작정이세요! 그리고 그런 일을 해서 어떡하시겠다는 건가요, 네?"

일리인은 아무 말도 없었다. 소피야 페트로브나는 몇 걸음 걸어가서 다시 말을 이었다.

"그리고 우리가 서로 알게 된 지도 벌써 5년째가 되지만, 당신은 어째선지 지난 2, 3주일 동안에 아주 딴사람처럼 변하고 말았어요. 전 당신의 마음을 이해할 수 없어요, 이반 미하일로비치!"

소피야 페트로브나는 자기의 동반자를 흘긋 곁눈질해 보았다. 일리인은 실눈을 하고 솜처럼 새하얀 구름을 물끄러미 바라보고 있었다. 그의 얼굴에는 무슨 일에 고통을 받는 사람이 듣기도 싫은 말을 억지로 참으며 들어야 할 때에 느끼는 심술궂은 혐오감과 허탈함의 표정이 떠올랐다.

"당신께서 그런 것을 이해하지 못하시다니, 정말 놀라운 일이에요!"

루뱐체프 부인은 어깨를 흠칫 하며 말을 이었다.

"당신께서 하시고 있는 일이 얼마나 파렴치한지는 당신도 아셔야 할 거예요. 전 남편이 있는 몸이에요. 그리고 남편을 사랑하고 존경해요……. 제겐 딸까지 있잖아요……. 그런 걸 당신은 아무렇게도 생각지 않으시는가요? 게다가 당신은 저하곤 오랜 친구 사이라서 가정 생활이나…… 전반적인 가정 생활의 윤리 문제에 대한 저의 태도를 잘 아실 텐데요…….”

일리인은 화가 나는 듯 기침을 하고는 한숨을 내쉬었다.

“가정 생활의 윤리라……. 아아, 하느님 맙소사!”

그는 중얼거렸다.

“네, 그래요……. 전 남편을 사랑하고 존경해서 어떠한 경우에라도 가정의 평화를 소중히 여기고 있어요. 제 남편 안드레이와 딸을 불행하게 만들기보다는 차라리 제가 죽어버리는 것이 나을 거라 생각해요……. 그러니, 제발 부탁이지만, 이반 미하일로비치, 저를 더는 괴롭히지 말아주세요. 그리고 그전처럼 선량한 좋은 친구가 되어주시고, 당신 얼굴에는 어울리지도 않는 그 한숨과 탄식들을 걷어치워주세요. 자, 이것으로 모든 것은 해결되고 끝났어요! 앞으론 두 번 다시 이런 말 하지 않기로 해요. 자, 우리 무엇 좀 딴 얘기나 해요.”

소피야 페트로브나는 다시 한번 일리인의 얼굴을 곁눈질해 보았다. 일리인은 멍하니 하늘을 쳐다보고 있었는데, 얼굴은 파랗게 질렸고 화가 난 듯이 떨리는 입술을 지그시 깨물었다. 루뱐체프 부인은 그가 무엇 때문에 화를 내며 무엇 때문에 그렇게 성이 났는지를 알 수 없었으나, 그의 창백한 얼굴빛은 그녀에게 측은한 마음을 불러일으켰다.

"그렇게 성내지 마시고, 친구가 되어주세요……."

그녀는 정답게 말했다.

"좋지요? 그럼 우리 악수해요."

일리인은 그녀의 포동포동하고 조그만 손을 두 손으로 잡아 쥐면서 천천히 자기의 입술로 가져갔다.

"전 철없는 중학생이 아닙니다. 전 사랑하는 여자하고 우정만으론 만족할 수 없습니다."

그는 중얼거렸다.

"그만, 그만! 모든 것은 끝나고 해결되었으니까요. 어느새 벤치까지 왔군요. 거기 앉아요……."

소피야 페트로브나는 가장 어렵고 섬세한 일을 거뜬히 처리하고 괴롭던 문제에 끝장을 내버린 뒤였으므로, 아늑한 휴식감에 도취되었다. 이젠 그녀도 가벼운 한숨을 내어쉬면서 일리인의 얼굴을 마주 쳐다볼 수 있게 되었다. 그녀는 일리인을 바라보았다. 그러자 자기를 사랑하는 남자를 정복했을 때에 느끼는 여자의 이기적인 우월감이 그녀의 마음을 흐뭇하게 만들었다. 사내답게 용감하고 심술궂은 얼굴에 크고 시꺼먼 턱수염을 기른 굳세고 덩치 좋은 사내가, 총명하고 교양 있는, 게다가 재사(才士)라고까지 이름난 이 사내가 순순히 자기 옆에 앉아서 고개를 숙인 것을 보니 마음이 즐거웠다. 2, 3분 동안 그들 두 사람은 아무 말 없이 앉아 있었다.

"아직 해결된 것도 없거니와 끝난 것도 없습니다……."

일리인은 말문을 열었다.

"마치 경문이라도 읽듯이 '나는 남편을 사랑하고 존경한다느니…… 가정의 윤리가 어떻다느니……' 되풀이하고 계시잖아요. 그런 건 당신이 말씀하지 않으셔도 잘 알고, 오히려 제 편에서 당신에게 그 이상의 말들을 해드릴 수 있을 겁니다. 정직하게 솔직히 말씀드리지만, 제가 하고 있는 행동을 저 자신도 죄스럽고 비도덕적이라고는 느낍니다. 그 이상 달리 생각할 도리가 없으니까요……. 그렇지만 누구나 다 아는 그런 얘기를 되풀이한들 무슨 소용이 있겠습니까? 그런 입에 바른 말로 동정을 베풀어주기보다는 차라리 제가 무엇을 할 것인가에 대해서 말씀해주시는 편이 낫지 않을까요?"
"벌써 여러 번 말씀드리지 않았어요. 이곳을 떠나시라고요!"
"아시다시피, 전 지금까지 다섯 번이나 당신 옆을 떠나봤지만, 언제나 도중에서 되돌아오곤 했습니다! 그때의 여행권을 보여드릴 수도 있지요. 모두 소중히 간직하고 있으니까요. 아무래도 당신 옆을 떠날 수는 없는가 봅니다! 저는 싸우고 있습니다. 고통스럽게 싸우고 있지요. 그렇지만 제게 단련이 부족하고 힘이 없고 용기가 없다면 그런 건 아무 소용도 없습니다! 자연의 힘에 항거할 수는 없으니까요! 아시겠어요? 항거할 순 없어요! 제가 여길 떠난다 해도 자연의 힘은 제 옷깃을 놔주질 않는단 말이에요. 정말 저속하고 무력한 존재죠!"
일리인은 빨갛게 얼굴이 상기된 채, 자리에서 일어나서는 벤치 옆을 왔다 갔다 하기 시작했다.
"전 개처럼 으르렁댑니다!"
그는 불끈 주먹을 쥐면서 중얼거렸다.
"전 자신을 증오하고 멸시합니다! 아아! 마치 불량 소년처럼 남의 부인 뒤를 쫓아다니며 바보 같은 편지질이나 하고 있으니, 이게 무슨 꼴입니까……. 에잇!"

일리인은 머리를 쥐어뜯으며 입 속에서 울부짖고는 다시 자리에 앉았다.

"하지만, 당신도 정직하진 못합니다!"

그는 침통한 표정으로 말을 이었다.

"진정으로 저의 행동을 못마땅하게 여기신다면, 무엇 때문에 여기 나오셨습니까? 무엇 때문에 나오신 거죠? 전 당신에게 보낸 편지 속에서 단 한마디 '반대냐 찬성이냐'의 최종적인 대답만을 원했습니다. 그런데 당신은 결정적인 대답 대신, 매일 '우연히' 저하고 만날 기회를 만들어서는 판에 박은 듯한 설교만을 되풀이하고 계시니까요!"

루뱐체프 부인은 깜짝 놀라며 낯을 붉혔다. 그녀는 행실 바른 여인이 뜻밖에 자기의 나체를 드러내 보였을 때와 같은 수치심을 느꼈다.

"제가 마치 당신을 희롱이라도 하는 것처럼 말하시는군요……."

그녀는 중얼거렸다.

"전 언제나 당신께 분명한 대답만을 해왔어요……. 그리고 오늘도 그걸 부탁드린 거예요!"

"아니, 이런 일에 부탁드린다는 건 또 뭡니까? 만일 당신이 '어디론가 가버리세요!' 하고 딱 잘라 말씀하셨다면, 전 이미 오래전에 여길 떠났을 겁니다. 그러나 당신은 제게 그런 말을 들려주지도 않았습니다. 단 한 번이라도 당신은 분명한 대답을 한 적이 없으니까요.

이상하게도 애매한 말뿐이었어요! 아니, 정말 당신은 저를 희롱하고 계시는지, 그렇잖으면……."

일리인은 말 끝을 흐리면서 두 주먹으로 머리를 받쳤다. 소피야 페트로브나는 지금까지의 행동을 처음부터 끝까지 곰곰이 회상해보았다. 그녀는 자기 거동에서뿐만 아니라 마음속에서까지 일리인의 사랑을 처음부터 거절해왔다는 것을 상기했다. 그러면서도 변호사의 말에는 어느 정도 진실이 깃들어 있는 것 같기도 했다. 그러나 그녀는 그 진실이 어떤 것인지 알 수 없었다. 아무리 생각해보아도 일리인의 불평에 대꾸할 말이 머리에 떠오르지 않았다. 그렇다고 가만있는 것도 쑥스러워서 그녀는 어깨를 으쓱하고 이렇게 말했다.

"그럼, 제게도 죄가 있단 말씀이시군요."

"당신이 성실치 못하다고 책망하는 건 아닙니다."

일리인은 한숨을 내쉬었다.

"어떻게 돼서 말이 그렇게 나왔을 뿐입니다……. 당신이 성실치 않다는 것은 당연한 일인 동시에 자연스러운 현상입니다. 만일 세상 사람들이 모두 약속을 해서, 갑자기 성실한 사람들이 되어버린다면 이 세상은 뒤죽박죽이 되고 말 겁니다."

소피야 페트로브나는 철학을 논하고 있을 처지가 아니었지만, 화제를 바꿀 수 있는 기회가 온 것을 기뻐하며 이렇게 물었다.

"그건 또 왜 그렇지요?"

"왜냐하면, 성실이란 것은 야만인이나 짐승들에게만 필요한 것이기 때문입니다. 문명이 여자의 미덕과 같은 안일한 욕구를 들고 나온 이상, 이미 성실이란 무용지물이 되고 말았으니까요……."

일리인은 성난 표정을 지으면서 지팡이로 모래를 파헤쳤다. 루뱐 체프 부인은 잠자코 귀를 기울였다. 대부분 이해할 수 없는 말이기는 했으나, 그녀는 그의 말을 듣는 것이 즐거웠다. 재능 있는 사나이가 자기처럼 평범한 여자에게 소위 '현명'한 의논을 들려준다는 것이 더할 나위 없이 기뻤다. 그리고 아직도 성이 풀리지 않은 파리하고 젊은 얼굴이 민첩하게 움직이는 모습을 보는 것도 커다란 만족감을 주었다. 그녀는 많은 부분을 이해할 수 없었지만, 현대의 지성인답게 조금도 주저함이 없이 척척 큰 문제를 해결해나가면서 최종적인 결론을 이끌어내는 그의 멋있는 대담성에 감동하지 않을 수 없었다.

그녀는 갑자기 이 사내에게 마음이 끌리는 자신을 발견하고 깜짝 놀랐다.

"실례지만, 전 무슨 뜻인지 이해할 수가 없어요."

그녀는 빠른 어조로 말했다.

"무엇 때문에 불성실 문제 같은 것을 끄집어내는 거죠? 다시 한번 되풀이해서 말씀드리겠어요. 제발 선량하고 좋은 친구가 되어주세요. 그리고 더는 전 괴롭히지 말아주세요! 정말 부탁이에요."

"좋습니다. 좀 더 싸워보도록 하죠!"

일리인은 한숨을 내쉬었다.

"힘껏 노력은 해보겠습니다······. 그러나 그 싸움의 결과가 어떻게 될지는 저도 알 수 없습니다. 제 이마에 총알을 쑤셔 넣을지, 아니면······ 곤드레만드레 취하는 모주꾼이 되어버릴지. 어차피 좋은 결과는 바랄 수 없을 겁니다! 모든 일엔 한도가 있듯이 자연과의 투쟁도 마찬가집니다. 저, 한 가지 묻겠는데요, 광증(狂症)하곤 어떻게 싸워야 하죠? 가령 당신이 술을 마신다면, 어떤 방법으로 그 흥분을 가라앉히겠습니까? 가령 당신의 모습이 제 마음속에 아로새겨져서 밤이고 낮이고, 바로 여기 있는 소나무처럼 제 눈앞에서 떠나지 않는다면, 어떻게 해야 좋습니까? 자, 어서 말씀해주십시오. 저의 사상, 희망, 꿈, 이 모든 것이 저 자신의 것이 아니라, 제 마음속에 도사린 어떤 악마의 것이 되어버렸을 때, 그 저주스러운 불행한 상태에서 빠져나가기 위해서 어떤 공적(功績)을 수행해야 하는 겁니까? 당신을 사랑합니다. 당신을 사랑하기에 정상적인 상태에서 벗어났습니다. 사업도 친구도 버리고, 자신의 신(神)마저 잊은 지 오래입니다! 지금까지 이토록 깊은 사랑을 느껴본 적이 없었습니다!"

이런 결과가 되리라고는 꿈에도 생각지 못했던 소피야 페트로브나는 일리인에게서 살며시 몸을 비키며, 놀란 듯한 눈초리로 그의 얼굴을 바라보았다. 그의 두 눈에는 눈물이 글썽했고 입술은 바르르 떨렸다. 그리고 얼굴 전체에는 무엇에 굶주린 듯한, 애원하는 듯한 표정이 가득했다.

"당신을 사랑합니다!"

자기의 두 눈을 그녀의 겁먹은 듯한 커다란 눈앞으로 가져가며, 그는 중얼거렸다.

"당신은 어쩌면 이렇게도 아름답습니까! 제 마음은 괴롭습니다. 그러나 맹세합니다만, 이렇게 괴로워하면서도 당신의 눈을 볼 수만 있다면, 한평생이라도 이렇게 앉아 있겠습니다. 하지만, 제발 부탁이니…… 아무 말도 말아주십시오!"

　소피야 페트로브나는 갑작스러운 그의 태도에 어쩔 줄 모르며, 재빨리 일리인을 저지할 말을 고르기에 급급했다. '가버리자!' 하고 그녀는 생각했다. 그러나 그녀가 자리에서 일어나려고 했을 때는 이미 일리인이 그녀의 발밑에 무릎을 꿇은 뒤였다……. 그는 소피야의 무릎을 끌어안고 물끄러미 그녀의 얼굴을 바라보며, 정열적인 열렬한 어조로 온갖 아름다운 말을 다 늘어놓았다. 공포와 혼란 때문에 그녀는 일리인의 말을 알아들을 수가 없었다. 그러나 어째서인지, 두 무릎이 따스한 목욕물에 잠기기라도 한 듯 기분 좋게 조여드는 이 위태로운 순간에 그녀는 어떤 사악한 잔인성을 느끼면서 자신의 감각 속에서 일어나는 이상한 충동을 해명하려고 애썼다. 그녀는 지금 정숙한 유부녀의 항거 대신에 술주정뱅이에게서나 볼 수 있는 무력함과 나태와 공허로 충만한 자신을 발견하고 화가 치밀어 올랐다. 다만 머나먼 어느 마음 한구석에서 '어째서 그 자리를 떠나지 않느냐? 그렇게 앉아 있을 이유가 어디 있단 말이냐?' 하고 능글맞게 놀려줄 뿐이었다.

　어떤 적당한 이유라도 궁리해내려고 애쓰면서 어째서 거머리처럼 달라붙은 일리인의 손을 뿌리치지 않았으며, 또 무엇 때문에 일리인과 함께 누가 보는 사람은 없을까 하고 황급히 좌우를 살펴보았을까, 그녀는 이 모든 것을 할 수가 없었다. 소나무 숲과 흰 구름은 두 사람의 희롱을 보았지만, 상관에게 보고하지 않겠다는 약속 하에 뇌물을 받은 수위 할아버지처럼 준엄한 눈으로 그들을 바라보기만 했다. 보초는 말뚝처럼 제방 위에 서 있었는데, 벤치 쪽을 유심히 살피는 듯이 느껴졌다.

'보겠으면 보라지!'

소피야 페트로브나는 생각했다.

"하지만…… 저, 제 말 좀 들어주세요!"

마침내 그녀는 절망적인 어조로 말하기 시작했다.

"어째서 이런 짓을 하는 거죠? 앞으로 어떡할 작정이세요?"

"모릅니다. 저도 몰라요……."

그는 불쾌한 질문이 귀찮기라도 한 듯 손을 흔들면서 속삭였다.

목쉰 듯한 소란스러운 기관차의 기적 소리가 들려왔다. 허구한 날 반복되는 이 싸늘한 외부의 음향이 루뱐체프 부인을 제정신으로 돌아오게 했다.

"이럴 시간이 없어요……. 돌아가야 해요!"

황급히 몸을 일으키며 그녀는 말했다.

"기차가 오고 있어요……. 제 남편 안드레이가 저 차로 올 거예요! 그에게 점심을 차려드려야 해요."

소피야 페트로브나는 빨갛게 상기된 얼굴로 제방 쪽을 바라보았다. 먼저 기관차가 천천히 지나가고, 그 뒤에 화차들이 연달았다. 그것은 루뱐체프 부인이 생각한 별장행 열차가 아니라 화물 열차였다. 기다란 화차 행렬이 하얀 교회당을 배경으로 마치 인생의 하루 하루와도 같이 한 칸 한 칸 꼬리를 물고 연달았다. 거기에는 끝이 없는 것 같았다.

그러나 드디어 화차 행렬도 끝나고 말았다. 차장이 탄, 등불을 켠 마지막 차량이 숲 저쪽으로 사라져갔다. 소피야 페트로브나는 잽싸게 몸을 돌리고는 일리인을 돌아보지도 않으며 재빨리 오솔길을 되돌아갔다. 그녀는 이제 비로소 제정신으로 돌아온 것 같았다. 일리인에게 모욕을 당했다는 생각보다는 오히려 결단성 없는 자신의 행동을 책망했고, 소행이 바르고 순결하다고 자부하는 자기가 파렴치하게도 다른 사내에게 무릎을 내맡겼다는 수치심 때문에 얼굴이 화끈화끈 달아올랐다. 지금 그녀에게는 한시 바삐 자기 가족이 있는 별장으로 돌아가야겠다는 생각밖에 없었다. 변호사는 기운 없이 그녀 뒤를 따랐다. 오솔길에서 좁다란 한길로 돌아설 때, 그녀는 일리인의 무릎에서 모래만 보았을 정도로 재빨리 그를 되돌아보고는 제발 따라오지 말아달라고 손짓을 했다.

집으로 달려오자, 소피야 페트로브나는 5분가량 자기 방에서 움직이지 않고 서서, 창문을 바라보기도 하고 책상을 바라보기도 했다.

'더러워!'

그녀는 자신을 나무랐다.

'더러워!'

자기 자신을 나무라면서, 하나도 빼놓지 않고 지금까지의 모든 일을 곰곰이 되새겨보았다. 지금까지 그녀는 일리인의 사랑을 끈덕지게 거절해왔으면서도 그를 만나 얘기하고 싶은 충동에 마음이 끌리지 않았던가. 뿐만 아니라 일리인이 그녀의 발밑에 몸을 던졌을 때에는 어떤 야릇한 희열까지 느끼지 않았던가. 그녀는 지금까지의 모든 일을 냉정히 회상해보았다. 그리고 이제 숨막힐 듯한 수치심과 함께 힘껏 자기 뺨을 후려갈기고 싶은 충동을 느꼈다.

'불쌍한 안드레이.'

그녀는 남편을 생각하면서 될 수 있는 대로 자기 얼굴에 상냥스러운 표정을 지으려고 애썼다.

'불쌍한 내 딸 바랴, 넌 네 어머니가 어떤 여자라는 걸 모르겠지! 제발 나를 용서해다오! 난 너희들을 사랑해……. 얼마나 사랑하는지 몰라!'

그러고는 자기는 아직도 훌륭한 아내고 어머니며, 일리인에게 말한 것처럼 가정의 윤리를 더럽힐 정도로 타락하지는 않았다는 사실을 자기 자신에게 입증하려고 애쓰면서 부엌으로 달려나가서는, 여태껏 남편의 식사 준비가 되어 있지 않은 것을 보자 식모에게 편잔을 퍼부었다. 그녀는 피로와 공복(空腹)에 지친 남편의 얼굴을 떠올리고는 남편이 가엾어 못 견디겠다는 듯 큰 소리로 지껄이면서 손수 식탁을 마련했다. 그녀가 식탁을 준비한다는 것은 지금까지 한 번도 없는 일이었다. 그러다가 자기 딸 바랴를 발견하자, 두 손으로 안아 올리며 힘껏 껴안았다. 딸의 존재가 그녀에게는 괴롭고 싸늘하게 느껴졌다. 하지만 그녀는 그런 생각을 하고 싶지 않았으므로 아버지가 얼마나 정직하고 선량하며 훌륭한 사람인가를 딸에게 설명하기 시작했다.

그러나 잠시 후 안드레이 일리이치가 집에 도착했을 때, 그녀는 제대로 인사도 하지 못했다.

일부러 조작된 그녀의 거짓 감정은 불안과 고통을 남겼을 뿐, 아무런 도움도 주지 못한 채 멀리 사라져버렸다. 그녀는 마음의 고통 때문에 안절부절못하며 창가에 앉아 있었다. 인간은 고통에 처해 있을 때에 비로소 자기의 감정과 사상을 지배하기 힘들다는 것을 깨닫게 된다. 소피야 페트로브나는 지금 자기 마음속에 너무나도 많은 일들이 엉클어져 있어서, 마치 재빨리 날아가는 참새 떼를 셀 수 없는 것처럼 사리를 분간할 수 없는 혼란 속에 사로잡혔다고 느꼈다. 이를테면 남편이 돌아온 것이 조금도 기쁘지 않았으며 식사하는 남편의 태도가 마음에 들지 않았다는 점들로 미루어보아서, 그녀는 자기 마음속에 갑자기 남편에 대한 증오심이 싹트기 시작했다고 단정해버렸다.

배가 고프고 피곤해서 녹초가 된 안드레이 일리이치는 수프를 기다릴 사이도 없이 대뜸 소시지부터 집어들었다. 그러고는 게걸이라도 들린 듯이 관자놀이를 실룩거리고 쩝쩝 소리를 내며 소시지를 먹었다.

'에구, 저런!'

소피야 페트로브나는 생각했다.

'난 저이를 사랑하고 존경도 하지만…… 어쩌면 저렇게도 망측스럽게 씹어 먹을까?'

가정의 혼란에 못지않게 그녀의 이성(理性)에도 혼란이 일어났다. 불쾌한 상념을 억제할 때 흔히 경험 없는 사람들이 그렇듯이, 그녀는 있는 힘을 다해 자기의 불행을 생각하지 않으려고 애썼다. 그러나 그녀가 애쓰면 애쓸수록, 일리인의 모습이며, 그 무릎 위의 모래며, 솜 같은 구름이며, 기차의 영상이 더욱 선명하게 눈앞에 떠올랐다…….

'그런데 어쩌자고 오늘 그런 델 갔을까? 내가 바보지.'

그녀는 괴로워했다.

'나는 정말 내 몸을 책임질 수 없는 그런 부정한 여자일까?'

일이 커지기 전에 결말을 내야겠다고 그녀는 생각했다. 안드레이 일리이치가 마지막 접시를 비웠을 때, 그녀는 이미 굳은 결심을 했다. 모든 것을 남편에게 고백해서 위험에서 벗어나도록 하자!

"저, 안드레이, 당신하고 신중히 상의할 게 있어요."

그녀는 식사를 마치고 피로를 풀 겸 한잠 자려고 프록코트와 장화를 벗는 남편에게 말을 꺼냈다.

"뭔데?"

"여길 떠나도록 해요!"

"아니…… 어디로 간단 말이지? 도시로 돌아가긴 아직 좀 이른데."

"아니에요, 여행을 해요. 어디론가 떠나도록 해요……."

"여행을 한다……."

공증인은 기지개를 켜며 중얼거렸다.

"나도 때론 그런 공상을 하지만, 어디 우리에게 그럴 돈이 있소? 그리고 사무소는 누구한테 맡긴단 말이오?"

그리고 잠시 생각하고 나서, 그는 이렇게 덧붙였다.

"몹시 지루한 모양이구려. 정 원한다면 혼자 가도록 하지!"

소피야 페트로브나는 동의했다. 그러나 불현듯 이런 생각이 들었다. 일리인이 그 기회를 기뻐하면서 자기하고 같은 기차의 같은 칸에 타고 쫓아오는 게 아닌가……. 그녀는 생각에 잠긴 채, 배불리 식사를 하긴 했으나 아직까지 피곤이 풀리지 않아 축 처져 있는 남편을 바라보았다. 이때 어떻게 되어선지 줄무늬 양말을 신은, 여자 발처럼 조그만 남편의 발이 그녀의 눈에 띄었다. 양쪽 뒤꿈치가 모두 해져 있었다…….

커튼 뒤에서는 유리창에 부딪힌 들벌이 웅웅 소리를 냈다. 소피야 페트로브나는 양말 뒤꿈치의 실밥을 바라보기도 하고, 들벌의 웅웅 소리를 듣기도 하면서 기차를 타고 여행을 떠나는 자신의 모습을 그려보았다……. 일리인은 밤낮 마주 앉아서는 자기의 무력함에 화를 내기도 하고, 마음의 고통 때문에 파랗게 질리기도 하면서 한시도 그녀에게서 시선을 떼지 않으리라. 그는 자신을 불량 학생이라 자처하는가 하면, 그녀를 나무라기도 하고, 자기 머리칼을 쥐어뜯기도 하리라. 그러다가 어두워지기를 기다려서 승객들이 잠들거나 정거장으로 나가는 틈을 타서 그녀 앞에 무릎을 꿇고 쓰러져서는 숲속의 벤치에서와 같이 그녀의 무릎을 끌어안으리라……. 그녀는 이런 공상에 사로잡힌 자신을 발견하고 깜짝 놀랐다.

"하지만 혼자선 안 가겠어요! 당신과 함께 가야만 해요!"

그녀는 말했다.

"그런 농담은 그만둬, 소포치카!"

루뱐체프는 한숨을 내쉬었다.

"실없는 소리 그만두고, 실현 가능성이 있는 말이나 해요."

'내 사정을 안다면 저이도 함께 가주련만!'

소피야 페트로브나는 생각했다.

어떻게 되든 간에 일단 떠나기로 결심을 하자, 그녀는 위험에서 빠져나온 사람처럼 홀가분한 기분에 사로잡혔다. 그녀의 이성도 점점 정상적인 상태로 되돌아왔고 마음도 즐거워졌다. 뿐만 아니라 모든 일을 곰곰이 생각할 여유까지 가지게 되었다. 그러나 아무리 생각하고 공상해봐도 이곳을 떠나야겠다는 생각에는 변함이 없었다! 그사이 남편은 잠들고 말았다. 어느새 밖에는 어둠이 깃들기 시작했다……. 그녀는 응접실에 앉아서 피아노를 두드렸다. 저녁 무렵 창밖에서 떠드는 활기 있는 소리며, 피아노의 음률이며, 이런 모든 것보다도 자신의 고통을 잘 이겨낼 수 있었다는 생각이 그녀의 마음을 즐겁게 해주었다. 만일 딴 여자가 그녀의 처지에 놓이게 된다면(잠잠해진 양심은 그녀에게 이렇게 말했다) 그녀는 수치심에 낯을 붉히고 괴로워했을 뿐, 지금은 기우에 지나지 않을지도 모르는 위험에서 벗어나지 않는가! 그녀는 이러한 자기의 정숙과 결단성에 감동한 나머지 세 번이나 거울 앞에서 자기 얼굴을 바라보았다.

어둠이 깃들기 시작하자 손님들이 모여들었다. 남자들은 카드 놀이를 하기 위해 식당에 자리 잡고, 부인들은 응접실과 테라스를 차지했다. 맨 나중에 일리인이 찾아왔다. 그의 표정은 슬프고 침울해서 마치 병자 같았다. 그는 소파 한 귀퉁이에 자리를 잡은 채, 끝까지 한 번도 일어나지 않았다. 언제나 명랑하고 말하기 좋아하는 사내가 오늘따라 시종 침묵을 지키면서 얼굴을 찌푸리고 눈두덩만을 긁었다. 누군가의 질문에 대답하지 않으면 안 될 경우, 그는 억지로 윗입술에만 웃음을 띠고는 화난 듯이 퉁명스럽게 대답했다. 그는 댓 번 가량 익살을 부렸으나 그 익살조차 거칠고 무례했다. 소피야 페트로브나에게는 그가 히스테리를 일으키는 듯이 보였다. 그녀는 지금 피아노 앞에 앉아서 이 불행한 사나이가 농담을 할 처지가 못 된다는 것과 마음의 고통 때문에 갈피를 잡지 못한다는 것을 비로소 똑똑히 느꼈다. 그녀 때문에 그는 자신의 출세와 귀중한 청춘의 나날을 헛되이 보내면서 나머지 재산을 별장에 탕진하고, 어머니와 동생들을 저버리고 말았지만, 그중에서도 가장 중요한 것은 자기 자신과의 고통스런 투쟁 속에 완전히 지치고 말았다는 것이다. 그래서 보통 흔히 볼 수 있는 단순한 인정(人情)으로 봐서도 그에게는 성의 있는 태도를 보여줘야 할 처지였다……

그녀는 모든 것을 똑똑히 뼈저리게 마음속으로 의식했다. 그래서 만일 지금 그녀가 일리인 옆으로 다가가서 그에게 "안 돼요!" 하고 말했다면, 그는 그녀의 목소리 속에서 도저히 거절할 수 없는 어떤 위력을 느꼈을지도 모른다. 하지만 그녀는 그의 옆으로 다가가지도 않았거니와 말도 건네지 않았다. 아니, 그런 일은 염두에도 두지 않았다……. 청춘의 사소한 이기심이 그녀에게 이 밤처럼 강력히 느껴진 적은 없었다. 그녀는 가련한 일리인이 침통한 얼굴로 바늘방석에 앉은 것처럼 소파 귀퉁이에 앉아 있는 것을 보고 그를 측은히 여겼지만, 동시에 미칠 듯이 자기를 사랑하는 이가 이 자리에 있다는 것을 생각하자, 그녀의 마음은 자신의 육체적 매력과 승리감으로 가득 넘쳐올랐다. 그녀는 자신의 청춘을, 미모를, 그리고 자신의 굳은 정조(貞操)를 느꼈다. 그리고 이곳을 떠나리라 결심한 지금, 그녀는 자기 자신에게 온갖 자유를 다 허용했다. 그녀는 교태를 부리며 쉴 새 없이 깔깔대기도 하고, 특별한 감정과 영감을 섞어가며 노래를 부르기도 했다. 그녀에게는 모든 것이 즐겁고 유쾌했다. 벤치에서 일어난 사건이며, 자기를 바라보던 보초의 일을 회상하는 것도 재미있었다. 그녀에게는 손님들도, 일리인의 날카로운 풍자도, 지금까지 본 적이 없는 그의 넥타이핀도 모두 우스웠다. 눈에 다이아몬드가 박힌 붉은 뱀 모양 핀이었는데, 그녀는 그 뱀에게 키스하고 싶다고 느꼈을 정도로 우스운 모양이었다.

소피야 페트로브나는 기분 좋게 취한 듯한 야릇한 흥분 속에 감상적으로 로맨스를 노래했다. 그리고 마치 타인의 슬픔을 빈정대기라도 하는 듯, 잃어버린 희망이며, 과거며, 노년(老年)을 노래한 슬프고 우울한 노래를 골랐다…….

"노년은 점점 다가오는데…….”

그녀는 노래했다. 하지만 그녀에게 노년이란 것은 너무나 먼 거리에 있었다.

'아무래도 내 마음속에서 심상치 않은 일이 일어나는 것 같아.'

그녀는 웃으며 노래 부르는 동안에도 가끔 이런 생각을 했다.

열두 시가 되자 손님들은 흩어지기 시작했다. 일리인은 맨 나중에 집에서 나갔다. 소피야 페트로브나에게는 아직도 일리인을 테라스의 맨 아래 층계까지 데려다줄 수 있는 대담스런 용기가 남아 있었다. 그녀는 일리인에게 남편과 함께 여행을 떠난다는 선고를 하고, 그 선고가 그에게 어떤 효과를 주는가 보고 싶었다.

달은 구름 속에 숨어 있었다. 그러나 변호사의 외투 자락이며, 바람에 나부끼는 테라스의 커튼이 보일 만큼 주위는 밝았다. 그녀는 일리인의 파리한 모습과 억지로 웃음을 지어보려고 윗입술을 찡그리는 모양까지도 알아보았다.

"소냐, 소네치카…… 귀중한 나의 사랑!"

그는 소피야가 말하려는 것을 가로막으며 이렇게 중얼거렸다.

"나의 사랑, 나의 미인!"

그는 갑자기 감상적인 발작에 휩쓸려 울먹이는 어조로 상냥스러운 사랑의 말을 퍼붓기 시작했는데, 그 말은 점점 부드러워져서 나중엔 마치 아내나 애인을 대하기라도 하는 듯이 "너"라고 부르기까지 했다. 그리고 그녀에게는 뜻밖의 일이었지만, 별안간 한 손으로 그녀의 허리를 껴안고 또 한 손으론 그녀의 팔꿈치를 잡았다.

"나의 보배, 나의 기쁨……."

그는 그녀의 목덜미를 키스하며 속삭였다.

"마음을 돌이켜서, 지금 곧 저한테로 와주십시오!"

그녀는 그의 포옹에서 빠져나와 분노에 타는 반항의 기세를 보이려고 얼굴을 쳐들었다. 그러나 분노는 나타나지 않았다. 그녀가 자랑으로 삼던 정숙과 결백도 극히 평범한 여자들이 이런 경우에 지껄이는 그런 판에 박은 문구를 내뱉게 하는 데 불과했다.

"제정신이 아니군요!"

"자, 갑시다!"

일리인은 말을 이었다.

"숲속의 벤치 옆에서 당신도 저처럼 무력하다는 것을 확신했습니다. 소냐…… 당신도 저처럼 괴로워하고 있습니다! 당신은 저를 사랑하면서도 공연히 자기 양심과 흥정을 하는 겁니다……."

그녀가 자기 옆을 떠나려는 것을 보자, 그는 소냐의 레이스 옷 소매를 붙잡으며 황급히 말했다.

"오늘이 아니면 내일이라도 당신은 반드시 양보할 때가 올 겁니다! 무엇 때문에 이렇게 시간을 끄시는 겁니까? 사랑하는 귀중한 소냐, 이미 판결은 내렸습니다. 어째서 그 집행을 연기하시는 겁니까? 무엇 때문에 자신을 속이는 거예요?"

소피야 페트로브나는 그에게서 빠져나와 집 안으로 뛰어들어갔다. 응접실로 돌아와 기계적으로 피아노의 뚜껑을 닫고, 오랫동안 악보의 표지를 들여다보고는 털썩 자리에 주저앉았다. 그녀는 서 있을 수도 없고, 생각에 잠길 수도 없었다……. 흥분과 분노로 해서 지금 그녀에게 남은 것은 단 한 가지, 나태와 우수가 뒤섞인 일종의 연약성뿐이었다. 그녀의 양심은 그녀에게 '오늘 밤 너의 태도는 바람둥이 처녀처럼 추악하고 더러웠다. 너는 아까 테라스에서 타인이 포옹하도록 내버려두고, 지금도 아직 허리와 팔꿈치 근처에 야릇한 감촉을 느끼고 있지 않느냐' 하고 소곤거렸다. 응접실엔 아무도 없었다. 다만 촛불 하나가 너울너울 춤추고 있을 뿐이었다. 루뱐체프 부인은 무슨 일을 기다리는 사람처럼 피아노 앞의 둥근 의자에 우두커니 앉아 있었다. 그러자 극도의 피곤과 어둠을 틈타기라도 하듯 참을 수 없이 괴로운 정욕이 그녀를 사로잡기 시작했다. 그것은 마치 구렁이처럼 그녀의 사지와 영혼에 달라붙어서는 점점 세게 그녀를 졸라맸다. 이젠 그전처럼 그녀를 위협하는 것이 아니라, 적나라한 모습으로 뚜렷이 그녀 앞에 정욕의 모습을 드러냈다.

일리인의 일을 생각하면서 그녀는 30분가량이나 꼼짝달싹 않고 앉아 있었다. 이윽고 그녀는 맥없이 자리에서 일어나서는 발을 옮겼다. 안드레이는 벌써 자리에 누워 있었다. 그녀는 열린 창가에 앉아서 끓어오르는 정욕에 온몸을 내맡겼다. 이미 그녀의 머리에는

'혼란'이란 것도 없었다. 모든 감정과 이성은 하나의 뚜렷한 목표를 향해서 달음박질했다. 그녀는 싸우려고 애썼으나, 곧 단념해버리고 말았다……. 적이 얼마나 강하고 완고한가를 그녀는 이제야 비로소 깨달을 수 있었다. 그 적과 싸우려면 불굴의 정신과 힘이 필요했다. 그러나 그녀의 혈통이며, 교육이며, 생활은 그녀에게 싸움에 이길 만한 힘을 부여해주지는 못했다.

'화냥년! 더러운 년!'

그녀는 자신의 무기력을 저주했다.

'넌 본래가 그런 여자였구나.'

그녀의 정숙은 그 무기력 때문에 모욕당할 대로 모욕당하고 흔들릴 대로 흔들렸다. 그녀는 자기가 아는 모든 욕설을 퍼부어가며 굴욕적이고 창피한 가지가지의 진실을 자신에게 들려주기까지 했다. 그녀는 자기 자신이 결코 정숙한 여자가 못 된다는 것, 오늘까지 굳게 정조를 지켜온 것은 오직 그것을 깨뜨릴 기회가 없었기 때문이라는 것, 그리고 그녀의 만 하루 동안의 투쟁은 한낱 우스운 희극거리에 지나지 않았다는 것들을 자신에게 들려주었다…….

'내가 싸워왔다고 가정하자.'

그녀는 생각했다.

'그렇다면 그것은 도대체 어떤 싸움이었을까! 매춘부로 전락하는 여자도 팔리기 전까지는 싸우게 마련이다. 그리고 나중에 가서는 자기 몸을 맡기고 만다. 이것을 싸움이라 말할 수 있을까? 마치 우유처럼 하루 만에 썩고 마는 주제에! 하루 만에!'

그녀는 자기를 집에서 끌고 나가려는 것이 감정의 유혹도 아니고, 일리인의 인격도 아니고, 오로지 자기를 기다리는 일종의 관능적인 호기심이라는 점에서 자신의 죄를 인정하지 않을 수 없었다……. 별장에 거주하는 대부분의 유한 부인들이 그런 방법으로 정조를 깨뜨리듯이!

"엄마를 잃은 새 새끼와도 같이……."

누군가 문밖에서 목쉰 소리로 노래했다.

'만일 간다면 지금이다.'

소피야 페트로브나는 생각했다. 그녀의 심장은 갑자기 방망이질을 하듯 세게 울렁거리기 시작했다.

"안드레이!"

그녀는 거의 외치다시피 남편을 불렀다.

"제발, 우리…… 우리 떠나도록 해요! 예?"

"아니…… 떠나겠으면 혼자 떠나라고 아까 말하지 않았어!"

"하지만 들어주세요……. 함께 가주지 않는다면, 당신은 저를 잃게 될지도 몰라요! 전 아마…… 딴사람을 사랑하나 봐요!"

그녀는 말했다.

"누구를?"

안드레이 일리이치는 물었다.

"상대가 누구건 마찬가지가 아니냔 말예요!"

소피야 페트로브나는 외쳤다.

안드레이 일리이치는 침대에서 일어나 두 다리를 침대 밑으로 늘어뜨리고는 놀란 표정으로 아내의 어두운 얼굴을 바라보았다.

"실없는 소리 그만둬!"

그는 하품을 했다.

믿기지 않았지만, 그래도 그는 놀라는 눈치였다. 그는 잠시 생각에 잠겼다. 아내에게 몇 마디 대수롭지 않은 질문을 하고는 가정에 대해서, 그리고 부정(不貞)에 대해서 자신의 의견을 토로했다…….
그는 10분가량 느릿느릿 지껄이고는 다시 침대에 드러누웠다. 그의 훈계는 아무 소용도 없었다. 이 세상에는 그 따위 의견이 얼마나 많이 있는지 모른다. 그리고 그 태반은 불행을 직접 겪어보지 못한 사람들이 가지는 의견이다.

제법 밤이 깊었는데도 창밖에선 아직 별장 손님들이 거닐고 있었다. 소피야 페트로브나는 어깨에 가벼운 코트를 걸치고 선 채 잠시 생각에 잠겼다……. 그녀에게는 아직도 잠자는 남편에게 이런 말을 할 용기가 남아 있었다…….

"당신 주무세요? 저 산책하고 오겠어요……. 함께 안 나가시겠어요?"

이것은 그녀의 마지막 부탁이었다. 대답이 없었다. 그녀는 밖으로 나왔다. 밖에서는 선선한 바람이 불었다. 그녀는 바람도 어둠도 느낄 수 없었다. 그저 앞으로 앞으로 걸음을 옮길 뿐이었다…… 극복할 수 없는 힘이 그녀를 자꾸 앞으로 떠밀어서, 걸음을 멈추기라도 한다면 뒤에서 그녀의 잔등을 밀쳐줄 것만 같았다.

"화냥년!"

그녀는 정신없이 중얼거렸다.

"더러운 년!"

그녀는 빨갛게 상기된 채, 거칠게 숨을 몰아쉬면서 자기 발의 감각조차 잊었다. 그러나 수치심보다도, 이성보다도, 공포보다도 굳센 그 어떤 힘이 그녀를 자꾸 앞으로 밀고 나갔다.

함정

1

로트슈타인의 유산인 보드카 양조장의 널따란 뜰로, 새하얀 여름 제복을 입은 젊은 장교 한 사람이 안장 위에서 맵시 있게 몸을 흔들거리며 말을 몰고 들어왔다. 따사로운 햇빛이 육군 중위의 별 달린 계급장, 백양나무의 흰 줄 그리고 여기저기 뜰 안에 흩어진 유리 조각 위에 비쳐 내렸다. 눈에 보이는 모든 것이 여름철의 밝고 싱싱한 빛깔로 물들었고, 초록색 나뭇잎들이 맑고 푸른 하늘을 향하여 즐겁게 설레며 눈짓하는 것을 방해할 것이라고는 없었다. 연기에 그을린 창고의 지저분한 꼴이라든가, 숨막힐 듯한 보드카 냄새도 이처럼 상쾌한 기분을 망치지는 못했다. 중위는 안장에서 가볍게 뛰어내려 달려온 하인에게 말고삐를 넘겨주고, 손가락으로 가늘고 새까만 콧수염을 매만지며 현관 문으로 들어섰다. 여러 해 동안 사람의 발길이 가서 낡아버리기는 했으나 아직도 깨끗하고 반들거리는 층계를 밟고 올라가니, 나이가 지긋하고 좀 무뚝뚝해 보이는 이 집 하녀가 그를 맞아주었다. 중위는 아무 말 않고 명함을 내주었다. 안으로 들어가며 하녀는 알렉산드르 그리고리예비치 소콜리스키라는 이름이 명함에 박힌 것을 보았다. 하녀는 곧 돌아 나왔으나, 안주인이 몸이 편치 않아서 만나 뵐 수 없다고 했다. 소콜리스키는 아랫입술을 비쭉 내밀며 잠깐 천장을 쳐다보고 나서 입을 열었다.

"야단났는걸! 이봐요, 내 말 좀 들어주시구려."

그의 말투는 시원스러웠다.

"가서 수산나 모이세예브나에게 꼭 말씀드려야 할 일이 있다고 해요. 그저 2, 3분이면 되니까……. 꼭 만나 뵈어야겠다고. 좀 만나도록 해주시오."

하녀는 한쪽 어깨를 으쓱해 보이고 느린 걸음걸이로 다시 안으로 들어갔다.

"그렇게 하시랍니다."

잠시 후에 돌아온 하녀는 후우 하고 한숨을 몰아쉬며 말했다.

"올라오세요."

중위는 하녀를 따라 화려하게 꾸며놓은 커다란 방을 대여섯이나 지나고, 복도를 거쳐 결국은 네모 반듯하고 널찍한 방 안에 들어섰다. 발을 들여놓자 방 안 가득히 가꿔놓은 갖가지 화초며 꽃나무가 그를 놀라게 했고, 코를 찌를 듯이 진하고 달콤한 자스민 향기는 그를 어리둥절하게 했다. 어떤 꽃은 덩굴을 이루고 벽을 따라 들창을 가릴 듯이 두 줄기로 천장에까지 뻗어 올라가서 다시 밑으로 늘어졌고, 또 다른 꽃은 방 구석마다 둥그렇게 말려 있었다. 사람이 사는 방이라기보다는 차라리 온실이라는 느낌이 들었다. 곤줄매기, 방울새, 카나리아 따위 새들이 빽빽거리며 화초 속에서 법석대고 들창 유리에 부딪히기도 했다.

"여기서 만나 뵙는 걸 용서하세요!"

요염한 여자의 음성이 들려왔다. 'r' 소리가 분명히 발음되지는 않으나, 그렇다고 그 소리가 귀에 거슬리지는 않는다.

"어제 편두통을 앓았어요. 그래서 다시 앓을까 봐 오늘은 꼼짝 않고 있는 거죠. 그런데 무슨 말씀이신지?"

바로 방문 맞은편으로, 값비싼 중국식 자리옷을 입고 수건으로 머리를 싸맨 여자가 노인들이나 사용하는 커다란 안락의자에 뒤로 젖힌 머리 밑으로 베개를 고이고 앉아 있었다. 털실로 떠서 만든 머릿수건 사이로는 끝이 뾰족하고 약간 도드라진, 핏기 없고 기다란 코와 크고 검은 한쪽 눈만이 보일 뿐이었다. 폭 넓은 중국식 옷은 그녀의 키와 몸매를 가렸지만, 희고 예쁘장한 손이라든가, 그 음성, 코와 한쪽 눈만으로도 그녀의 나이는 스물여섯이나 기껏해야 스물여덟로밖에 볼 수 없었다.

"이렇게 고집을 부려 죄송합니다……!"

중위는 발뒤꿈치에 달린 박차를 잘각거리며 말을 꺼냈다.

"소콜리스키라 불러주십시오. 내 사촌형 되는 알렉세이 이바노비치 크류코프의 위임을 받고 왔습니다. 여기서 가까운 곳에 사는 그는……."

"아, 알겠습니다!"

수산나 모이세예브나는 그의 말을 가로막으며 말했다.

"나, 크류코프라는 이를 알아요. 그리 좀 앉으세요. 눈앞에 뭐 커다란 것이 서 있는 건 좋아하지 않으니까요."

"사촌을 대신하여 당신에게 한 가지 부탁이 있어 온 것입니다."

중위는 다시 한번 박차 소리를 내고 자리에 앉으며 말을 이었다.

"다름 아니라 돌아가신 당신 부친께서 지난겨울에 내 사촌 형의 보리를 사 가셨는데, 많은 돈은 아니지만 아직 청산되지 않은 게 있습니다. 수표의 기한은 앞으로 일주일밖에 남지 않았습니다만, 그 돈을 오늘 내주실 순 없겠습니까?"

중위는 이렇게 말하면서도 곁눈으로 힐끗힐끗 좌우를 살펴보았다.

'이 여자 침실에 들어와 있는 것이 아닐까?'

그는 생각했다.

방 한쪽 모퉁이, 무성한 장미꽃 덩굴이 한층 높이 뻗어 올라가서 지붕을 이룬 그 밑으로 아직도 잠자리가 꾸겨진 채 손질을 하지 않은 침대가 놓여 있었다. 바로 눈앞에 있는 두 개의 안락의자에는 둘둘 말린 여자의 옷가지가 걸렸다. 쭈글쭈글하게 주름진 레이스가 달린 옷자락과 소매가 양탄자 위로 늘어졌다. 그리고 방바닥에는 허리끈이며, 두서너 개의 담배꽁초며, 카라멜 껍질이 여기저기 희끗희끗 널렸다. 침대 밑으로는 코끝이 둥글고 또는 뾰족한 가지각색 슬리퍼가 기다랗게 줄지어 있는 것이 보였다. 그러고 보면 달콤한 자스민 향기는 꽃에서 풍기는 것이 아니라 실상은 여자의 침대와 슬리퍼에서 풍겨 나오는 것 같았다.

"그래 수표의 금액은 얼마나 되죠?"

수산나 모이세예브나가 물었다.

"2천 3백 루블입니다."

"아휴!"

유대 여자는 나머지 한쪽 눈을 마저 내놓으며 말했다.

"'많은 돈은 아니라고 하시더니! 하긴 오늘 갚아드리나 한 달 후에 드리나 마찬가지죠. 그렇지만 아버지가 돌아가신 후 두 달 동안 여기저기서 달라는 돈이 어떻게나 많은지, 아주 그냥 머리가 돌 지경이라니까요! 외국으로 길을 떠나야 할 나를 이런 시끄러운 일들이 붙잡고 늘어지는군요……. 보드카니, 보리니……."

눈을 반쯤 감고 그는 종알거렸다.

"보리다, 수표다, 이자(利子)다, 우리 집 집사는 니자라 하지만…… 아주 진저리가 나요. 어젠 세무서에서 사람이 왔길래 입도 벌리지 못하게 하고 쫓아버렸죠. 납세 고지서를 가지고 치근치근 들러붙더라니까요. 그래서 한마디 쏘아붙였죠. '그 고지서 갖고 귀신한테나 가보시오. 당신 같은 사람은 얼굴도 보기 싫어요.' 그랬더니 내 손에 키스하고 아무 소리 못 하고 없어져버리더군요. 그런데 그 돈, 당신 형님께서 두세 달만 좀 기다려주실 수 없을는지?"

"그건 어려운 일인데요……."

중위는 빙긋이 웃으며 말했다.

"형님이야 1년이라도 기다릴 수 있겠죠. 그러나 내가 기다릴 수 없단 말입니다. 내 일 때문에 이렇게 등이 달아 쫓아다니는 겁니다. 지금 돈이 꼭 필요한데, 공교롭게도 형님 수중엔 단돈 한 푼 없어요.

그래서 하는 수 없이 내가 나서서 이렇게 돈을 거두러 쫓아다니는 거죠. 방금 소작인한테 들렀다가 지금 댁에 와 있습니다만 이제부터 또 딴 데 가봐야 합니다. 이래 가지고는 5천 루블을 마련하려면 어림도 없겠어요. 돈이 안 되면 큰일입니다!"

"아이, 웃기시네. 뭣 땜에 젊은 양반이 그렇게 돈이 필요하세요! 쓸데없이 욕심내지 마세요. 그래 뭐, 방탕을 해서 돈을 없앴소, 노름을 해서 돈을 잃었소? 그렇잖으면 장가를 드시오?"

"맞히셨습니다!"

중위는 웃음을 지으며 엉덩이를 들썩하고는 다시 박차를 잘가락거렸다.

"사실은 결혼을 하려는 거죠……."

수산나 모이세예브나는 손님의 얼굴을 물끄러미 바라보더니 얼굴을 찌푸리며 한숨을 내쉬었다.

"어째서 사내들이 장가들길 좋아하는지 이해할 수가 없어요!"

콧수건을 찾으려고 주위를 두리번거리며 그녀는 이렇게 말했다.

"인생이란 그처럼 짧고 또 그처럼 자유가 없는 것인데, 사람들은 다시 스스로를 묶으려든단 말이에요."

"제각기 다 생각하는 바가 다를 테니까요……."

"네, 그렇죠. 물론 사람은 저마다 생각이 다르지만…… 그러나 당신은 그래 알거지한테 장가를 드신단 말씀이세요? 열렬한 사랑 끝에? 그리고 꼭 5천 루블이 필요하다는 건 무슨 말씀이신지? 3천 루블이나 4천 루블 가지고는 안 되나요?"

'수다스럽기가 이만저만이 아닌 여자로군!'

중위는 이렇게 생각하며 그녀의 물음에 대답했다.

"문제는 군대 규칙에 의하여, 28세 미만의 장교는 결혼할 수 없다는 데 있습니다. 그래도 결혼하겠다면 군대에서 나오든가, 그렇지 않으면 5천 루블의 보증금을 내야 하거든요."

"아하, 이젠 알겠어요. 그런데 난 이렇게 봐요. 방금 당신은 사람마다 제각기 생각하는 바가 다르다고 하셨죠……. 아마 당신의 약혼자는 아주 훌륭해서 예외가 될는지 모르겠지만…… 그러나 나는 교양 있는 버젓한 남자들이 어떻게 여자들과 함께 살 수 있는지 의문이에요. 암만 생각해도 이해할 수 없어요. 나도 이럭저럭 나이 스물일곱이 됐지만, 그동안 끝까지 얌전하게 참아가는 여자를 하나도 본 일이 없어요. 모두들 겉으로는 얌전을 빼지만, 뒷구멍으론 호박씨를 까는 거짓말쟁이뿐이라니까……. 차라리 심부름하는 계집이라든가 부엌데기가 낫지요. 소위 교양이 있다는 그 따위 여자들 하고는 아예 상종도 않고 있어요. 물론 그들 자신이 곁을 주지 않고 나를 미워하지만, 오히려 그게 다행이지 뭡니까. 돈이 필요하면 남편한테 바가지나 긁을 줄 알았지, 자기가 나서는 일은 절대로 없어요. 자존심에서가 아니라, 자신이 없고 겁이 나서 못 나서는 거죠. 그리고 내가 저희들 아픈 곳을 찌를까 봐 벌벌 떨고들 있다니까……. 그것들이 날 미워하는 건 잘 알죠. 그것도 당연하지 뭐예요! 나는 그들이 있는 힘을 다하여 하느님과 사람들에게 숨기려 드는 그것을 후벼내어 아주 노골적으로 폭로하니까. 그러니 왜 싫어하지 않겠어요. 아마 당신도 내 흉을 많이 들었을 테지만……."

"나는 여기 온 지 얼마 안 됐기 때문에……."

"말 마세요……. 눈에 빤히 나타나는걸! 그런데 당신 형수가 당신을 그냥 놔뒀는지? 아무 감시도 없이 젊은 남자를 어떻게 그런 예쁜 아낙네 곁에 둘 수 있겠어요. 될 말이에요? 하하……. 그건 그렇고, 당신 형님은 어떠세요? 그인 그야말로 미남자던데. 연회석상에서 몇 번 본 일이 있어요. 왜 그렇게 날 바라보세요? 나는 교회에 자주 나가요. 누구에게나 하느님은 하나밖엔 없죠. 교양 있는 사람에겐 외관이란 그리 중요한 게 아니라고 생각해요. 속이 들었어야지……. 그렇잖아요?"

"물론, 그렇죠……."

중위는 웃으며 대답했다.

"그래요, 속에 뭣이 들어 있는가 하는 게 중요하지……. 그런데 형님을 닮은 데라곤 통 없으시군. 당신도 누구 못지않게 잘생기셨지만, 당신 형님은 훨씬 미남자시지. 그렇게도 닮은 데가 없을까!"

"당연하지 않겠어요. 우린 친형제가 아니라 사촌지간입니다."

"정말, 사촌 형이라 하셨지. 그래, 돈은 오늘 꼭 받으셔야겠어요? 왜 오늘이라야만 하지요?"

"2, 3일밖엔 휴가가 남지 않아서 그럽니다."

"그럼 어떡하면 좋을까!"

수산나 모이세예브나는 한숨을 쉬며 말했다.

"나중에 당신이 날 원망하게 되리라는 건 알지만, 돈은 드릴 수밖에 없군요. 결혼하고 나서 부인과 다툴 땐 이렇게 욕하시겠지. '그 더러운 유대 계집이 그때 돈만 내주지 않았어도, 날아다니는 새들처럼 지금도 자유로울 것인데!' 당신과 약혼한 여자 예뻐요?"

"뭐 그저 그렇죠……."

"음……! 그저 그렇다는 것보다는 뭐 어디가 좋다든가, 얼굴이 예쁘게 생겼다든가 하는 편이 그래도 낫지 않아요? 하기야 여자란 무가치한 삶의 대가로 자기의 아름다움을 남편에게 바치는 일이란 절대로 없죠."

"거 참 이상하군요!"

중위는 웃음을 띠며 말했다.

"당신도 여자면서 어떻게 그런 말씀을 하실 수 있는지!"

"여자란……."

수산나의 얼굴에는 뜻 모를 웃음이 떠올랐다.

"세상에 태어날 때, 몸에 달고 나올 것을 못 달고 나왔다 해서 그게 죄가 될 수 있어요? 그게 내 죄가 될 수 있어요? 그게 죄라면 당신이 수염을 달고 있는 것도 죄게요! 나는 퍽 자만심을 가진 편이지만, 딴사람들이 내가 여자라는 걸 상기시킬 때는 자기 자신이 싫어지기 시작해요. 그럼, 좀 나가 계세요. 옷을 갈아입을 테니……. 응접실에서 잠깐만 기다리시죠."

중위는 여자의 침실에서 나오자, 우선 지독한 자스민 냄새를 털어버리려는 듯 심호흡을 했다. 그 냄새 때문에 머리가 어질거리고 목구멍이 칼칼해진 것 같았다.

'참 괴상한 여자야!'

주위를 두리번거리며 그는 생각했다

'말은 재미있게 하는데……. 그렇지만 지나치게 수다스럽고 또 너무 노골적이야. 정신병 기질을 가진 여자인지도 모르지.'

응접실은 사치와 유행을 따라 모든 것이 화려하게 장식되어 있었다. 탁자 위에는 니스와 라인강 풍경을 검푸른 빛깔로 그린 접시들이며, 옛날에 사용되던 촛대며, 일본서 가져온 골동품 같은 것들이 놓였지만, 그러나 이처럼 화려하게 늘어놓은 장식품들은 오히려 주인의 취미가 결코 고상하지 못하다는 것을 뚜렷이 나타낼 뿐이었다. 금박을 칠한 커튼 고리, 울긋불긋한 도배지, 짙은 빛깔의 책상보, 두꺼운 틀 안에 서투른 서양화, 모든 것들은 몰취미를 더욱 확실히 증명하고도 남았다. 그런 것들은 서로 조화를 이루지 못할 뿐만 아니라, 방 안 가득히 늘어놓았으면서도 무엇인가 있어야 할 물건이 없는 것 같은, 또 그중 많은 것을 집어 내버려야 할 것 같은 느낌을 주었다. 또한 모든 실내 장식품들이 한때에 마련된 것이 아니라, 경매 같은 싸구려 기회를 틈타 조금씩 사들였다는 것은 누가 보아도 알 수 있었다.

　중위는 그런 데 관해 아무런 조예도 없었지만, 그러나 방 안을 장식한 모든 것들이 하나의 공통된 특징, 사치로도 유행으로도 씻어 버릴 수 없는 하나의 결점을 가졌음을 느낄 수 있었다. 방을 꾸미는 데 따스한 무엇을 느끼게 하는 아늑함이라든가, 정서적인 뉘앙스를 주는 안주인의 손길이 간 흔적을 통 찾아볼 수 없었다. 그래서 응접실에는 마치 정거장의 대합실이나, 클럽이나, 극장 복도처럼 싸늘한 기운이 감돌았다.

　방 안에서 유대인 냄새를 풍기는 것이라고는 야곱과 이삭이 만나는 장면을 그린 커다란 그림 한 폭을 빼놓고는 거의 아무것도 없었다. 중위는 주위를 둘러보았다. 어깨를 한번 으쓱거리고 그는 오늘 처음 알게 된 이 집 안주인의 뻔뻔스러우리만큼 대담한 언동을 다시 생각해보았다.

그러나 이때 방문이 열리며 그녀가 나타났다. 그녀는 허리를 잘록하게 깎아낸 것 같은 날씬한 몸매에 검고 기다란 원피스를 입었다. 중위는 이제 그녀의 코와 눈뿐만 아니라 희고 여윈 얼굴과 양털 같은 새까만 고수머리를 볼 수 있었다. 중위는 그녀의 얼굴이 마음에 들지는 않았지만, 그렇다고 미운 얼굴이라고는 생각하지 않았다. 대체로 러시아 사람이 아닌 딴 나라 사람에게 편견을 가진 중위는, 그래서 그런지 그녀의 검은 고수머리와 짙은 눈썹이 핏기 없는 새하얀 얼굴에 너무도 어울리지 않는다고 생각했다. 왜 그런지 그녀의 코며 귀를 마치 양초를 녹여 만든 것처럼 놀랄 만큼 희게 한 것은 지독한 자스민 향기 때문인 것 같았다. 여자는 이를 내보이며 생긋 웃었으나 그때 언뜻 눈에 띈 희멀건 잇몸도 역시 중위의 마음에 들지 않았다.

'황달이라도 걸린 것 아닌가……. 필경 이 여자는 칠면조처럼 굉장한 신경질일 거야.'

그는 생각했다.

"기다리셨죠, 그럼 갑시다!"

그녀는 빠른 걸음으로 앞장서서 가다가, 화분에서 노란 꽃잎을 뜯어 들며 말했다.

"돈은 지금 곧 드리겠어요. 싫지 않으시다면 점심도 대접하고……. 2천 3백 루블이라 하셨죠! 수지를 맞추시고 난 후엔 배불리 실컷 잡수시지. 어떠세요, 우리 집 방들이 마음에 드세요? 이 고장 여자들은 내게서 노린내가 난다고 흉을 보는 모양이지만, 그건 전혀 터무니없는 소리죠. 술통에 빠졌다 나와보세요. 내게서 무슨 냄새가 나나……. 당신은 물론 믿으시겠지만, 한번은 노린내를 피우는 의사가 우리 집에 왕진 온 일이 있었어요. 그때 나는 의사더러 모자를 집어 들고 어디 딴 데 나가서 냄샐 피우라고 쫓아버렸어요. 내 몸에선 노린내가 나는 게 아니라 약 냄새가 나는 거예요. 아버지가 중풍으로 1년 반이나 누워 계셔서, 집 안에 온통 약 냄새가 배어버렸어요. 1년 반이나 누워 계셨다니까요! 아버지가 가엾긴 하지만 그래도 돌아가시길 잘했다고 생각해요. 살아 계시면 그 고생이 어떻겠어요!"

그녀는 장교를 안내하여 응접실과 별다를 게 없이 꾸민 방 두 개와 넓은 홀을 거쳐, 서재에 들어가서 발을 멈추었다. 자그마한 장식품을 가득 늘어놓은 부인용 책상이 있었고, 책상 가까이 방바닥에는 몇 권의 책이 펼쳐진 채로 뒹굴었다. 옆방으로 통하는 문이 살짝 열려, 문틈으로 점심을 차려놓은 식탁이 엿보였다.

쉴 새 없이 재잘거리며, 수산나는 호주머니에서 자잘한 열쇠 뭉치를 꺼내어 둥그스름한 뚜껑이 비스듬하게 붙은 복잡한 궤짝을 열었다. 뚜껑이 열리면서 궤짝에서는 아울로스의 하프를 연상케 하는 애달픈 멜로디가 잠시 동안 울려 나왔다. 수산나는 다시 열쇠 하나를 골라내어, 이중으로 장치된 뚜껑을 열었다.

"여기 땅속으로 비밀 통로와 출입구가 있어요."

양가죽으로 만든 그리 크지 않은 손가방을 꺼내며 그녀는 말했다.

"참 괴상한 궤짝도 다 있죠? 그리고 이 가방 속엔 내 전 재산의 사분의 일이 들어 있고요. 자, 보세요, 배가 볼록하잖아요. 어디 한번 내 목을 졸라 죽여보시지?"

수산나는 눈을 들어 중위를 쳐다보며 상냥하게 웃었다. 중위도 따라 웃었다.

'그러고 보니 참 멋진 여잔데!'

여자의 손가락 사이에서 이리저리 뛰노는 자잘한 열쇠들을 바라보는 그에게 이런 생각이 들었다.

"아, 요것이로군!"

가죽 가방의 열쇠를 찾아내고 그녀는 말했다.

"그럼 빚쟁이 양반, 수표를 내놓으시지. 돈이란 사실은 언제나 무의미한 물건이죠. 그래도 여자들은 돈이라면 그저 혹하지 않아요! 아시다시피 나는 그야말로 진짜 유대인이니까 슈물리나 양켈리*를 좋아하긴 하지만, 돈벌이에만 눈이 벌겋게 되는 우리 셈족의 피가 싫어요. 돈을 벌어 꽁꽁 뭉쳐두면서도 뭣 때문에 그렇게 하는지 그들 자신도 모르거든요. 삶을 즐길 줄 알아야 할 텐데 그들은 단돈 한 푼에 벌벌 떤단 말이에요. 그런 점으로 본다면 나는 슈물리보다는 표기병(驃騎兵)을 더 닮았다고 할까요. 돈을 꼭 움켜쥐고 있는 걸 싫어하죠. 유대인답지 않은 데가 많이 있다고 생각해요. 어때요, 내가 말할 때, 'a' 소리의 악센트가 너무 강하게 들리지 않아요?"

"어떻게 대답해야 좋겠습니까?"

중위는 좀 우물쭈물하며 말했다.

"퍽 유창하게 말씀하십니다. 그러나 'r' 소리가 좀 분명치 않은 것

---

* 고골리의 작품에 나오는 유대인. 유대인을 비꼬아 부르는 말.

같군요."

수산나는 히죽 웃어 보이며 가방에 달린 자물쇠에 열쇠를 꽂아 넣었다. 중위는 호주머니에서 수표를 꺼내어 책상 위에 놓았다.

"악센트처럼 유대인이라는 걸 알아보기 쉽게 하는 건 없어요."

밝고 상냥한 웃음을 품은 눈으로 중위를 바라보며 수산나는 말을 이었다.

"암만 자기가 러시아 사람이나 프랑스 사람인 체해봐도 쓸데없어요. 푸흐(솜털)란 말을 한번 해보라 하세요. 틀림없이, 페흐흐흐……. 그렇지만 나는 정확하게 말할 수 있거든요. 푸흐! 푸흐! 푸흐!"

두 사람은 소리를 내어 함께 웃어댔다.

'확실히 매력 있는 여자야!'

소콜리스키는 속으로 감탄했다. 수산나는 가방을 의자 위에 놓고 중위에게 한 걸음 다가섰다. 사내의 얼굴에 자기 얼굴을 가까이 하며 신이 나서 말을 계속했다.

"유대인 다음으로는 러시아인과 프랑스인을 나는 제일 좋아하죠. 여학교 때 역사 공부를 잘하지 않아서 모르긴 하지만, 그래도 내 생각으론 지구의 운명이 이 두 민족의 손에 달린 것 같아요. 나는 오랫동안 외국에 살면서…… 마드리드 같은 곳에서도 반 년 동안 살았으니까요……. 여러 나라 사람들을 살펴보았는데, 결국 그런 신념을 갖게 되었죠. 즉 러시아와 프랑스 이외에는 이렇다 할 민족이 하나도 없다는 거예요. 한번 여러 나라의 말을 실례로 들어볼까요……. 독일 말은 망아지 소리 같고, 영어는 우스꽝스럽기 짝이 없죠. 화이치, 휘이치, 휴이치……! 이탈리아 말은 천천히 할 땐 괜찮지만 이탈리아 여자들이 재잘거리는 걸 들어보면 우리 유대인의 사투리가 그냥 나타나요. 그럼 폴란드 말은 어떠냐고요? 말씀 마세요! 그보다 더 듣기 싫은 말이 어디 있겠어요! '네 페프시 페프쉐 페프솀 베프샤보 모제시 프쉐페프시시 베프샤 페프솀', 이건 표트르 후춧가루 돼지고기에 너무 치지 마라, 그러다간 매워서 못 먹을라 라는 말이래요. 호호호!"

수산나가 눈을 굴리며 웃어대는 바람에 중위도 그녀를 바라보며 커다란 소리로 웃었다. 그녀는 사내의 단추를 만지작거리며 다시 지껄이기 시작했다.

"물론 당신은 유대인을 싫어하시겠지만…… 그걸 가지고 이러니저러니 하진 않겠어요. 어느 민족이나 다 흠이 있는 것처럼 우리도 결점이야 많지요. 그럼 과연 유대인 탓이냐? 아니죠, 유대인이 나쁜 게 아니라, 나쁜 건 유대 여자들이에요! 영리하지 못한 데다 욕심쟁이고 아무런 취미도 정서도 모르는 따분한 여편네들이죠……. 당신은 유대 여자와 함께 살아본 일이 없을 테니까 잘 모르실 거예요……. 그들에게 무슨 매력이 될 만한 게 하나나 있겠어요……!"

수산나 모이세예브나는 말꼬리를 얼버무리며 이렇게 말했으나, 그녀의 말에서는 지금까지의 흥겨움도 웃음도 이미 찾아볼 수 없었다. 마치 자기 말이 너무 지나친 데 스스로 놀라기라도 한 것처럼 그녀는 입을 다물고 말았다. 순간 그녀의 얼굴에는 이해할 수 없는 미묘한 표정이 스쳐 갔다. 눈 한번 깜박이는 일 없이 그녀의 시선은 중위에게서 떠나지 않았고, 벙긋이 벌린 두 입술 사이로는 이를 악무는 것이 내보였다. 얼굴 가득히 그리고 목덜미와 가슴팍에까지도 고양이와 같은 표독스러움이 넘쳤다. 중위에게서 눈을 떼지 않고, 그녀는 잽싸게 허리를 굽혀, 마치 고양이처럼 무엇인가를 책상 위에서 움켜쥐었다. 눈 깜짝할 새의 일이었다. 여자의 손 끝에 잡힌 수표가 살각살각 소리를 내며 손아귀 속으로 들어가버렸다. 상냥스럽던 웃음이 금방 그처럼 비열한 범죄 행위로 돌변하는 것을 본 그는 어안이 벙벙하여 한 발 뒤로 물러섰다. 앙칼진 눈으로 중위의 눈치를 살피며, 그녀는 움켜쥔 주먹을 허리로 가져가 호주머니를 찾았다. 그러나 주먹은 물 밖에 나온 물고기처럼 호주머니 언저리에서 팔딱거리며, 좀체로 제 구멍을 찾아 들어가지 못했다. 그러다가 이번엔 수표를 옷깃 사이로 집어 넣으려 했다. 순간 중위는 가벼운 비명을 올리며 거의 본능적으로 여자에게 덤벼들어 수표를 움켜쥔 팔목을 붙잡았다. 그녀는 더욱 이를 악물었다. 있는 힘을 다하여 사내를 뿌리치며 붙잡힌 손을 빼냈다. 소콜리스키는 두 팔로 여자의 허리와 어깻죽지를 힘껏 부둥켜안았다. 그들 사이에는 격투가 벌어졌다. 그는 여자에게 욕을 보이게 될까 두려웠다. 꼼짝 못하게 하여 수표를 움켜쥔 주먹만 붙잡으려 했다. 그러나 그녀는 사내의 품안에서 탄력 있는 몸을 뱀장어처럼 비꼬며 팔꿈치로 사내의 가슴을 떠밀고 움켜쥔 주먹을 이리저리 빼돌렸다. 그것을 좇아 중위의 손은 그녀의 몸뚱이 구석구석까지 가 닿지 않는 곳이 없었다.

'이거 참 일이 이상하게 되어가는걸!'

마치 자스민 향기가 그의 얼을 빼놓기나 한 것처럼 그는 스스로를 잊어버리고 어리둥절했다.

어느 편에서도 말이 없었다. 숨결만 더욱 거칠어졌다. 그들은 서로 부둥켜안은 채 가구에 부딪히기도 하면서 이 구석 저 구석으로 밀려다녔다. 그러는 동안 수산나는 제정신을 잃어가는 것 같았다. 얼굴은 빨갛게 상기되고 눈은 지그시 감겼다. 중위의 얼굴에 자기 얼굴을 정신없이 갖다 대고 비비기까지 했다. 사내의 입술에 달콤한 향기를 남기며 그녀의 입술이 스쳐 갔다. 마침내 그는 여자의 주먹을 붙잡았다. 손가락을 헤쳐보았으나 수표는 이미 간 곳이 없었다. 중위는 여자에게서 물러났다. 머리카락은 흩어지고 얼굴은 빨겋게 상기된 채 그들은 할딱거리며 서로의 얼굴을 바라보았다.

그녀의 얼굴에서는 표독스럽고 매섭던 표정이 차츰 상냥스러운 웃음으로 변했다. 그러다가 웃음을 터뜨리고 한참을 웃고 나더니, 발길을 돌려 점심이 준비되어 있는 옆방으로 들어갔다. 중위는 그 뒤를 어슬렁어슬렁 따라갔다. 아직도 불그스름한 얼굴로 거칠게 숨을 쉬며 그녀는 식탁에 앉더니 포도주를 반 컵쯤 들이켰다.

"난 당신이 장난을 한다고 생각합니다. 그렇죠?"

중위가 먼저 입을 열었다.

"아아뇨."

그녀는 빵 조각을 입 속에 틀어넣으며 대답했다.

"음…… 그럼 어떻게 해석해야 옳겠습니까?"

"좋을 대로 해석하세요. 앉아서 점심이나 드시죠!"

"그러나…… 그런 속임수를 쓰다니 말이 됩니까!"

"그럴 수도 있겠죠. 그러나 설교를 할 생각일랑 아예 마세요. 나는 나대로 생각이 따로 있으니까요."

"그럼, 주시지 않겠단 말씀이오?"

"물론이죠! 가진 것이라곤 아무것도 없는 당신 같은 가난뱅이가 장가는 무슨 장가예요!"

"그렇지만 그 돈은 내 것이 아니라 형님 겁니다!"

"그럼 당신 형님은 뭣에 쓸 돈일까! 마누라 옷차림에? 하긴 당신 형수의 옷을 사주건 말건 나한테는 상관이 없는 일이지만."

중위는 처음 찾아오는 이 여자네 집에서, 어떻게 돼서 자기가 그런 예의에 벗어난 행동을 하게 되었는지 알 수 없었다. 그는 미간을 찌푸리고 방 안을 뚜벅뚜벅 걸어다니며 애꿎은 조끼만 잡아당겼다. 생각해보면 그가 대담하게 행동한 것은 이 유대 여자가 수치스럽기 짝이 없는 언동을 먼저 했기 때문이었다.

"참 어이가 없어서!"

그는 투덜거렸다.

"당신에게 그 수표를 받기 전엔 예서 떠나지 않을 테니 그리 아시오!"

"오, 그럼 더욱 좋군요!"

수산나는 웃었다.

"이왕이면 아주 여기서 사시죠. 그럼 얼마나 좋아요!"

결투 끝에 흥분한 중위는 수산나의 웃음 띤 염치 없는 얼굴, 나불거리는 입술, 할딱이는 가슴팍을 바라보며 엉뚱한 마음을 먹었다. 수표가 어떻게 되느냐 하는 것은 아랑곳없었다. 이런 판국에 왜 그런지 어떤 욕망과 함께 유대 여자의 자유분방한 생활 태도에 대해 언젠가 자기 형이 들려주던 얘기가 머리에 떠올랐다. 그리고 그것은 그의 마음을 더욱 대담케 할 뿐이었다. 그는 여자 곁에 털썩 주저앉아서 수표 생각은 까맣게 잊고 점심을 먹기 시작했다.

"무얼 드시겠어요? 보드카, 포도주?"

수산나는 웃음 섞인 말로 물었다.

"그래 수표를 도로 찾을 때까지는 예서 기다리겠다는 거죠? 며칠이나 기다리나 봅시다! 당신 약혼자가 화내지 않을까요?"

2

오후 다섯 시가 지났다. 중위의 형인 알렉세이 이바노비치 크류코프는 자리옷 바람에 슬리퍼를 끌고 집 안을 돌아다니며 연방 창밖을 내다보았다.

그는 이미 허벅살이 지고, 머리가 벗어지며, 집 안에서는 잔소리깨나 할 그런 나이가 되었지만, 후리후리한 키와 구레나룻이 검고 굵직한 사내다운 얼굴은 유대 여자가 말한 것처럼 여간한 미남자가 아니었다. 또한 그는 우리 인텔리들이 가진 소양을 풍부히 가진 사람이었다. 성실하고 원만한 인품을 가졌으며, 교양이 있고 과학, 예술, 신앙에 대해 문외한이 아니며, 명예를 존중하는 기사도적인 이해를 가진 사람이었으나, 어느 한 가지에 깊이 파고드는 일이 없는 게으름뱅이기도 했다. 그는 호식가였고 애주가였다. 트럼프놀이 같은 건 기막히게 잘했다. 또한 자기하고 상관없는 일엔 나서지 않는 것을 원칙으로 삼는 사람이었다. 그래서 무슨 일에 그를 끌어내리려면, 그의 마음을 움직일 만한 선동적이고 평범하지 않은 일이라야

했다. 그러나 일단 발벗고 나서기만 하면 그는 침식을 잊고 적극적으로 활동했다. 결투에 대해서 기염을 토하는가 하면, 대신에게 장문의 진정서도 쓰며, 온 군(郡) 내를 분주하게 쫓아다니기도 하고, "비열한 놈"이라고 공공연하게 남을 꾸짖기도 했다. 또는 소송으로 남과 다투기도 했다.

"그런데 사샤는 왜 여태 돌아오지 않는 거야?"

그는 창밖을 내다보며 마누라에게 물었다.

"저녁 먹을 때가 됐는데!"

중위를 기다리다가 크류코프네 식구들은 여섯 시가 되어서야 저녁을 먹었다. 밖이 어두워지고 밤참 먹을 시간이 되었다. 알렉세이 이바노비치는 발소리와 밖의 인기척에 귀를 기울여보다가는 알 수 없다는 듯이 어깨를 으쓱거렸다.

"이상한데!"

그는 중얼거렸다.

"이 중위 녀석이 아마 소작인 집에 들어박혀 있는 게로군."

밤참을 먹고 잠자리에 들어가며, 크류코프는 동생인 중위가 소작인네 집에서 한잔 잘 얻어먹고 거기서 자고 오는 게 틀림없으리라고 생각했다.

소콜리스키는 다음날 아침이 되어서야 집으로 돌아왔다. 그는 아주 풀이 죽고 낭패한 꼴이었다.

"단둘이서 좀 할 얘기가 있어요……."

그는 딴사람 모르게 형에게 속삭였다.

그들은 서재로 들어갔다. 중위는 문을 닫고 말을 꺼내기 전에 뚜벅거리며 한참 동안 방 안을 거닐었다.

"이런 일이 있었어요, 형님."

그는 입을 열었다.

"어떻게 얘기해야 할지 모르겠군요……. 아마 내 얘기 믿지 못할 거지만……."

그는 말을 더듬거리며 얼굴을 붉히고 형을 외면한 채 어제 겪은 이야기를 했다. 크류코프는 두 다리를 벌리고 서서 머리를 숙이고 동생의 얘기를 듣고 나서 상을 찌푸리며 말했다.

"아니, 그게 농담인가, 진담인가?"

"농담이라뇨, 지금 어디 농담할 처지가 됐어요?"

"모를 말이야!"

크류코프는 믿지 못하겠다는 듯이 두 팔을 벌리더니 흥분한 어조로 말했다.

"그건 네 잘못이야. 그래 그년이 그 따위 더러운 짓을 하는데 넌 그년의 입술을 핥고 있었단 말이지!"

"그러나 어떻게 됐는지, 나 자신도 알 수 없어요!"

중위는 죄송스럽다는 듯이 눈을 깜빡거리며 말했다.

"정말 알 수 없는 일입니다! 난생처음 그런 요물한테 걸려들었거든요! 제정신으로 여자한테 반해서 그렇게 된 게 아니라, 하도 몰염치하게 덤벼들기 때문에……."

"몰염치하게 덤벼들어서……? 그렇다고 네가 결백하달 수 있단 말이야? 그런 뻔뻔스럽고 치사한 걸 원한다면 말이야, 똥통에서 돼지새끼나 꺼내 날로 먹을 것이지! 2천 3백 루블…… 돈이 아깝네,

함정 179

아까워!"

"말이 너무 지나친데요! 내 그 2천 3백 루블, 드리겠어요!"

중위는 입맛이 쓴 얼굴을 하며 대꾸했다.

"네가 그 돈을 갚으리라는 건 알아. 그러나 어디 돈이 문젠가! 그까짓 돈은 아무렇게 돼도 좋아! 난 너의 밸 빠진 어리석은 행동에 격분하는 거야! 약혼까지 한 처지에! 약혼잘 두고!"

"너무 그러진 마세요……."

중위는 얼굴을 붉혔다.

"지금 얼마나 나 자신을 원망하고 있는지 모릅니다. 정말 땅속으로라도 기어들어가고 싶어요……. 큰어머니한테 가서 5천 루블을 달라고 조를 생각을 하면 기가 막혀 죽겠어요……."

크류코프는 좀처럼 화가 풀리지 않는지 한참을 무어라 투덜거렸다. 마음이 좀 진정되자 그는 소파에 앉아 동생을 바라보곤 입을 실쭉거리며 혼자서 웃었다.

"육군 중위가!"

그는 경멸에 찬 말투로 비꼬았다.

"약혼까지 한 녀석이!"

그러더니 별안간 그는 무엇에 찔린 사람처럼 벌떡 일어나서 발을 꽝꽝 구르고, 방 안을 성급하게 돌아다니기 시작했다.

"안 되겠어, 그냥 둘 순 없지!"

그는 주먹을 휘두르며 떠들었다.

"내 가서 수표를 찾아오겠어! 찾아와야겠어! 가서 그년을 녹초를 만들고 말겠어! 여자를 때리는 법은 아니지만, 그런 년은 아주 병신을 만들어놔야 해! 나는 육군 중위가 아니란 말이야! 제 아무리 뻔뻔스럽게 덤벼도 내겐 소용이 없어! 암, 절대로 안 되지! 그런 계집 년은 그냥 찢어버려야 해!"

그는 고함을 쳤다.

"거기 누구 없느냐! 가서 빨리 마차를 준비하라고 해!"

크류코프는 급히 옷을 갈아입고는, 중위가 만류했지만 들은 체도 않고 마차에 올라탔다. 그는 뒤도 돌아보지 않고 수산나 모이세예브나네 집으로 달려갔다. 중위는 들창 밖으로 달려가는 마차 뒤에서 구름같이 이는 먼지를 한참이나 바라보다가 늘어지게 기지개를 켜며 하품을 하고 나서 제 방으로 들어가버렸다. 15분 후에 그는 벌써 곤하게 잠이 들었다.

여섯 시가 되어 저녁을 먹으라고 그를 깨웠다.

"그인 친절도 하지!"

식당에서는 형수가 그를 맞으며 불평을 했다.

"저녁상을 차려놓고 이렇게 기다리게 하다니!"

"형님은 아직 돌아오시지 않았습니까?"

중위는 하품을 하며 말했다.

"음…… 아마 소작인네 집에 들르셨겠죠."

그러나 크류코프는 밤참 때가 되어도 돌아오지 않았다. 그의 아내와 소콜리스키는 필경 그가 트럼프에 미쳐서 소작인네 집에서 자고 오는가 보다 했다. 그러나 그들의 추측과는 비슷하지도 않은, 전혀 다른 일이 벌어졌다.

크류코프는 이튿날 아침이 되어서야 돌아왔으나, 식구들은 아는 체도 않고 아무 말 없이 자기 서재로 들어가버렸다.

"아니, 어떻게 되었어요?"

중위는 눈이 휘둥그레져서 그를 바라보며 귓속말로 물었다.

크류코프는 코웃음만 치며 손을 내저었다.

"대체 어떻게 됐길래 웃기만 합니까?"

크류코프는 소파에 벌렁 나자빠지더니 얼굴을 쿠션에 틀어박고 웃음을 참느라고 어깨만 들먹거렸다. 잠시 후 그는 고개를 들었다. 눈에는 눈물까지 고였다. 어리둥절해서 서 있는 중위를 바라보며 그는 입을 떼었다.

"거기 문 좀 닫아. 내 그 계집 얘길 하지!"

"수표는 찾으셨습니까?"

크류코프는 손을 내저으며 다시 껄껄거렸다.

"얘길 들어봐. 거 이만저만한 계집이 아니더군!"

그는 말을 계속했다.

"하여튼 고맙다. 네 덕분에 그런 계집을 알게 됐으니! 그건 치마를 두른 악마야. 그 집에 들어서자, 내 딴엔 단단히 조심을 하느라고 시치밀 딱 떼고…… 미간을 잔뜩 찌푸리고 무슨 큰일이나 치르려는 듯이 주먹을 불끈 쥐고 말이야……. '미리 말씀드리지만, 나하고는 장난을 하는 게 좋지 않을 거요!' 이런 식으로 나갔지. 그리고 막 땅땅 을러댔단 말이야……. 그녀는 처음엔 찔찔 눈물을 짜며 말하대. 자네에겐 정말 장난으로 그랬노라고……. 그러면서 돈을 내드리마고, 그 이상한 궤짝 있지 않아……. 그리로 데리고 가더란 말이야. 그다음엔 알 만하겠지. 유럽의 운명은 러시아인과 프랑스인 손에 달렸다는 것 말이야. 여자들에 대한 혹평도 들었어……. 나도 너와 마찬가지로 귀가 솔깃해서 듣다가 결국 그 함정에 빠지고 만 거야……. 내가 아주 미남자라고 한참 치켜올리더니, 얼마나 기운이 세나 보자고 내 팔뚝을 꼬집어 뜯어보기도 하고, 그러고는…… 또 그다음은 너도 알겠지. 이제야 겨우 이렇게 빠져나왔어. 하하하…… 네게 흠뻑 반한 모양이던걸!"

"참 잘하십니다!"

중위도 따라 웃으며 형을 비꼬아주었다.

"아내를 가진 사람이! 존경을 받는 사회의 명사가……! 그래 부끄럽지도 않아요? 한데 말입니다, 이건 농담이 아닌데, 이 고장에는 타마라 여왕님이 새로 한 분 생긴 셈이군요……."

"뭣이 생겼다고? 그런 카멜레온 같은 여자는 아마 러시아 전체를 찾아봐도 발견하지 못할걸! 그런 방면엔 나도 그리 풋내기는 아닌 셈인데, 그와 비슷한 정도의 여자도 생전 만나본 일이 없다니까. 귀신도 그 여자만은 못할 거야. 네 말마따나 그야말로 몰염치하게 덤벼드는 덴 안 넘어가는 재간이 없더군. 그년의 언동이 어떻게 변화무쌍한지 그냥 얼이 빠지더란 말야……. 어이구……! 그럼 수표는 어떻게 됐냐고? 휘이치, 페프지. 날아가버렸지. 너나 나나 둘이 다 죄를 짓긴 마찬가지니까, 손해는 반씩 나누기로 하자. 너한테 2천 3백 루블이 아니라, 그 반만 있는 걸로 하겠어. 그리고 마누라에겐 절대 입 밖에 내지 말아. 소작인네 집에서 잤다고 할 테니."

크류코프와 중위는 얼굴을 베개에 틀어박고 배를 움켜쥐고 웃어댔다. 얼굴을 들고 서로 바라보다가는 다시 웃음이 터져 나와서 베개에 얼굴을 파묻었다.
"약혼까지 한 녀석이! 육군 중위가!"
크류코프가 먼저 중위를 놀렸다.
"아내를 가진 사람이! 존경받는 사회의 명사가! 한 집의 가장이!"
소콜리스키도 말을 받았다.
 점심상을 받고서도 그들은 연방 서로 눈짓을 하며 암시 섞인 말을 주고받았다. 웃음이 터져 나오는 바람에 냅킨에 음식물이 떨어져서 곁에 섰던 심부름꾼들을 놀라게 했다. 점심이 끝난 후에도 그들은 유쾌한 기분으로 엽총을 가지고 앞으로 달리고 뒤로 쫓고 하며, 어린애들에게 전쟁놀이를 구경시켜주었다. 저녁때, 그들 사이에는 오랫동안 논쟁이 벌어졌다. 중위는 결혼할 때 여자의 지참금은 되도록 적어야 한다고 주장했다. 비록 열렬한 연애 결혼이라 할지라도 많은 돈이나 재산을 여자 앞으로 가지고 와서는 안 된다는 것이다. 크류코프는 책상을 주먹으로 치며 그런 불합리한 일이 어디 있느냐고 중위의 견해를 반박했다. 아내가 자기 몫으로 재산을 소유하는 것을 싫어하는 남편은 이기주의자이며 전제 군주나 다름없다는 주장이었다. 둘 다 흥분하여 체면도 지키지 못할 만큼 고함을 지르고 야단을 쳤다. 결국 그들은 자리옷을 걷어 들고 제각기 침실로 헤어져 들어가, 금세 깊은 잠에 빠지고 말았다.
 다시 이전처럼 무사태평한 생활이 계속되었다. 땅 위엔 짙은 그림자가 덮였다. 구름 속에서는 천둥소리가 들려오고, 이따금 호소하는 것같이 바람이 소리쳤다. 마치 자연도 소리를 내어 울 수 있다는 것을 보여주려는 듯이……. 그러나 안일한 생활에 젖어버린 이 사람들은 어떤 자연 현상에도 불안을 느끼지 않았다. 수산나에 대해서도, 수표에 대해서도 그들은 다시 입밖에 내려고 하지 않았다. 두 사람이 다 그런 얘기를 하는 것이 왜 그런지 부끄러웠기 때문이다. 그 대신 그들은 수산나와의 일을 제각기 만족한 마음으로 되씹어보았다. 그 일은 그들 생애에서 우연히 맞닥뜨린 한 토막 기이한 웃음거리로서 후에 유쾌한 추억으로 남으리라고 생각했다.

그런 일이 있고 일주일쯤 지난 어느 날 아침, 크류코프는 서재에 앉아 큰어머니에게 문안 편지를 썼다. 책상 머리에서는 소콜리스키가 아무 말 없이 서성거렸다. 중위는 밤잠을 잘 못 자서 기분이 상쾌하지 못했고 마음이 우울했다. 그는 방 안을 거닐며, 자기 휴가도 이젠 다 끝났다는 생각, 자기를 기다릴 약혼자 생각 그리고 이런 시골에 사는 사람들은 적적하고 따분해서 어떻게 살아갈 수 있을까 하는 생각을 두서없이 했다. 그러다가 들창 가로 가서 창밖의 나무들을 멍하니 바라보며 연거푸 담배를 세 대나 피웠다. 그는 갑자기 무슨 생각에선지 형에게 돌아서며 말했다.

"형님, 청이 하나 있는데요. 오늘 형님 말을 좀 빌려주었으면 좋겠어요……."

크류코프는 중위의 눈치를 살피려는 듯이 그를 힐끔 쳐다보고는 이맛살을 찌푸리며 다시 편지를 썼다.

"그러시겠어요?"

중위가 거듭 물었다.

크류코프는 또 한번 쳐다보더니 책상 서랍을 천천히 열고 거기서 두툼한 현찰 뭉치를 꺼내어 동생에게 내주었다.

"자, 5천 루블······."

그는 입을 열었다.

"이건 내 돈은 아니지만 맘대로 해. 누구 돈이건 결국은 마찬가지 니까. 역마차가 이리 들러서 가도록 즉시 연락하고 오늘 안에 떠나 라. 내 충고 알아듣겠지!"

이번에는 중위가 형 눈치를 살피며 바라보다가 웃음을 터뜨렸다.

"형님 내 속을 들여다보았군요!"

낯을 붉히며 그는 말했다.

"사실 그 여자에게 가고 싶었어요. 요전에 그 집에 입고 갔던 여름 제복 말예요, 그걸 엊저녁에 세탁해 왔는데, 아직도 옷에서 자스민 냄새가 풍기더군요. 그 냄새에 그만 유혹을 당했죠!"

"떠나야 하겠네!"

"네, 정말 떠나야겠어요. 게다가 휴가도 이젠 끝났으니까. 오늘 중으로 떠나겠어요! 어떤 일이 있어도 꼭 떠나버리겠습니다!"

점심 전에 역마차가 왔다. 중위는 집안 식구들과 작별 인사를 나 누고 그들의 전송을 받으며 떠나갔다.

다시 일주일이 지나갔다. 음산하면서도 숨이 막힐 것처럼 무더운 날이었다. 크류코프는 이른 아침부터 공연히 이 방에서 저 방으로 집 안을 돌아다니며 창밖을 내다보기도 하고, 이미 싫증이 난 사진 첩을 들추기도 했다. 마누라나 애들이 눈에 띄기만 하면 그는 성난 소리로 잔소리를 퍼부었다. 그날은 왜 그런지 애들도 피하는 듯했 고, 마누라가 하녀들에게 지출이 많다고 짜증을 내도 일부러 자기 더러 들으라는 게 아닌가 하는 생각이 들었다. 이런 것들은 가장인 그가 제정신이 아니라는 증거였다.

점심을 먹었으나, 수프도 구운 고기도 입에 맞지 않았다. 그는 마차를 준비시켜 천천히 뜰 밖으로 몰고 나가서 한 마장쯤 가더니 마차를 멈추었다.

'그런데 대체 어디로 간다?'

그는 음산한 하늘을 쳐다보며 잠시 생각했다.

크류코프는 온종일 자기가 생각하고 바란 게 무엇이었는지 이제야 확실하게 알 것 같았다. 얼굴에는 빙그레 웃음까지 떠올랐다. 금세 그의 가슴은 후련해지고 게슴츠레하던 눈은 희열과 같은 것으로 빛났다. 그는 말에 채찍질을 했다.

마차에 흔들리며 가면서, 그는 줄곧 공상에 잠겼다. 그 유대 여자는 내가 찾아온 걸 보고 얼마나 놀랄까. 그녀와 흥겹게 얼마 동안 놀다가 상쾌한 기분으로 집에 돌아가자…….

'적어도 한 달에 한 번쯤은 침체된 심신에 상쾌한 자극을 주는, 어떤 것이 필요하단 말이야……. 술을 마신다든가……. 그렇잖으면 수산나라도 만나 본다든가……. 어쨌든 그런 게 없으면 안 되지…….'

그는 이렇게 생각했다.

그가 양조장 뜰 안으로 들어갔을 때는 벌써 날이 어두웠다. 열어젖힌 창문으로 웃음소리와 노랫소리가 새어 나왔다.

번개보다 더 밝게, 불길보다 더 뜨겁게…….

누군가 굵은 목소리로 부르는 노래였다.

'쳇, 손님들이 와 있군!'

크류코프는 이 집에 손님이 있다는 것이 불쾌했다.

'그냥 집으로 돌아갈까?'

그는 초인종에 손을 대고 잠시 망설였으나, 역시 종을 울리고 낯익은 계단을 올라갔다. 현관에서 홀을 들여다보았다. 홀에는 대여섯 명의 남자들이 있었다. 모두 그가 잘 아는 이 고장 명사인 관리와 지주들이었다. 빼빼 마른 키다리가 피아노 앞에 앉아서 건반을 두드리며 노래를 불렀다. 나머지 사람들은 무엇이 흥겨운지 히죽 입을 벌리고 귀를 기울였다. 크류코프는 거울 앞에 잠시 섰다가 홀로 들어섰으나, 그때 마침 수산나 모이세예브나가 유쾌한 얼굴로 거기 나타났다. 역시 이전의 검은 옷을 입고 있었다. 크류코프를 보자 놀란 듯 멈칫 섰다가 아주 반가워 죽겠다는 듯이 그에게 달려들었다.

"어머, 당신이세요? 정말 뜻밖이에요!"

그녀는 사내의 손을 잡으며 말했다.

"당신이 보고 싶어서!"

크류코프는 빙그레 웃으며 그녀의 허리를 안았다.

"왜냐고? 유럽의 운명이 러시아와 프랑스인 수중에 있다는 얘길 듣고 싶어서!"

"나, 참 기뻐요!"

수산나는 사내의 팔에서 살그머니 몸을 빼면서 샐쭉 웃었다.

"그럼 홀로 들어가세요. 다 아는 분들이니까……. 가서 차 가져오라 할게요. 참, 알렉세이라 하셨죠? 어서 들어가보세요. 금방 나오겠어요…….”
 그녀는 달콤한 자스민 향기를 남겨놓고 안으로 들어갔다. 크류코프는 고개를 번쩍 쳐들고 홀에 들어섰다. 거기 있는 사람들은 그가 평소에 가깝게 사귀는 친구들이었지만, 그는 머리를 끄떡했을 뿐이었다. 그들도 마지못해 아는 체를 했다. 마치 그 자리가 아주 불결하기나 한 듯, 그렇지 않으면 서로 모른 체하는 게 편리하리라는 묵계(默契)가 있는 듯.
 홀을 가로질러 크류코프는 응접실로 빠져나갔다. 거기서 또 다른 객실로 들어가는 길에 역시 안면이 있는 손님 서너 명을 지나쳤다. 그러나 그들은 크류코프를 알아보는 것 같지 않았다. 술에 취하여 흥겨워 보이는 얼굴이었다. 그는 그들을 곁눈으로 보며 얼굴을 찌푸렸다. 어째서 처자가 있고, 쓴맛 단맛 다 본, 소위 사회의 명사들이 이런 천하고 더러운 곳에서 유쾌할 수 있을까 의심스러웠다. 그는 어깨를 한번 으쓱거리고 코웃음을 치며 다른 방으로 갔다.
 '술 안 먹은 사람에겐 구역질이 나도 술 취한 사람들에겐 유쾌한 장소가 있지. 그러고 보면 나도 저속한 오페레타를 보거나 집시 여자한테 갈 때, 술을 마시지 않고 간 일이라고는 한 번도 없시 않나…….'
 수산나의 서재에까지 온 그는 갑자기 못 박힌 것처럼 문틀을 붙잡고 우뚝 섰다. 수산나의 책상 앞에 앉아 있는 사람은 다름 아닌 알렉산드르 그리고리예비치가 아닌가. 그는 뚱뚱한 주름살투성이 유대인과 무엇인가 수군거리고 있었다. 그러나 자기 형이 거기 서 있는 것을 보자 얼굴이 빨개지며 앞에 놓인 사진첩에 눈길을 떨어뜨렸다. 순간, 크류코프는 자기에게 이성이 되돌아오는 것을 느꼈다. 온몸의 피가 머리로 쏠려 올라왔다. 놀람과 수치와 분노로 그는 제 자신을 잃고 말없이 책상 옆으로 다가갔다. 그래도 소콜리스키는 고개를 들지 못했다. 극도의 수치심 때문에 중위의 얼굴은 일그러져 보였다.

"아, 형님이십니까!"

눈을 들어 웃음 지으려고 애쓰며 그는 입을 열었다.

"마지막 인사라도 하려고 왔어요……. 그러나 내일은 꼭 떠나겠습니다!"

'그렇지만 이제 내가 뭐라고 할 수 있나? 무슨 말을?'

알렉세이 이바노비치는 생각했다.

'나도 여기 와 있으면서 내 입으로 어떻게 동생을 나무란단 말인가?'

한마디 말도 입 밖에 내지 못하고 마른 침만 꿀꺽 삼키고 나서, 그는 천천히 밖으로 걸어나갔다.

그대를 천사라 부르지 말라……. 땅 위에서 그대를 떠나 보내지 않으리니…….

홀에서는 노랫소리가 들려왔다. 얼마 후, 크류코프의 마차는 먼지투성이의 길을 달리고 있었다.

상자 속에 든 사나이

날이 저물어 밀로노시츠코예 마을 끝에 자리 잡은 이장(里長) 프로코피 댁 헛간에서 사냥꾼들이 하룻밤을 묵게 되었다.

일행 두 사람은 수의사인 이반 이바느이치와 중학교 교사인 불킨이었다. 이반 이바느이치는 침샤 기말라이스키란 괴상한 이중성을 갖고 있었다.

그런데 그 성이 그에게는 조금도 어울리지 않아 그 고장 사람들은 그저 이름과 부칭(父稱)만을 불렀다. 그는 마을에서 가까운 양마장(養馬場)에 살았다. 오늘은 시원한 바람이나 쐴까 하고 사냥을 나온 것이다.

중학교 교사 불킨은 여름철마다 P백작 댁 손님으로 왔기 때문에 이 고장에서는 오래전부터 본토박이나 다름이 없었다.

두 사람은 잠을 이루지 못했다. 키가 크고 긴 수염에 바짝 마른 노인 이반 이바느이치는 문 옆에 앉아서 고불통을 빨았다. 달빛이 그를 비추었다. 불킨은 헛간 건초 위에 누웠으나 어둠 속이라 잘 보이지 않았다.

두 사람은 여러 가지 얘깃거리를 털어놓기 시작했다. 그중에서도 이장댁 마누라 마브라에 관한 얘기가 화제에 올랐다. 그녀는 건강하고 꽤 똑똑한 편이었으나, 자기 생애를 통하여 한 번도 마을 밖으로 나가본 일이 없으며, 거리와 철도조차 본 일이 없었고, 최근 10년 동안은 줄곧 페치카 옆에 앉아 있다고 했다. 그리고 외출은 밤을 이용해서만 한다는 것이다.

"그것이 무슨 놀랄 만한 일이 됩니까!"

불킨은 말했다.

"이 세상에는 꿀벌이나 달팽이처럼 자기 집 속으로 들어가려고만 하는 천성이 은둔적인 사람이 적지 않지요. 어떻게 보면 그것이 격세유전의 한 현상, 즉 인류의 조상들이 아직 사회적 동물이 못 되었을 적에 홀로 동굴 속에서 살던 시대로의 복귀인지도 모르고 또 어떻게 보면 단지 천태만상의 인간 성격 중 하나인지도 모르겠습니다. 그런 걸 누가 알겠습니까! 저는 자연과학자가 아니니 이런 문제에는 문외한입니다만, 다만 제가 말하고자 하는 것은 마브라 같은 인간이 그렇게 드물지 않다는 겁니다. 당장 가까운 예로는 두어 달 전에 우리 읍에서 사망한 내 동료, 베리코프라는 그리스어 교사를 들 수 있습니다. 선생님은 분명 그 사람에 대한 이야기를 들으셨겠죠. 그는 여러모로 괴상한 인물이었습니다. 아주 좋은 날씨에도 밖으로 나갈 때면 기어이 덧신을 신고, 우산을 든 데다가, 솜을 둔 방

한 외투까지 입고 다니는 위인이었습니다. 그리고 우산은 자루 주머니에 넣고, 시계는 잿빛 사슴 가죽으로 싼 데다가, 연필을 깎으려고 칼을 꺼내는데, 글쎄 그 칼까지도 자그마한 주머니 속에 들어 있지 않겠습니까. 게다가 이 사람은 언제나 높다란 옷깃 속에 얼굴을 파묻어, 심지어는 얼굴마저 자루 속에 든 것같이 보였습니다. 검은 안경을 쓰고 재킷을 입은 데다 귀까지 솜으로 싸고, 마차를 타면 꼭 휘장을 치라고 했습니다. 요컨대 이 사나이에게서는 항상 무엇으로라도 몸을 감싸는, 말하자면 자기를 외계의 영향에서 격리시켜 보호해줄 상자 같은 것을 만들고자 하는 좀처럼 타파하기 어려운 변함없는 성벽(性癖)을 엿볼 수 있었단 말입니다. 현실은 그를 초조와 공포 속에 몰아넣었고, 끊임없는 불안 속에 허덕이게 했습니다. 자신의 소심증과 현실에 대한 증오를 변호하기 위해서 그랬을지도 모르겠지만, 이 사나이는 언제나 과거를 찬미했고 남이 보기엔 아무렇지도 않은 일을 칭찬했습니다. 그리고 그가 가르치던 고대어(古代語)도 그에게는 덧신과 마찬가지로 현실 생활을 도피하기 위한 한낱 수단에 불과했습니다.

'아아 그리스어는 얼마나 듣기 좋고, 얼마나 아름다운 말인가!'

그는 언제나 달콤한 표정으로 말하곤 했습니다. 그러고는 그 말을 증명이나 하려는 듯이 눈을 가늘게 뜨고는 손가락 하나를 쳐들며 안트로포스!라고 발음했습니다.

이렇게 베리코프는 자기 사상까지도 상자 속에다 감추려고 했습니다. 그의 관심거리는 무엇을 금지하는 공고(公告)라든가, 신문의 논설 같은 것뿐이었습니다. 밤 아홉 시 이후에 학생들의 외출을 금지하는 공고라든가, 육체 관계에 중심을 둔 연애를 금하는 논설 같은 것은 생각할 여지도 없이 극히 당연하게 생각했을 것입니다. 무엇이든지 금지만 하면 그것으로 만족한단 말입니다. 그는 해방이라든가, 허가라든가 하는 그 말부터가 도대체 의아스럽고 뭐라고 설명할 수 없는 모호한 것이라고 여겼습니다. 이 모양이고 보니 거리의 연극 모임, 독서회, 카페 같은 것이 허가가 나면 그는 고개를 설레설레 저으면서 나지막한 소리로 말하곤 했습니다.

'여하간 다 좋은 일이긴 해. 그렇지만 아무 일도 생기지 말아야 할 텐데.'

이 꼬락서니고 보니 자기와는 하등의 관계가 없는 다른 사람들의 범법, 탈선, 반칙이라 할지라도 그의 두통거리가 되었습니다. 동료들 가운데서 누가 미사에 늦었다든가 중학생이 무슨 못된 장난을 했다는 소문이 들린다든가, 여자 사감 선생이 밤늦게 어떤 장교와 함께 동행하는 것을 사람들이 봤다는 말이 있으면, 이 사나이는 '무슨 일이 생기지 말아야 할 텐데' 하고 몹시도 마음을 태웠습니다.

그는 교직원 회의에서도 중학교와 여학교의 젊은 것들이 소행이 불량하다느니, 교실 안에서 너무 떠든다느니, 아아 어쨌든 당국에 알려져서 말썽이 생겨서는 안 되겠는데, 아무 일도 생기지 않아야 할 텐데 하면서 오만가지 군걱정을 늘어놓았습니다. 그 밖에도 2학년생 페트로프와 3학년 예고로프를 제명 처분해버리면 필경 잘 돼나갈 것이라고 말하기도 했습니다. 이런 유(類)의 공통성 없는 사고 방식, 고지식함, 의증(疑症) 때문에 우리들은 무척 속을 태웠지요. 그러니 그 후의 일이 어떻게 됐겠습니까? 그가 연방 내쉬는 한숨, 울상을 한 찌푸린 얼굴, 고양이처럼 조그마한 얼굴에 걸친 안경, 이런 것들이 우리를 모조리 제압했습니다. 그래서 우리도 마지못해 양보를 해서 페트로프와 예고로프의 품행 점수를 깎고 한 방에 가두었습니다. 그리고 끝내 퇴학 처분을 하고 말았습니다.

그 밖에도 이 사나이에게는 우리들의 하숙을 방문하는 괴상한 버릇이 있었습니다. 그런데 어느 동료 교사의 집에 가거나 우두커니 말없이 앉아 있을 뿐이어서, 마치 무엇을 살피는 듯한 태도였습니다. 한두 시간 우두커니 앉았다가는 자기 집으로 가버리곤 했는데, 그의 말을 빌린다면 그렇게나마 방문하는 것도 동료들과 아주 친근한 관계를 맺기 위해서라더군요. 사실 우리들 하숙에 찾아와서 우두커니 앉아 있는 것은 그에게도 분명히 고통스러운 일이었을 겁니다. 그런데 이렇게 일부러 방문하는 게 그래도 자기 딴에는 동료에 대한 자기 의무를 다하는 것이라고 생각한 모양입니다.

우리 교직원들은 모두 그를 두려워했습니다. 교장까지도 그를 두려워했을 정도였으니까요. 그런데 한 가지 말해둘 것은, 우리 동료 교직원들로 말하자면, 투르게네프나 스체드린한테서 교육을 받은, 그래도 꽤 똑똑하고 머리깨나 쓴다는 사람들이었습니다. 그렇건만 날마다 덧신을 신고 우산을 들고 다니던 이 사나이가 만 15년 동안 중학교 전체를 자기 손아귀에 넣고 있었단 말입니다. 중학교뿐이겠습니까? 마을 전체가 그의 손아귀에 있었습니다.

부인네들까지 토요일마다 개최하던 가정 연극을 이 사나이가 알아차릴까 봐 중단하고 말았습니다. 수도사들도 이 사나이 앞에서는 육식을 하거나, 카드 놀이를 하는 것을 두려워했습니다. 베리코프와 같은 사람들의 영향으로 최근 15년 동안 우리 읍 사람들은 무슨 일에나 겁을 집어먹게 됐습니다. 큰 소리로 말을 한다거나, 편지를 쓴다거나, 이웃과 사귄다거나, 독서를 하는 것까지도 두려워했고, 심지어는 극빈자를 도와준다든가, 글을 가르치는 것까지도 두려워해야 할 지경이었습니다……."

이반 이바느이치는 무슨 말을 하려고 기침을 한 번 하고는, 우선 고불통을 한 모금 빨고 나서 달을 쳐다보고는 띄엄띄엄 말하기 시작했다.

"하여튼 스체드린이나 투르게네프, 바클과 같은 문호들의 작품을 읽어내는 훌륭한 인텔리들까지도 그처럼 굴복하고 참았단 말이죠……. 바로 그것이 문제군요."

"베리코프는 저와는 한집에 살았습니다."

불킨은 하던 말을 이었다.

"더구나 같은 2층에서 문지방 하나를 사이에 두고 살았으니 자주 만날 수밖에 없었지요. 그러니까 그의 생활은 자세히 잘 압니다. 집에서의 생활 역시 조금도 다름이 없었습니다. 잠옷에다 실내모를 쓰고, 덧문을 내리고는 빗장을 잠급니다. 말하자면 굴욕과 제한을 자신에게 가했습니다. 그러고는 '아아, 무슨 일이 생기지 말아야 할 텐데……', 이런 말을 되풀이했습니다. 채식주의는 몸에 해로운데, 그렇다고 육식은 할 수 없단 말입니다. 왜냐하면 읍 사람들이 베리코프는 채식주의를 안 지킨다고 할까 봐 겁이 나기 때문입니다. 그래서 이 사나이는 채식이라고 할 수도 없고 그렇다고 육식이라고도 말할 수 없는, 버터에 튀긴 가시고기 같은 것을 반찬으로 먹고 지냈습니다. 그리고 나쁜 소문이라도 날까 두려워 식모는 두지 못하고, 육십 고개를 바라보는 어딘지 똑똑하지 않아 뵈는 백발의 주정뱅이 영감을 뒀습니다. 요리사 격인 아파나시란 영감은 한때 군대에서 식사 당번을 한 일이 있어 겨우 밥이나 끓일 수 있을 정도였습니다. 아파나시 영감은 날마다 팔짱을 끼고 문간에서 서성거리며, 땅이 꺼질 듯한 한숨을 내쉬면서 언제나 똑같은 소리로 중얼거렸습니다.

'요즘은 저런 패들이 꽤 많이 늘었단 말야!'

베리코프의 침실은 흡사 상자 모양으로 작았고, 침대에는 휘장을 쳐놨습니다. 잠자리에 들면 그는 머리까지 이불을 뒤집어썼습니다. 그러니 숨이 막힐 지경으로 답답했겠지요. 꽉 닫힌 문은 바람이 불 때마다 덜커덩거리고, 페치카에서는 불이 타오르는 소리가 요란했지요. 부엌에서는 영감의 한숨 소리가 들려왔습니다. 불길한 한숨 소리가……. 이불 속에서도 그는 무서워했습니다. 무슨 일이 생기지나 않을까, 아파나시가 자기를 찔러 죽이지나 않을까, 도둑이 들지나 않을까, 이런 군걱정이 태산 같았습니다. 이러고 보니 잠이 들고 나서도 밤새도록 무서운 꿈을 꿀 수밖에 없었습니다. 아침이 되어 저와 함께 학교로 출근할 때 그의 얼굴은 쓸쓸해 보였고, 얼굴빛은 흰 종잇장 같았습니다. 아마 그가 가고 있는, 사람들이 들끓는 학교는 분명히 그에게는 귀찮은 곳이었을 겁니다. 천성이 고독을 벗삼는 사람들은 누구나 그렇겠지만, 그는 나와 나란히 걸어가는 것조차 무척 괴로웠던 모양입니다.

'필경 교실 안은 벌써 야단 법석이겠군.'

흡사 자기 감정에 대해 설명이나 하려는 듯한 표정을 짓고 그는 말했습니다.

'말이 아니란 말야!'

그런데 말입니다, 이 그리스어 선생이 장가를 들 뻔했답니다."

이반 이바느이치는 헛간 쪽을 돌아보며 재빨리 반문했다.

"농담이시겠죠!"

"물론 이상하게 생각은 하시겠지만, 장가를 들 뻔한 것은 사실입니다. 어느 날 우리 학교에 미하일 사브비치 코발렌코라는 소러시아인 선생이 새로 부임해 왔습니다. 지리와 역사를 담당할 분이었습니다. 그 선생은 혼자가 아니고 바렌카란 이름을 가진 자기 누나와 함께 왔습니다. 그는 젊은 데다가 후리후리한 키에 얼굴빛이 거무스름하고 손이 큼직한 대장부였습니다. 그의 얼굴 생김생김만으로도 굵직한 목소리의 소유자같이 보였습니다. 실상 그의 음성은 흡사 나무로 만든 물통을 두드릴 때 나는 소리 같았습니다. 그의 누이 바렌카는 서른 안팎으로 뵈는 노처녀였습니다. 그녀 역시 키가 크고 날씬한 몸매에다 눈썹은 길었고, 얼굴빛은 붉어서 홍당무 같았습니다. 한마디로 말씀드리면 보통 처녀와는 다른 말괄량이었습니다. 줄곧 소러시아의 노래나 부르고, 걸핏하면 히히거렸습니다. 대수롭지 않은 일에도 호호 하하 …… 큰 소리로 웃어댔습니다. 제가 처음 코발렌코의 누이를 알게 된 것은, 지금도 잊지 않았지만, 교장 댁의 명명일(命名日) 축하 파티에서였습니다. 예의상 마지못해 참석한 무뚝뚝한 교직원 틈에 새로운 비너스가 나타났습니다. 그녀는 손을 허리에 얹은 채 방 안을 왔다 갔다 하며 히히거리는가 하면, 노래를 부르기도 하고 춤까지 추었습니다……. 그녀는 감정을 담뿍

넣어서 〈바람이 분다면〉이란 노래를 부르고 나더니 또 다른 노래를 연달아 불렀습니다. 우리는 그녀의 노랫소리에 얼을 빼앗겼습니다. 심지어는 베리코프까지도 얼을 빼앗기고 말았으니까요. 베리코프는 그녀 곁에 앉아서 아주 다정한 웃음을 입가에 띠며 말을 걸었습니다.

'소러시아 말의 부드러움과 맑은 음조는 고대 그리스어를 상기시켜주는데요.'

그녀는 그 한마디가 마음에 들었습니다. 그녀는 정다운 목소리로 베리코프에게 말했습니다. 자기네 농장이 가쟈츠키 군에 있으며, 그곳에는 어머니가 계시다는 둥, 그 고장에는 배나무와 탐스러운 참외, 호박이 많다는 둥 했지요. 소러시아에서는 호박을 카바카라고 한다든가, 이 고장에서 카바카*를 그 고장에서는 시노코라고 말한다느니, 그 고장에서는 빨간 것과 파란 것을 넣은 보르시치**를 끓이는데 천하 일미라는 둥 얘기를 늘어놨습니다.

귀가 솔깃해서 그녀의 얘기를 듣는 동안에 우리들의 머릿속에는 똑같은 생각이 떠올랐습니다.

'두 분을 결혼시켰으면 좋겠어요.'

교장 부인은 나지막한 목소리로 나에게 말했습니다. 웬일인지 베리코프가 독신이라는 생각이 우리 머릿속에 떠올랐던 것입니다. 지금까지 그의 생활의 중요한 부분을 까맣게 잊었던 게 새삼 이상하

---

* 선술집.
** 러시아 수프의 일종.

게 생각되었습니다. 이 사나이가 이성(異性)과 어떤 관계를 맺을지 또 이 중요한 문제를 어떻게 해결할지 흥미 있는 일이었습니다.

전 같으면 이런 일은 전혀 우리의 흥밋거리가 되지 않았을 겁니다. 날마다 덧신을 신고, 휘장을 친 침대 속에서 잠을 자는 사나이가 설마 연애를 하리라고는 생각조차 할 수 없었으니까요.

'저 선생은 벌써 사십 고개를 넘겼잖아요. 그리고 저 처녀는 서른이라면서……. 저 처녀 같으면, 베리코프 선생한테 시집갈 것 같아요' 하고 교장 부인은 자기 생각을 말했습니다.

우리 시골서는 전혀 불필요하고 대수롭지 않은 일들을 심심풀이 삼아 공연히 떠벌리는 습관이 있습니다. 해야 할 일은 하지 않으면서 말입니다. 도대체 신랑이 되리라고는 생각조차 할 수 없던 베리코프를 결혼시켜줄 필요가 있었겠습니까? 교장 부인과 사감 부인을 비롯해서 전 교직원의 부인들은 모두가 인생의 목적을 갑자기 발견해낸 듯 활기를 띠었고, 전보다 아름답게 보이기까지 했습니다. 어느 날 극장 특별석에 앉은 교장 부인이 눈에 띄었습니다. 보아하니 교장 부인 바로 옆에 바렌카가 부채를 들고 행복에 겨운 표정을 짓고 앉아 있지 않겠습니까? 그 옆에는 그녀와 나란히 몸집이 작고 등이 좀 굽은 베리코프가 앉았는데 글쎄 그 모양이 꾀다놓은 보릿자루 같더군요.

어느 날은 제가 만찬회를 베풀었습니다. 부인들은 베리코프와 바렌카를 초대하라고 졸랐습니다. 한마디로 말하면 기계가 돌기 시작한 셈입니다. 그리고 바렌카도 분명히 결혼에 반대는 하지 않는 것 같았습니다. 하기야 동생한테 얹혀 사는 바렌카의 마음이 별로 편치 않았으리라는 것은 짐작할 만한 일이지요. 더구나 날마다 옥신각신하다가는 서로 욕을 퍼붓기가 일쑤였으니까요.

이 오누이가 다투던 장면을 말씀드리기로 하죠. 키가 큰 대장부 코발렌코가 수놓은 셔츠를 걸치고 걸어갑니다. 앞머리를 길게 이마까지 늘어뜨린 데다 한 손에는 책을 끼고, 다른 손에는 매듭투성이 지팡이를 쥐었습니다. 그 뒤를 바렌카가 역시 책을 옆에 끼고 따라가다가 언성을 높여 말합니다.

'얘, 미하일리크, 너 이 책 안 읽었구나! 이 책 안 읽었지, 틀림없어······.'

'원, 누나도, 읽었다니까!'

코발렌코는 보도 위를 지팡이로 치면서 버럭 소리를 지릅니다.

'아이 참 민치크, 역정은 왜 내니, 예사스런 일 가지고!'

'하여튼 난 읽었단 말야!'

코발렌코는 더욱 언성을 높입니다.

집 안에서도 마찬가지로 남남끼리인 양 다투기만 했습니다. 그러니 필경 그런 생각이 싫어졌을 테고, 자기 몸 둘 곳이 필요했을 겁니다. 하기야 그 나이면 그런 생각도 하게 됐지요. 당시의 그녀는 상대방이 좋다든가 싫다든가를 운운할 그런 마음의 여유는 없었을 것입니다. 누구라도 좋으니 결혼해야겠어, 그리스어 선생이라도 괜찮아, 이런 심정이었을 겁니다. 이 여자뿐 아니라 요즘은 처녀들이 대개 그와 같이 생각하는 것 같더군요. 상대가 누구건 간에 시집만 가면 그만이라는 생각들을 하나 봐요. 어찌됐든 그녀가 베리코프에게 호감을 가진 것만은 틀림없었습니다.

한편 베리코프는 어땠을까요? 그는 우리를 방문하는 것과 마찬가지로 코발렌코네 집을 자주 방문했습니다. 방에 들어가서는 우두커니 말없이 앉아 있었지만, 그와는 정반대로 바렌카는 〈바람이 분다면〉이란 노래를 그에게 들려주기도 하고 까무스름하고 무엇을 생각하는 듯한 눈길로 그의 얼굴을 빤히 들여다보기도 했습니다. 그런가 하면 갑자기 호호…… 웃음을 터뜨렸습니다.

애정 관계, 더구나 결혼에서는 남의 말이 꽤 큰 역할을 하는 것 같았습니다. 동료들의 부인들은 이구동성으로 그가 결혼해야 한다느니, 그의 인생에서 결혼을 제외한 그 밖의 일들은 아무 가치도 없다느니, 여러 말로 설득을 했습니다. 그리고 엄숙한 태도로 결혼은 대사라는 판에 박힌 말을 늘어놓았습니다. 선생님도 바렌카에 대해서는 대략 아셨으리라 생각합니다만, 그녀도 나쁜 여자는 아니었고, 꽤 재미있는 처녀였습니다. 그래 뵈도 그 처녀는 오등관(五等官)의 딸이었고 자기 집에는 큰 농장까지 있었으니까요. 그러나 무엇보다도 긴요한 점은, 베리코프에게는 그 처녀가 참된 사랑을 기울인 첫 여인이었다는 겁니다. 그의 머릿속은 빙글빙글 돌기 시작했고 마침내는 자기도 결혼을 해야겠다고 결심하게 되었습니다."

"음…… 이제야 덧신과 우산을 치워버릴 때가 왔군요."

이반 이바느이치가 입을 열었다.

"한데 그것들을 치워버릴 수는 없었습니다. 그 후 이 사나이는 책상머리에 바렌카의 초상화를 장식하고는 틈만 나면 내 방에 건너와서 바렌카에 대한 얘기와, 가정 생활을 둘러싼 여러 가지 문제라든가, 결혼은 대사라는 등의 얘기를 했습니다. 코발렌코네 집도 자주 방문했지만, 그의 생활양식에는 추호도 변화가 없었습니다. 도리어 정반대로 결혼에 대한 결심은 그에게 병적인 영향을 끼친 것 같았습니다. 그는 날이 갈수록 야위어갔고 얼굴에는 핏기가 사라졌습니다. 제가 보기에는 더욱더 깊숙이 상자 속으로 들어가려고 애쓰는 것 같았습니다.

그는 어느 날 히죽 웃어가며 나에게 말했습니다.

'바르바라 사브비시나는 마음에 들었어, 누구나 결혼해야 한다는 것은 나도 잘 알기는 해……. 그러나 이번 일은 자네도 알다시피 너무 갑작스러워서…… 좀 생각해야겠는걸.'

'생각하고 말고 할 것이 뭐야, 이 사람아. 결혼하면 그것으로 다 되는 거네.'

'아냐, 그래도 결혼은 대사이니 장래의 책임과 의무를 미리 곰곰이 생각해봐야겠어……. 그래야 후에 무슨 일이 생기지 않을 테니까! 이런 걱정 때문에 난 요즈음 잠도 제대로 못 자네. 실토를 하면 난 두려워. 그 오누이 말이네. 자네도 알지. 기묘한 사상의 소유자들이 아닌가. 무슨 일에든지 남과는 전혀 색다른 생각을 하는 데다, 성질들도 과격하단 말이네. 결혼 후에 무슨 일이 생길지 모를 일이 아닌가.'

그래 이 사나이는 청혼도 하지 못한 채 하루 이틀 날짜만 끌었습니다. 그러니 교장 부인과 우리들은 모두 실망하고 말았습니다. 결국 이 사나이는 장래의 책임과 의무 같은 것만 곰곰이 생각하고 세월을 보낼 판국입니다. 그러면서도 자기 의무라고 생각한 소행이었겠지만, 거의 매일 바렌카와 산책을 했으며, 가정 생활을 둘러싼 애기를 하려고 내 방에 건너오곤 했습니다. 확실치는 않지만 결국엔 청혼을 했을지도 모릅니다. 그리고 마침내는 심심풀이 중 하나인, 이 불필요한 결혼이 성립되었을는지도 모르죠. 만일 돌발적인 대사건이 발생하지 않았다면…… 말입니다.

한 가지 더 말해둬야겠습니다. 바렌카의 동생 코발렌코는 베리코프를 만나던 첫날부터 지나칠 정도로 그를 미워했습니다.

'도무지 이해할 수가 없군요.'

코발렌코는 어깨를 으쓱거리며 불평을 했습니다.

'저, 밀고자 같은 녀석과 어떻게 함께 지내십니까……. 그 구역질 나는 낯짝을 보고 어떻게 참고 견딥니까? 여러분! 이런 곳에서 지내는 여러분은 용하시기도 해요. 당신들의 분위기는 숨이 막힐 지경입니다. 이러고도 당신들이 교육자라고? 스승이라고? 이곳은 과학의 전당이 아니라 경찰서군요. 게다가 파출소에서 나는 시금털털한 냄새까지 풍깁니다. 전 여기서 조금만 더 지내고 시골로 내려가렵니다. 거기서 새우잡이나 하고, 소러시아 사람들의 아이들이나 가르치고 살겠습니다. 전 곧 떠나겠으니 여러분은 저 유다*하고나 지내시지요. 그런 자식은 죽어 없어지는 편이 낫지!'

그러는가 하면 또 그는 굵직한 소리로 하하…… 큰 소리로 웃고 나서는 두 팔을 벌리며 저에게 묻습니다.

'뭣 때문에 그 녀석이 내 집에 와서 우두커니 앉아 있느냐 말입니다. 나한테 무슨 용무가 있단 말이죠? 멍하니 앉아 사람만 뚫어지게

---

* 예수를 판 제자.

쳐다보고!'
 그는 베리코프의 별명을 거미라고 지었습니다. 이런 관계를 잘 알기 때문에 우리들은 그의 누이가 베리코프한테 시집을 가려 한다는 말을 코발렌코에겐 입 밖에도 내지 않았습니다. 그런데 어느 날 교장 부인이 성실하고 뭇 사람들의 존경을 받는 베리코프에게 누이를 출가시키면 참 좋을 것이라는 말을 그에게 비춰봤더니, 그는 미간을 찌푸린 채 투덜거렸습니다.
 '누이가 독사한테 시집을 가건 말건 제가 알게 뭡니까. 저는 남의 일에 간섭하지 않는 주의올시다.'
 그 후 무슨 일이 일어났는지 말씀드리겠습니다. 어떤 장난꾸러기가, 베리코프가 덧신을 신고 바지 가랑이를 걷어 올리고 우산을 쓰고 바렌카와 팔짱을 끼고 나란히 걸어가는 장면을 만화에다 그렸습니다. 만화 밑에는 '사랑에 빠진 안트로포스'란 제목을 붙였습니다. 그런데 그 만화의 표정이 신기할 정도로 잘 표현되었습니다. 중학교, 여학교 선생들은 물론이고, 신학교 교사들과 관리들까지 만화를 한 장씩 받았습니다. 그 만화는 베리코프에게 치명적인 마음의 상처를 주었습니다.
 그날은 5월 초하루에다 바로 일요일이어서, 전 교직원과 학생들은 일단 학교에 모였다가 교외로 소풍을 떠나기로 되어 있었습니다. 아침에 베리코프는 저와 함께 집을 나섰습니다. 집 밖에 나선 그의 얼굴은 새파랗게 질렸고, 얼굴 표정은 비구름 같았습니다.
 '세상엔 별의별 악한 같은 녀석도 있군!'
 내뱉듯이 그는 말했습니다. 그의 입술은 파르르 떨렸습니다. 즉

은한 생각이 들었습니다. 우리가 목적지의 반쯤 갔을 때, 코발렌코가 자전거를 타고 따라왔습니다. 바로 그 뒤엔 바렌카도 역시 자전거를 타고 왔습니다. 그녀의 붉은 얼굴은 좀 지친 듯했습니다만, 그래도 싱글벙글 명랑한 빛을 띠었습니다.

'저희는 먼저 가겠어요! 참 날씨도 좋기도 해라. 어쩌면 이렇게 날씨가 좋을까!'

그녀는 말했습니다. 잠시 후에 자전거를 탄 그들 오누이는 우리의 시야 밖으로 사라졌습니다. 베리코프의 파란 얼굴은 흰 백지장으로 변했고, 제정신이 아닌 것 같았습니다. 그는 걸음을 멈추고 나를 빤히 쳐다보았습니다…….

'저것들은 도대체 뭐야?'

그는 물었습니다.

'아니 내가 혹 잘못 본 걸까? 중학교 교사가, 더구나 여자까지 자전거를 타다니 될 법이나 한 일이야!'

'뭣이 나쁘다는 거야? 운동 삼아 타는 거니, 괜찮지 뭘 그래!'

나는 말했습니다.

'뭐! 괜찮다고?'

그는 내가 대수롭지 않은 듯 천연스레 말을 하니 더욱 노기를 띠며 꽥 소리를 질렀습니다.

'그게 무슨 소린가?'

몹시 놀란 그는 더 걸어갈 기력이 없어졌는지 집으로 돌아가버렸습니다.

이튿날 그는 온종일 신경질적으로 손을 마주 비비대며 부들부들 떨었습니다. 얼굴 표정을 보고, 나는 그가 몹시 울적하다는 것을 알았습니다. 그는 이날 생전 처음 학교에 결근했습니다. 밥도 잘 먹지 않았습니다. 한데 저녁 무렵이 되자, 밖은 여름 날씨였는데도 두꺼운 옷을 입고, 코발렌코네 집으로 비틀거리며 걸어갔습니다. 이때 바렌카는 외출하고 집에 없어서 코발렌코와 마주쳤습니다.

'자, 어서 앉으시지.'

코발렌코는 쌀쌀하게 말하며 이맛살을 찌푸렸습니다. 그는 잠에 취한 얼굴이었는데, 필경 식후에 한잠 잤던 모양입니다. 그래서 그런지 입이 불룩하게 나와 있었습니다. 베리코프는 10여 분 동안 우두커니 앉았다가 말문을 열었습니다.

'오늘은 제 마음을 가라앉혀볼까 해서 들렀습니다. 지금 저는 아주 괴로워요. 어느 짓궂은 녀석이 저와 당신 누이를 만화에다 그렸습니다. 그러나 저는 그 사실이 저와는 아무 상관이 없다는 것을 말씀드려야 할 것 같아서……. 저는 이런 만화의 재료가 될 아무런 구실을 준 일이 없으니까요. 오히려 저는 예의가 바른 사람답게 처신을 해왔어요.'

코발렌코는 입을 쑥 내민 채 침묵을 지켰습니다. 베리코프는 잠시 후 울먹울먹한 소리로 나지막하게 말을 이었습니다.

'그리고 한 가지만 더 말씀드리겠어요. 저는 오랫동안 교편을 잡았고, 당신으로 말하면 교편을 잡은 지 얼마 안 됩니다. 그래 한마디 주의의 말씀을 드리는 것은 선배로서 제 의무라고 생각합니다. 다름이 아니라, 당신은 자전거를 타고 다니시는데, 그런 취미는 청년 교육을 담당하고 계시는 분으로서는 삼가야 할 점입니다.'

'어째서 그렇단 말이죠?'

굵직한 목소리로 코발렌코는 반문했습니다.

'더 설명을 해야 아시겠습니까? 미하일 사브비치, 정말 모르시겠습니까? 교사가 자전거를 타도 좋다면 학생들은 어떻게 해야 할까요? 학생들은 거꾸로 서서 다니는 수밖에 없겠군요! 일단 공고로 금지된 일은 하시면 안 됩니다. 어젠 무척 놀랐습니다. 당신 누이를 봤을 땐 눈앞이 캄캄해졌습니다. 부인네나 처녀가 자전거를 타다니, 말이 됩니까!'

'그러니 어쩌란 말이오?'

'제가 바라는 것은 당신이 앞으로 주의하셔야겠다는 것뿐입니다. 미하일 사브비치, 당신은 아직 젊으니 장래가 있습니다. 신중하게 처신을 하셔야 합니다. 당신은 신중치 못해요! 밤낮 수놓은 셔츠를 입고 책을 옆에 끼고 다니는가 했더니, 이번엔 자전거까지 타고 다니니 말입니다. 당신과 당신 누이가 자전거를 타고 다닌다는 사실이 만일 교장 귀에 들어간다면, 아무 때고 장학관 귀에도 들어가겠으니…… 그래도 좋다는 말입니까?'

'나나 나의 누님이 자전거를 타건 말건, 그게 다른 사람에게 도대체 무슨 상관이란 말이오?'

코발렌코는 불끈 화를 내며 말했습니다.

'어떤 놈이건 내 사생활이나 가정 생활에 간섭하는 자가 있다면 모가질 분질러놓겠어!'

새파랗게 질려버린 베리코프는 벌떡 일어났습니다.

'그런 투로 나오면 더 말할 수 없군요.'

그는 말했습니다.

'제발 부탁이니 앞으로 상관에 대해서는 제 앞에서 말한 식으로 말하지 마시오. 상관에게는 존경하는 마음으로 대하셔야 해요.'

'그러니 내가 상관의 험담이라도 했단 말이오?'

화가 치솟은 코발렌코는 증오의 눈초리로 쏘아보며 따지기 시작했습니다.

'제발 내 일에는 참견 마시오. 난 솔직한 사람이오. 당신 같은 양반과는 말도 하기 싫소. 난 밀고자 같은 놈은 싫어해요.'

화가 날 대로 난 베리코프는 몸 둘 바를 모르며 부랴부랴 옷을 챙겼습니다. 필경 이 사나이는 생전 처음 이런 난폭한 소리를 들었을 것입니다.

'말하고 싶은 대로 하세요.'

층계 앞을 나서면서 한마디를 덧붙였습니다.

'한마디 더 말씀드려야겠는데 혹 우리 말을 누가 들었을지 모릅니다. 말이 퍼지면 공연한 말썽이 생길 테니 교장께 사전에 보고해야 하겠소……. 어째서 다투었는지 대강 그 줄거리라도 말씀드리겠소.'

'보고를 해? 할 테면 해라!'

코발렌코는 그의 목덜미를 쥐고 홱 밑으로 밀어버렸습니다. 베리코프는 덧신을 철걱거리며 층계 밑으로 뒹굴었습니다. 그는 부스스 일어나서 안경이 깨지지나 않았나 코를 만져보았습니다. 그가 층계 밑으로 굴러떨어졌을 때, 공교롭게도 바렌카가 두 부인을 데리고 들어왔습니다. 베리코프에게는 이 사실이 무엇보다 무서웠습니다.

'큰 웃음거리가 될 테니 차라리 죽어버리는 편이 낫겠지. 일이 이쯤 됐으니 읍 사람들이 다 알게 될 거고, 교장과 장학관도 알게 될 것은 뻔한 일이야. 아아, 무슨 일이 생기지 말아야 할 텐데……. 또 새 만화가 그려지겠지……. 결국 파면을 당함으로써 끝을 맺겠고…….'

그가 부스스 일어났을 때, 바렌카는 베리코프를 알아봤습니다. 그리고 그의 우스꽝스러운 얼굴과 구겨진 외투와 덧신을 내려다봤습니다. 어찌된 영문인지 모르는 그녀는 그의 부주의로 떨어졌을 것이라고 속단하고는 집이 떠나갈 듯이 웃어댔습니다.

'하하…… 호호.'

이 천둥 같은 웃음소리 '하하하'가 구혼도, 지상에서의 존재까지도 결정짓고 말았습니다. 베리코프는 집에 돌아오자 무엇보다 먼저 바렌카의 초상화를 치우고 잠자리에 누운 채, 다시는 일어나지 않았습니다.

사나흘 후 아파나시가 찾아와서 우리 주인이 아무래도 잘못될 것 같다면서 의사를 불러야겠다고 의논을 했습니다. 저는 베리코프의 방으로 건너가봤습니다. 그는 휘장 속에서 담요를 덮고 말없이 누워 있었습니다. 무엇을 물으면 그저 아니, 응이라고 할 뿐이었습니다. 이 사나이 곁에서는 아파나시가 우울한 표정을 짓고 서성거리며, 땅이 꺼질 듯한 한숨을 연방 내쉬었습니다. 한숨과 함께 보드카 냄새가 코를 찔렀습니다.

한 달 후에 베리코프는 죽었습니다. 중학교, 여학교, 신학교의 교직원들이 그의 장례를 치렀습니다. 관 속에 든 그의 얼굴은 편안해 보였고, 명랑해 보이기까지 했습니다. 드디어 상자 속으로 들어가서 다시는 밖으로 나가지 않게 된 것을 기뻐나 하는 듯이 말입니다.

그렇습니다. 그는 자기 이상(理想)을 달성한 셈입니다!
 마치 그의 명예를 위해서인 양 장례식 날은 비구름이 잔뜩 덮인 궂은 날씨여서, 우리 일행도 덧신을 신고, 우산을 썼습니다. 바렌카도 장례식에 참석했습니다. 관이 무덤 속에 들어가자 그녀는 울음보를 터뜨렸습니다. 저는 소러시아의 여자들은 웃거나 울 뿐이지 그 중간의 기분이 없음을 이때 처음 알았습니다.
 솔직히 말씀드리면 베리코프와 같은 사람의 장례를 치렀다는 것은 기쁜 일이라고 할 수 있습니다. 묘지에서 돌아올 때 우리들은 다 엄숙한 표정들을 하고 있었습니다. 누구도 흡족한 감정을 겉에 나타내려 하지는 않았습니다. 그것은 어린 시절, 어른들이 집을 비우고 나간 후, 완전한 자유를 맛보며 한두 시간 뛰어놀 때의 표정과 비슷했습니다. 아아 자유, 자유, 자유를 누릴 수 있다는 그 암시, 아무리 보잘것없는 희망이라 할지라도 사람의 마음에 날개를 주는 것입니다. 그렇지 않습니까!
 묘지에서 돌아올 때 우리들의 마음은 가벼웠습니다. 그러나 한 주일도 채 못 가서 우리들의 생활은 전과 조금도 다름없는 거칠고 아무 가치 없는 지루한 것이 되었습니다. 그렇다고 공고로써 금지된 생활은 아니었으나, 여하튼 완전한 자유가 보장된 것은 아니었습니다. 요컨대 전보다 조금도 나아지지 않았다는 말입니다. 우리들이 베리코프의 장례를 치른 것은 사실이나, 아직도 베리코프와 같이 상자 속에 든 사람들이 얼마나 많습니까? 그리고 앞으로도 이런 사나이들이 얼마나 많이 나타날까요……."
 "그 말씀이 맞습니다."

이반 이바느이치는 대꾸하며 고불통에 불을 당겼다.

"앞으로도 얼마든지 나타날 것입니다."

불킨은 거듭 말했다.

중학교 교사는 헛간 밖으로 나왔다. 그는 자그마한 키에 뚱뚱하며 대머리인 데다 허리까지 내려오는 검은 턱수염을 길렀다. 개 두 마리가 그를 따라 나갔다.

"저 달을 좀 보십시오!"

그는 달을 쳐다보며 말했다.

벌써 밤은 깊었다. 오른편에는 저 멀리 4킬로미터가량이나 길게 뻗은 마을 전체가 보였다. 만물은 깊이 잠들었다. 자연계에 이 같은 고요함이 있으리라 믿을 수 없을 만큼, 아무 움직임도, 소리도 없었다. 달 밝은 밤에 농가와 벼 낟가리가 잠든 넓은 마을을 바라보니, 마음도 적막 속에 잠겼다. 속세의 고통, 번민, 비애도 어둠의 적막 속에 잠겼다. 이 적막 속에서는 거리도 평화로웠고, 애수에 잠겨 아름다웠다. 하늘의 별들도 다정한 눈길로 거리를 내려다보는 것 같았다. 이 세상은 이제 아무런 악의 없는 태평한 것이라는 생각이 들었다. 왼편에는 마을 끝에서 저 멀리 지평선까지 들판이 보였다. 달빛이 가득 찬 온 들판에는 어느 곳에서도 그림자 하나 얼씬하지 않았고 아무런 소리도 들려오지 않았다.

"네, 그렇습니다."

이반 이바느이치는 되풀이했다.

"그렇지만 우리가 숨막힐 지경으로 답답한 거리에서 살며, 필요 없는 서류를 작성하고, 카드 놀이를 하는 것도 역시 상자와 다름없는 일이 아닐까요? 또 우리가 게으름뱅이, 수다쟁이, 영리하지 못하고 체신 없는 부인들과 일생을 보내며, 쓸데없는 말들을 주고받는 것도, 일종의 상자가 아닐까요? 혹, 원하시면 교육적인 얘기를 하나 들려드릴까요?"

"아뇨, 이젠 그만 자야겠습니다."

불킨은 말했다.

"그럼 내일 또!"

두 사람은 헛간 안으로 들어가 건초 위에 누웠다. 이윽고 담요를 덮고 잠을 청했다. 갑자기 자박자박 발소리가 들려왔다. 누가 헛간에서 멀지 않은 곳을 지나가는 것 같았다. 몇 걸음을 더 가더니 멈칫 섰다. 잠시 후에 발소리가 다시 들려왔……. 개들이 짖기 시작했다.

"마브라가 다니는 모양입니다."

불킨은 말했다. 발소리는 다시 잠잠해졌다.

"사람들은 거짓말을 듣고도."

이반 이바느이치는 옆으로 누우며 입을 열었다.

"사람들은 거짓말을 듣고, 모욕과 멸시를 당하고도 참기 때문에 바보라는 말을 듣습니다. 그리고 자기는 정직한 자유인이라고 말도 하고, 자기 자신을 기만하고 비웃습니다. 이것은 모두 다 한 조각의 빵과 자기 몸 둘 거처와 한 푼의 가치도 없는 지위 때문입니다. 이렇게는 더 살고 싶지도 않아요!"

얼마 후 불킨은 잠이 들었다. 그러나 이반 이바느이치는 이리저리 뒤치락거리며 연방 한숨을 내쉬더니, 벌떡 일어나 밖으로 나와서는 문 옆에 앉아 고불통에 불을 댕겼다.

아뉴타

 가구까지 껴서 빌려주는 아파트 리사본, 그 집에서도 제일 값이 싼 구석방에서 의과대학 3학년생인 스체판 클로치코프는 이리저리 방 안을 거닐며 해부학을 암송하기에 여념이 없었다. 닥치는 대로 암기해버리는 꾸준하고도 지나친 노력으로 인해서 그의 입 안은 바싹 마르고 이마에는 진땀이 돋았다.
 얇은 얼음이 무늬를 이루며 언저리에 얼어붙은 창가에는 그와 동거하는 아뉴타가 걸상에 앉아 있었다. 나이가 스물댓이나 되었을까, 양순한 회색 눈동자에 퍽이나 파리한 얼굴, 갈색 머리에 가늘고 자그마한 몸집의 여자였다. 아뉴타는 등을 구부리고 사내의 셔츠 목깃에 붉은 실로 부지런히 수를 놓았다. 복도에 걸린 시계는 오후 두 시를 쳤건만, 방 안은 아직 치우지 않은 채였다. 구겨진 이부자리며, 내동댕이친 베개며, 너저분하게 흩어진 책이나 옷가지, 비눗물이 넘쳐흐를 것 같은 멋없이 커다란 대야며, 그 구정물에 던져둔 담배꽁초, 마룻바닥에 쌓인 먼지가 온통 뒤죽박죽이 되어 일부러 범벅을 만들어놓은 것 같았다.

"우측 폐는 세 부분으로 나눈다……."

클로치코프는 암송을 계속했다.

"위치! 상부는 흉곽 내면에서 네댓 개의 늑골에 걸쳐 있는데, 측면으로는 제4 늑골에 이르고 후면으로는 척주견갑골에 덮여 있다……."

클로치코프는 방금 암송한 내용을 머릿속에 그려보려고 애쓰며 천장을 쳐다보았다. 그러나 똑똑히 떠오르지 않아서 그는 조끼 위로 자기의 늑골을 더듬어서 짚어보았다.

"이 늑골들은 마치 피아노의 건반과 비슷하지."

그는 말했다.

"만사에 틀림이 없게 하려면 반드시 숙달이 필요한 법이야. 먼저 골격의 구조를 연구해야 하고, 그다음은 살아 있는 사람을 실제로 대조해서 연구해야 하거든……. 자 그럼 아뉴타, 실습을 좀 해봐야겠어!"

아뉴타는 일거리를 놓고 재킷을 벗은 다음 허리를 쭉 폈다. 클로치코프는 마주 앉아서 상을 찌푸리고 여자의 늑골을 세기 시작했다.

"음…… 제1 늑골은 손에 집히지 않지……. 그건 쇄골 뒤에 있으니까……. 바로 이놈이 제2 늑골이로군……. 그렇지……. 이게 제3…… 이게 제4…… 음…… 그렇지……. 아니, 왜 몸은 움츠리는 거야?"

"당신 손가락이 차서 그래요!"

"뭐 그렇다고 목숨이 떨어지진 않을 테니 몸을 비틀 건 없어. 그러니까 이놈이 제3 늑골이라……. 이놈은 제4 늑골이고……. 겉보기엔 요렇게 빼빼 말랐는데도 늑골은 만만히 만져지지 않는군. 아니, 이래 가지곤 어느 게 어느 건지 통 알 수 없는걸……. 줄을 그어봐야겠어……. 목탄필이 어디 있더라?"

클로치코프는 목탄필을 찾아내서 아뉴타의 가슴 위와 늑골 위치에다 몇 개의 평행선을 그었다.

"썩 잘됐어. 모든 걸 빤히 알 만하군……. 그럼 이젠 타진(打診)을 해도 되겠지. 좀 일어나요!"

아뉴타는 일어서서 턱을 들었다. 클로치코프는 타진을 시작했다. 타진 공부에만 정신이 팔린 그가 아뉴타의 입술이며 코와 손가락이 추위로 새파랗게 되어가는 것을 알 리 없었다. 아뉴타는 오들오들 떨면서도, 학생이 그것을 알아차리고 줄을 그으며 타진하던 공부를 중지하지나 않을까 두려워했다. 그렇게 되면 의사 시험을 치르는 데 꼭 지장이 될 것만 같았기 때문이다.

"이젠 분명히 알겠어."

타진을 끝마치고 나서 클로치코프가 말했다.

"목탄이 지워지지 않도록 그냥 그대로 앉아 있어요. 난 좀 더 암기를 할 테니……"

학생은 다시 암송을 되풀이하면서 방 안을 거닐기 시작했다. 가슴 위에 검은 줄이 죽죽 그려진 아뉴타는 추위에 몸을 움츠리고 앉아서 무엇인가를 생각했다. 아뉴타는 좀체로 말이 없었고, 언제나 입을 다문 채 줄곧 무슨 생각에만 잠기는 여자였다.

지난 6, 7년 동안 이 집에서 저 집으로 떠돌아다니며, 아뉴타는 클로치코프와 같은 학생을 다섯이나 알았다. 지금 그들은 모두 대학을 졸업하고 사회에 나가 있었다. 그리고 출세한 사람들이란 으레 그렇듯이, 그들도 벌써 옛날의 아뉴타를 잊어버리고 말았다. 한 사람은 파리에 가 있고, 두 사람은 의사가 되었으며, 네 번째 사람은 미술가, 그리고 다섯 번째는 이미 대학 교수까지 되었다는 말이 들려왔다. 클로치코프는 여섯 번째 사내였다. 그도 역시 오래지 않아서 공부를 마치고 사회로 나갈 것이다. 클로치코프에게 눈부신 미래가 약속되어 있음은 의심할 나위도 없으며, 마침내 훌륭한 인물이 될 것이지만, 그러나 지금은 통 말이 아니었다. 담배도, 차도 떨어지고 설탕이라고는 네 덩어리가 남아 있을 뿐이다. 될 수 있는 대로 빨리 이 삯바느질을 끝내서 단골집에 갖다 주고, 이번에 받을 25코페이카로 차와 담배를 사와야만 했다.

"들어가도 좋은가?"

누가 문 밖에서 불렀다.

아뉴타는 재빨리 양털 숄을 어깨에 둘렀다. 화가인 페지소쓰가 들어왔다.

"부탁이 있어서 왔네."

이마를 덮은 머리칼 속으로 눈을 번들거리며 그는 클로치코프를 향하여 말을 꺼냈다.

"자네의 어여쁜 레이디를 두 시간만 빌려줄 수 없겠나? 알다시피 그림을 그리는데 모델이 없어서 야단일세!"

"아, 그렇겠지!"

클로치코프는 쾌히 승낙했다.

"아뉴타, 갔다 와요."

"전 그런 데 가기 싫어요."

아뉴타는 낮은 소리로 대답했다.

"못난 소리! 무슨 다른 일이라면 모르되, 예술을 창조하는 사람의 청인데, 도와드릴 수만 있다면 어째서 도와드리지 못하겠단 말인가?"

아뉴타는 주섬주섬 옷을 주워 입기 시작했다.

"그런데 자넨 무슨 그림을 그리는 건가?"

클로치코프가 물었다.

"사랑의 여신. 좋은 주제지. 그러나 여간한 일이 아니라네. 모델을 이것저것 자꾸 갈아가며 그려봐야겠어. 어젠 푸른 발을 가진 모델을 놓고 그려봤지. 왜 발이 시퍼렇냐고 물었더니, 양말에서 물이 들었다는 거야! 한데 자넨 밤낮 암기만 하는 건가! 싫증도 낼 줄 모르니, 자넨 참 행복한 인간일세그려."

"의학 공부란 암기를 하지 않고는 도대체 문 앞에도 갈 수 없거든."

"음…… 실례했네. 그러나 클로치코프, 자네 이거 사람 사는 꼴이 뭔가, 돼지우리나 다름없네그려! 아주 난장판이로군!"

"이럼 어떤가? 달리 살 도리가 있어야지……. 아버지한테서는 한 달에 겨우 12루블밖에 오지 않는데, 그걸 가지고 어디 제대로 살아갈 수야 있나."

"하기야 그렇지······."

화가는 못마땅하다는 듯이 잔뜩 상을 찌푸렸다.

"그래도 좀 더 생활다운 생활은 할 수 있겠지······. 문명인이라면 반드시 미학적으로 살아야 한단 말일세. 그렇지 않나? 그런데 자넨 이게 뭔가! 잠자리는 치워놓지도 않았고, 저 구정물에, 저기 저 먼지······. 접시엔 어제 먹다 남은 죽이 아닌가······. 푸후!"

"그야 옳은 말이지만······."

학생은 낯을 붉혔다.

"아뉴타가 오늘은 너무 바빠서 청소할 시간이 없었다네."

화가와 아뉴타가 밖으로 나가자 클로치코프는 소파에 드러누워 다시 암송을 계속했다. 그러다가 스르르 잠이 들고 말았다. 한 시간 가량 자고 나서 잠이 깬 그는 머리 밑에 주먹을 괴고 우울한 생각에 잠겨버렸다. 문명인이면 반드시 미학적이어야 한다던 화가의 말을 되씹어보았다. 그러고 보니 자기 주위의 너저분한 것들이 이제는 정말 싫증이 나고 구역질이라도 날 것 같았다. 그는 자기의 앞날을 머릿속에 그려보았다. 진찰실에서 의젓하게 환자들을 응대하며, 훌륭한 귀부인인 아내와 함께 널찍한 식당에서 차를 마신다······. 그렇건만 당장 눈앞에는 담배꽁초가 둥실 뜬 구정물 통이 너무나 흉한 꼴을 하고 있을 뿐이었다. 아뉴타도 못생긴 데다가 꾀죄죄하고 초라한 여자로만 여겨졌다. 그래서 그는 어떠한 일이 있더라도 빨리 갈라져야겠다고 마음속으로 다짐을 했다. 아뉴타가 화가네 집에서 돌아와 외투를 벗을 때, 그는 벌떡 일어나 앉아서 정색을 하며 말했다.

"그런데 아뉴타! 내 할 말이 있으니 거기 좀 앉으시오. 이만 우린 헤어져야 할 때가 온 것 같소. 간단히 말해서, 이제 나는 더는 당신과 함께 살기를 원치 않는단 말이오."

화가에게서 돌아온 아뉴타는 몸을 가누지 못할 만큼 피곤했다. 벌거숭이가 되어 장시간 서 있었던 탓으로 얼굴은 더욱 야위고 턱은 더욱 뾰족해진 것 같았다. 아뉴타는 학생의 말에 아무런 대꾸도 하지 않았다. 그저 입술만 가늘게 떨 뿐이었다.

"그런다고 대답해요. 어차피 우린 헤어져야 할 사이 아니오?"

학생은 말을 이었다.

"당신은 착하고 영리한 여자니까 내 말을 알아듣겠지……."

아뉴타는 다시 외투를 걸쳐 입고 잠자코 바늘이며 실 같은 것을 주워 모아 바느질감을 종이에 돌돌 말아 들었다. 들창 가에 설탕 네 덩어리가 든 봉지를 보자, 그것을 탁자 위, 책 옆에 갖다 놓았다.

"이 설탕, 당신 거예요……."

가느다란 목소리로 이렇게 말하고 아뉴타는 눈물을 보이지 않으려고 옆으로 얼굴을 돌렸다.

"아니, 울긴 왜……?"

클로치코프는 허둥지둥 방 안을 거닐며 말했다.

"왜 이러는지 알 수 없군……. 참…… 우린 어차피 갈라져야 한다는 걸 잘 알면서그래. 언제까지나 같이 있을 순 없지 않아?"

아뉴타는 보따리를 싸 들고 마지막 인사를 할 양으로 그에게 돌아섰다. 그는 여자가 불쌍한 마음이 들었다.

'일주일만이라도 더 여기 있으라면 어떨까?'

그는 생각해보았다.

'그래, 조금만 더 두자. 일주일 후에 내보내면 되지.'

그리고 그는 자기 마음이 약한 것을 탓하며 무뚝뚝하게 외쳤다.

"근데 왜 우두커니 서 있는 거요! 가려면 가고, 가기 싫으면 외투라도 벗을 것이지. 가지 않아도 좋아! 그냥 있어요!"

아뉴타는 아무 말 없이 외투를 벗었다. 그리고 소리나지 않게 코를 풀고 긴 한숨을 쉬고 나서, 언제나 앉아 있던 들창 가의 의자로 조용히 가서 앉았다.

학생은 교과서를 집어 들고 다시 방 안을 오락가락하기 시작했다.

"우측 폐는 세 부분으로 나눈다……."

그는 암송을 계속했다.

"상부는 흉곽 내면에서 4, 5개의 늑골에 걸쳐 있는데……."

복도에서는 누군가 커다란 소리로 고함을 쳤다.

"그리고리, 차 마시러 오게!"

사모님

만사에 공평무사하며 관용성을 가진 인물로 자처하는 N도(道) 교육감 표도르 페트로비치는 어느 날 자기 사무실에서 브레멘스키라는 교원과 면담했다.

"어려운 일이오, 브레멘스키 씨."

그는 입을 열었다.

"면직밖에 다른 길은 없을 것 같소. 당신 같은 그런 목소릴 가지고는 교단에 계속 있을 순 없는 일이오. 그런데 어쩌다 목소린 그 모양으로 못쓰게 되어버렸소?"

"네, 땀을 흠뻑 흘리고 나서 차가운 맥주를 좀 들이켰더니 그만……."

브레멘스키는 's' 소리만이 유난히 나는 아주 목쉰 소리로 말했다.

"원 그런 기막힌 일이 어디 있담! 14년 동안이나 복무해온 사람이 하루아침에 불행 속에 빠져버리다니! 그런 어이없는 일 때문에 앞길이 아주 막혀버린대서야 그게 어디 될 말이오! 그럼 앞으로 어떡할 작정이오?"

브레멘스키는 아무 대답도 하지 못했다.

"가족은 있던가?"

교육감이 물었다.

"네, 처와 어린애가 둘 있습니다."

교원은 연방 씩씩거리며 대답했다.

계속할 말이 없었다. 교육감은 자리에서 일어나 흥분한 얼굴로 이리저리 방 안을 거닐기 시작했다.

"어떻게 했으면 좋을지 통 좋은 생각이 안 나는군!"

그는 이렇게 말했다.

"교원으로 있을 순 없을 거고, 연금을 받을 때도 아직 되지 않았고……. 그렇다고 아무 데로나 저 갈 데로 가라고 되는 대로 내버려 둔다는 것은 차마 할 수 없는 일이고……. 14년 동안이나 근무했으니 말하자면 우리 사람이나 다름없지 않소. 따라서 당연히 당신을 도와주어야 할 텐데……. 그러나 어떻게 하면 당신에게 도움이 되겠소? 내 처지가 돼서 생각해보시오. 무슨 방법으로 도와줄 수 있겠는지."

다시 말이 끊어지고 교육감은 방 안을 거닐며 생각에 잠겼다. 뜻밖에 닥쳐온 재난 때문에 아주 풀이 죽어버린 브레멘스키도 의자 한 귀퉁이에 엉덩이를 걸치고, 역시 생각에 잠겼다. 갑자기 교육감은 희색이 만면하여 손가락까지 탁탁 퉁기며 말을 꺼냈다.

"어째서 진작 그 생각을 못 했는지 알 수 없군! 좋은 수가 있소. 들어보시오. 다음주에 여기 있는 서기가 한 사람 정년으로 퇴직하게 되는데, 그 자리라도 괜찮다면 당신이 들어오시오. 어떻겠소?"

교육감이 그렇게까지 봐주리라고는 생각지 못했던 브레멘스키도 역시 얼굴에 기쁨을 감추지 못했다.

"그럼 잘됐어. 오늘이라도 이력서를 곧 쓰도록 하시오."

교육감은 말했다.

브레멘스키를 보내고 난 후 표도르 페트로비치는 가슴이 후련해지는 것을 느끼며, 극히 만족한 기분이었다. 우선 목쉰 소리를 하는 그 교원의 궁색한 꼴이 이젠 눈앞에 얼씬거리지 않게 된 것이 다행이었다. 그리고 빈자리를 브레멘스키에게 주기로 한 것은 성실하고 교양 있는 인간으로서 양심대로 공정하게 일을 처리한 증거라고 생각하니 적이 유쾌해졌다. 그러나 그 유쾌한 기분도 오래가지는 못했다. 그가 집으로 돌아와서 식탁 앞에 앉자, 그의 아내 나스타샤 이바노브나는 문득 생각난 듯이 말을 꺼냈다.

"어머나, 하마터면 잊어버릴 뻔했네! 어제 니나 세르게예브나가 찾아와서 어떤 청년을 하나 부탁하고 갔어요. 당신 계신 데 이번에 자리가 하나 난다던데요……."

"응, 그렇지만 그 자린 벌써 딴 사람을 넣기로 했는걸."

교육감은 눈살을 찌푸리며 말했다.

"내가 정실 인사를 절대 배격하는 주의로 나간다는 걸 당신은 알지 않소?"

"그건 알지만 니나 세르게예브나의 부탁만은 예외로 취급할 수 있잖아요. 그이는 우릴 한집안이나 다름없이 생각해주는데, 우린 여태껏 뭐 한 번도 해드린 일이 없잖아요? 그러니 거절할 생각일랑 아예 하지도 마세요. 당신 마음대로 하면 그이는 어떻게 생각하며, 또 제 꼴은 뭐가 되겠어요?"

"그래 누굴 봐달라는 거요?"

"폴주힌이래요."

"아니, 폴주힌이라니? 신년 연회 때 챠츠스키를 연주하던 바로 그자 말이오? 그래 그 신사 양반이? 천만의 말씀!"

교육감은 들었던 숟가락을 놓아버렸다.

"천만의 말씀!"

그는 되풀이했다.

"절대로 안 될 말이지!"

"아니, 어째서요?"

"젊은 녀석이 제가 직접 나서질 못하고 여자들의 힘을 빌리려고 든다는 게, 벌써 쓸모없는 놈팡이란 걸 알 만하지 않소! 어째서 제 발로 나한테 찾아오지 못한단 말이오?"

상을 물리고 나서 그는 서재 소파에 드러누워 그날 온 신문과 편지를 읽기 시작했다.

'경애하는 표도르 페트로비치에게.'

시장의 부인에게서 온 편지였다.

언젠가 당신은, 나더러 흔히 찾아볼 수 없는 아주 매력 있는 여자라고 말씀하셨지요. 이제 당신이 하신 말씀이 진실이었는지 판가

름할 때가 왔습니다. 2, 3일 안으로, 이번에 퇴직하는 서기 자리를 부탁하러 폴주힌이라는 청년이 찾아갈 것입니다. 아주 착실하고 훌륭한 젊은이입니다. 그 사람을 채용하시어 나의 청을 들어주시기를……

사연은 이러했다.
"천만의 말씀을! 절대로 안 될 말이지."
교육감은 뇌까렸다.
그 후에도 그는 폴주힌을 부탁하는 그 따위 추천장을 받지 않는 날이 없었다. 맑게 갠 어느 날 아침에 폴주힌이 그의 집에 나타났다. 알맞게 살이 붙은 얼굴에 반반하게 면도질을 하고, 새로 지은 새까만 양복을 아래위로 쪽 빼입은 청년이었다.
"공무에 관한 일이라면 여기선 이야기할 수 없으니, 내 사무실로 찾아오도록 하게."
교육감은 그의 청을 듣고 나서 퉁명스럽게 한마디 내쏘았다.
"실례했습니다, 교육감님. 제가 아는 분들이 모두 이리로 찾아가 뵈어야 한다고 일러주었기 때문에……"
"음……"
교육감은 증오에 찬 눈으로 청년의 뾰족한 구두 끝을 바라보며 신음에 가까운 소리를 냈다.
"자네 엄친께선 꽤 넉넉하게 지내시는 줄로 아는데, 자네로 말하더라도 그런 취직 자리를 구해야 할 만큼 곤란한 건 아닐 테지? 봉급이래야 거 몇 푼이나 된다고!"

"뭐 봉급을 바라서가 아니라, 말하자면…… 역시 관청 일을 보는 것이……."

"그럴 테지……. 그러나 아마 한 달 후엔 싫증이 나서 집어치우게 될 걸세. 반면에 그 자리를 자기 천직으로 삼을 구직자들이 있다는 걸 알아야 하네. 그들은 넉넉지도 못한 사람들이고 또 그 자리를……."

"아니올시다, 교육감님."

폴주힌은 교육감의 말을 막으며 나섰다.

"절대로 열심히 근무하겠다고 맹세합니다."

교육감은 화가 불끈 치밀어올랐다.

"내 말 좀 들어보게."

그는 멸시하는 듯 웃으며 청년에게 물었다.

"그렇다면 어째서 자네는 바로 내게 찾아오지 않고, 부인네들에게 미리 청을 넣고 다니느냔 말일세."

"그게 교육감님의 기분을 상하게 할 줄은 몰랐습니다."

폴주힌은 낯을 붉히며 대답했다.

"그러나 추천장 정도로는 되지 않는다고 하신다면 무시험 채용 증서를 보여드리지요."

그는 호주머니에서 종이를 꺼내어 교육감 앞에 내놓았다. 공문 형식으로 된 증명서 맨 밑 줄에는 분명히 도지사의 서명이 있었다. 그저 어떤 성가신 사모님의 부탁에 못 이겨 내용도 읽어보지 않고 사인해버린 게 분명했다.

"하는 수 없군. 손을 들었네……, 들었어."

교육감은 증명서를 읽고 나서 한숨을 쉬며 말했다.

"할 수 없지……. 그럼 내일 이력서를 제출하게……."

폴주힌이 가버리자 그는 참을 수 없는 증오감에 몸을 떨었다.

"망할 놈의 자식!"

방 안을 오락가락하면서 그는 식식거리며 내뱉듯 말했다.

"저런 허깨비만도 못한 놈의 말을 들어줘야 하다니! 계집 궁둥이나 핥고 다니는 개만도 못한 자식! 에이, 거지발싸개 같은 놈아!"

그는 금방 폴주힌이 나가버린 문에다 퉤 하고 침을 뱉었다. 그러나 금세 당황하지 않을 수 없었다. 바로 그때 관광청 건물 관리 부장의 부인이 서재로 들어왔기 때문이다.

"저, 잠깐만, 잠깐만, 말씀드리겠어요, 아저씨! 제 이야기를 들어주셔야 해요……. 지금 아저씨 계신 데 자리가 하나 비었다더군요……. 내일이나 모레쯤 해서 폴주힌이라는 청년이 찾아갈 거예요……."

부인은 연방 재잘거렸지만, 교육감은 얼빠진 사람처럼 부옇게 흐린 눈으로 멍하니 여자를 바라보며 인사치레로 웃는 시늉을 했다.

다음날 자기 사무실에서 브레멘스키를 앞에 놓고 교육감은 그에게 사실대로 이야기를 하지 못하고 한참을 망설였다. 그는 별 궁리를 다해봤으나, 도대체 무슨 말을 어떻게 꺼내야 할지 알 수가 없었다. 교원 앞에 솔직히 모든 사실을 털어놓고 용서를 구하고 싶었으나, 술에 취했을 때처럼 혀가 굳어버려 말을 듣지 않았다. 귓속이 웅웅거렸다. 그러자 그는 부하 앞에서 이런 난처한 자리에 서야 하는 자기 처지에 분통이 터졌다. 그는 주먹으로 책상을 쾅 치며 벌떡 일어나서 성난 소리로 고함쳤다.
"당신 들어갈 자리는 없어요! 없어요, 없어! 내가 죽을 지경이오! 제발 아무 말도 말아주시오! 날 못 살게 굴지 말아요, 제발!"
그러면서 그는 사무실에서 밖으로 나가버렸다.

약제사 부인

두서너 갈래의 구불구불한 거리로 이루어진 자그마한 B읍은 깊이 잠이 들었다. 주위는 고요하다. 어디선가 멀리서 아마도 교외에서인지, 개 짖는 소리가 겨우 들려올 뿐이다. 곧 날이 새려 한다.

모두 오래전에 잠들었으나, 약제사 체르노모르지크의 부인만은 잠을 이루지 못했다.

부인은 벌써 세 번씩이나 자리에 누워 잠을 청했다. 그러나 여전히 잠은 오지 않았다. 무슨 까닭인지 몰랐다. 부인은 열린 창가에 앉아서 거리를 내다보았다. 무덥고 지루해 화가 났다. 울고 싶을 만큼 화가 치밀었다. 그러나 왜 그런지는…… 여전히 모를 일이었다.

부인에게서 몇 걸음 뒤로 떨어진 곳에서는 남편 체르노모르지크가 얼굴을 벽으로 돌린 채, 달콤하게 코를 골며 자고 있었다. 벼룩이 물어뜯는데도 알지 못할 뿐 아니라, 그의 얼굴에는 웃음까지 감돌

왔다. 도시의 모든 사람이 기침 때문에 그칠 사이 없이 그의 약방에서 약을 사는 꿈을 꾸었기 때문이다. 약방은 도시 변두리에 자리 잡아서 부인은 들을 멀리 바라볼 수 있었다. 그녀는 동쪽 하늘 끝이 점점 밝아지며 큰불이 일 듯이 적자색으로 변해가는 걸 바라보았다.

멀리 떨어진 숲 뒤에서 커다랗고 둥근 달이 불쑥 솟아 올랐다.

갑자기 밤의 정적을 깨뜨리고 누군가의 발소리와 달각거리는 박차 소리가 들려왔다. 말소리도 들렸다.

'장교들이 야영지로 가는 거겠지…….'

부인은 생각했다.

잠시 후, 흰 장교복을 입은 두 사람의 모습이 나타났다. 한 사람은 키가 크고 뚱뚱하며 또 한 사람은 키가 작고 홀쭉했다……. 그들은 울타리를 따라 느릿느릿 걸으면서 커다란 소리로 무슨 말을 지껄였다. 약방이 가까워지자 두 사람은 더욱 느릿느릿 걸었다. 그들은 창문을 바라보았다.

"약 냄새가 풍기는데……."

홀쭉한 사람의 말이다.

"약방이 있다! 아, 그렇지……. 지난 주일에 피마자유를 사러 여기 왔었지. 이곳 약제사는 찌푸린 얼굴에 당나귀 턱을 한 작자라네. 무슨 턱이 그 모양인지!"

"응, 그래……. 자는군. 부인도 잠들었어. 오브쵸소프, 여기 약제사 부인은 아주 미인이야."

나지막한 소리로 뚱뚱이가 말했다.

"나도 봤지. 아주 근사하더군……. 그런데 군의(軍醫), 부인은 정말 그 당나귀 턱을 사랑할 수 있을까? 어때?"

"웬걸, 사랑하지 않을 걸세."

군의는 약제사가 가엾다는 듯한 표정으로 한숨을 내쉬었다.

"부인이 창문 뒤에서 자고 있어! 오브쵸소프, 저런……. 귀여운 입을 반쯤 벌리고…… 발을 침대에서 늘어뜨리고."

"여보게 군의, 어떻게 생각하나? 약방에 들러서 뭐든 사도록 하세! 부인을 볼지도 모르니."

장교는 발걸음을 멈추며 말했다.

"생각해봐, 밤인데!"

"무슨 상관이야. 밤이라고 약을 팔지 말라는 법은 없으니까. 자, 가세!"

"그럴까……?"

부인은 커튼 뒤에 숨어서 나직한 벨소리를 들었다. 그녀는 남편을 바라보았다. 그는 여전히 웃음을 띤 채 드르렁드르렁 코를 골았다. 부인은 재빨리 옷을 걸치고 맨발에 덧신을 신었다. 그리고 약방으로 달려갔다.

유리창 밖에 두 사람의 그림자가 보였다……. 부인은 램프에 불을 붙이고 자물쇠를 열려고 문 쪽으로 바삐 걸어갔다. 이미 그녀는 지루하지도 않았고 화가 치밀어오르지도 않았다. 그리고 울고 싶지도 않았다. 다만 가슴이 몹시 울렁거릴 따름이었다. 뚱뚱이 군의와 홀쭉이 오브쵸소프가 들어왔다.

"무엇을 드릴까요?"

부인은 가슴 위 옷깃을 여미며 물어보았다

"저…… 박하정을 15코페이카어치 주십시오!"

부인은 천천히 약장에서 통을 꺼내서 저울에 달기 시작했다. 두 사람은 눈을 깜빡거리지도 않고 그녀의 등을 바라보았다. 군의는 배부른 고양이처럼, 눈을 가늘게 떴으나 오브쵸소프는 매우 심각한 표정이었다.

"부인이 약방에서 약을 팔다니, 저는 생전 처음 보는 일입니다."
군의는 말했다.

"여기선 조금도 이상할 것이 없습니다……."
부인은 오브쵸소프의 불그스름한 얼굴을 곁눈으로 바라보며 대답했다.

"제 남편은 조수를 두지 않아서 제가 항상 도와주어요."
"그래요……? 그런데 약방이 너무 작군요! 그런 통들이 몇 개나 됩니까……. 그리고 독약이 많은 이 안에서 일하기가 무섭지 않은가요?"

부인은 박하정을 꾸려서 군의에게 내어주었다. 오브쵸소프는 부인에게 15코페이카를 지불했다. 침묵 속에 약 30초가 흘렀다……. 군의와 오브쵸소프는 두루두루 살피다가 문 쪽으로 발을 옮겼다. 그러고는 다시 주위를 둘러보았다.

"소다를 15코페이카 어치 주십시오!"
군의는 말했다.

부인은 또다시 느릿느릿 움직이며 약장으로 손을 가져갔다.
"이 약방에는 없는가요. 저, 이런 것 말입니다……."
오브쵸소프는 손가락을 움직거리며 중얼댔다.

약제사 부인

"저, 당신도 아실 텐데……. 아, 탄산수 말입니다. 탄산수가 있습니까?"

"있습니다."

부인은 대답했다.

"브라보! 당신은 보통 여자가 아니라 선녀(仙女)군요. 세 병만 내주십시오!"

부인은 서둘러 소다를 포장하고는 문을 열고 어둠 속으로 사라졌다.

"근사한데!"

군의는 눈을 껌뻑거리며 말했다.

"오브쵸소프, 저런 파인애플은 마데이라 섬에서도 찾아낼 수 없을 거야, 그렇지? 자넨 어떻게 생각하나? 그런데 자네, 코 고는 소리가 들리나? 바로 그 약제사 나리가 주무시는 거라네."

이윽고 부인이 돌아와서 계산대 위에 병 다섯 개를 세워놓았다. 방금 움 속에 들어갔다 나와서인지 그녀의 얼굴은 다소 흥분한 듯 빨갛게 물들었다

"쉬…… 조용히!"

부인이 병마개를 뽑고 마개뽑이를 떨어뜨리자, 오브쵸소프가 말했다.

"소리내지 마세요, 남편이 깰 테니."

"깬들 무슨 상관이에요?"

"저렇게 달콤하게 자고 있잖아요……. 당신 꿈을 꾸고 있을 겁니다……. 그러니 당신을 위해서!"

"게다가."

군의는 나직한 소리로 말을 꺼냈다.

"남자들이란 답답한 작자들이거든요. 줄곧 잠이나 잔다면 좋아지려는지. 아아, 이 물에 붉은 술이라도 있었으면……."

"다음엔 또 무슨 생각을 하시겠어요?"

부인은 웃으며 말했다.

"정말 좋겠습니다! 약방에서 술을 팔지 않는다는 건 유감인데요! 그러나…… 당신은 약처럼 술도 팔아야 할 겁니다. 여기엔 프랑스식 레드 와인*이 없는가요?"

"있어요."

"그럼 됐습니다! 그것을 주십시오! 이리 내놓으세요!"

"얼마나 드릴까요?"

"먼저 한 운치야씩 물에 타서 주십시오. 그다음에는 두고 봅시다……. 오브쵸소프, 그렇지? 처음에는 물을 섞고, 다음에는 물 없이……."

군의와 오브쵸소프는 계산대 옆에 앉아서 모자를 벗었다. 그리고 붉은 술을 마시기 시작했다.

"술은 사실 말이지 더러운 것입니다! 그러나 당신 같은 미인 앞에서는…… 에에에…… 술은 신주(神酒)와 다름없이 느껴지거든요. 부인, 당신은 정말 아름답군요! 저는 마음속으로 당신 손에 키스합니다."

---

* Vinum gallicium rubrum. 프랑스식 레드 와인의 라틴어 표현.

"그리고 이 공상이 실현될 수 있다면, 저는 어떤 희생이라도 무릅쓰겠습니다!"

오브쵸소프는 말했다.

"맹세합니다! 생명이라도 바치겠어요!"

"그런 말은 그만두세요……."

부인은 낯을 붉히며 정색한 얼굴로 말했다.

"아무튼 당신은 아름다워!"

군의는 슬쩍 부인을 넘겨보며 낮은 소리로 웃었다.

"샛별 같은 두 눈은 쏘는 것 같아! 빵! 빵! 축하합니다. 당신이 이겼어요! 우린 손 들었습니다."

약제사 부인은 불그스름한 그들의 얼굴을 바라보며 잡담을 들었다. 그리고 곧 활기를 띠기 시작했다. 이미 부인은 즐거운 마음까지 들었다. 그녀는 이야기하기 시작했다. 큰 소리로 웃어대며 애교를 떨기도 하고 장교들의 간곡한 요청을 받아, 두 운치야가량 되는 붉은 술을 마시기까지 했다.

"장교님, 병영에서 좀 더 자주 거리로 나와주세요."

부인은 말했다.

"여기는 정말 지루해서 못 견디겠어요. 솔직히 말해 죽을 지경이에요."

"그럴 겁니다!"

군의는 후우 한숨을 쉬었다.

"당신 같은 미인이, 자연의 기적이, 글쎄 벽촌에 파묻혀 있으니! 그리보예도프는 〈벽촌, 사라토로프〉에서 잘 표현했어요! 그런데 갈 때가 됐나 봅니다. 서로 알게 돼서 무척 기쁩니다! 모두 얼마지요?"

부인은 눈을 천장으로 돌리고 한참 동안 입술을 움직거리더니 대답했다.

"12루블 48코페이카예요!"

오브쵸소프는 주머니에서 두툼한 돈지갑을 끄집어내서 오랫동안 돈을 세고는 부인에게 내어주었다.

"당신 남편은 세상 모르고 자는군요…… . 꿈을 꾸겠죠…… ."

오브쵸소프는 부인의 손을 잡으며 중얼거렸다.

"저는 실없는 말을 좋아하지 않습니다…… ."

"어째서 실없는 말이에요? 오히려…… 이건 절대 필요한 말입니다……. 저 셰익스피어까지도 '젊을 때부터 젊었던 사람은 행복하다'라고 말하지 않았어요…… ."

"손을 놓으세요!"

마침내 두 장교는 오랜 이야기 끝에 부인의 손에 키스할 수 있었다. 그러고는 무엇인가 잊어버린 것은 없는가 한참 동안 생각하다가 허전한 마음으로 약방을 나섰다.

부인은 재빨리 침실로 달려가서 바로 그 창문 곁에 앉았다. 그리고 군의와 오브쵸소프가 약방을 나서서 느릿느릿 스무 걸음쯤 걸어가다가 걸음을 멈추고 무슨 말을 속삭이는 것을 보았다. 무슨 말일까? 그의 가슴은 울렁거렸다. 관자놀이까지 맥박이 고동쳤다. 그러나 왜 그런지는 자신도 몰랐다.

5분가량 지나서 군의는 오브쵸소프와 헤어져 앞으로 걸어가고 오브쵸소프는 약방 쪽으로 되돌아왔다. 그는 두어 번 약방 옆을 왔다 갔다 했다……. 그리고 문 옆에 멈춰 섰다가는 다시 걸음을 옮겼다……. 이윽고 조심스럽게 벨을 울렸다.

"뭐야? 누가 왔나?"

부인은 갑자기 남편의 목소리를 들었다.

"종소리가 나는데 귀가 없어!"

약제사는 버럭버럭 소리쳤다.

"제기랄, 무슨 질서가 이럴까!"

그는 자리에서 일어나 잠옷을 걸치고 반은 잠에 취한 채 허둥지둥 약방으로 걸어갔다.

"무엇이…… 필요합니까?"

그는 오브쵸소프에게 물었다.

"저…… 박하정을 15코페이카어치 주십시오."

하품을 하며 시종 코를 실룩거리는 약제사는 걸으면서도 졸았다. 그는 약장으로 가서 약통을 끄집어냈다. 2분가량 지나서 약제사 부인은 오브쵸소프가 약방에서 나가는 모습을 보았다. 그리고 몇 걸음 걸어가다가 먼저 쌓인 한길 위에 박하정을 던져버리는 모습도 볼 수 있었다. 그가 걸어가는 맞은편 모퉁이에서 군의가 걸어왔다…….

두 사람이 마주쳤다. 그러고는 무어라고 손짓을 해가며 아침 안개 속으로 자취를 감추었다.

"왜 나는 이렇게 불행할까!"

부인은 다시 잠들려고 재빨리 옷을 벗는 남편을 증오에 찬 눈초리로 바라보며 이렇게 말했다.

"아아, 왜 이렇게 불행할까! 아무도, 아무도 몰라줘……."
부인은 되풀이했다. 그녀의 눈에는 슬픔 어린 눈물이 맺혔다.
"진열장 위에 15코페이카를 놓고 왔어. 어서 그 돈을 가져와요……."
이불을 뒤집어쓰며 약제사는 중얼거렸다.
그러고는 곧 다시 잠들어버렸다.

우수

내 슬픔을 누구에게 하소연하리……?

황혼(黃昏). 크고 축축한 눈송이는 너울너울 춤추면서, 방금 불이 켜진 가로등 옆을 지나, 지붕이며 말 잔등이며 어깨며 모자 위로 떨어져서는 얄팍하고 포근한 층을 이룬다. 마부 요나 포타포프는 유령처럼 전신이 새하얗다. 그는 살아 있는 육체가 굽힐 수 있는 데까지 최대 한도로 몸을 굽히고 마부대에 앉은 채, 꼼짝달싹 않고 있다. 만일 그 위에 눈사태가 떨어진다 해도, 그는 자기 몸에서 눈을 털어 버릴 필요성을 느끼진 않았으리라……. 그의 말도 역시 새하얗고, 움직일 줄을 모른다. 그 부동성, 모가 난 형태, 말뚝처럼 꼿꼿한 다리 때문에 가까운 곳에서 보아도 1코페이카짜리 설탕 과자 말에 흡사하다. 그 말은 어느 모로 보나, 무슨 생각에 잠긴 것이 분명했다. 쟁기에서 벗어나고 낯익은 평범한 경치에서 떠나서, 괴물과 같은 불빛이며 멈출 줄 모르는 소음이며 부산스럽게 뛰어다니는 사람들로 뒤덮인 이 도가니 속에 굴러 떨어졌으니, 어찌 생각에 잠기지 않을 수 있으랴…….

요나와 그의 말은 벌써 오랫동안 그 자리에서 움직이지 않았다. 그들은 점심 전에 숙소에서 나왔지만, 여태껏 개시를 못했다. 그러나 거리에는 벌써 저녁의 어두움이 깃들기 시작했다. 파리하던 가로등 불빛은 그 자리를 생생한 빨간색에다 양보하고, 거리의 혼잡은 점점 심해진다.

"마부, 브이보르그스카야까지!"

요나는 이런 소리를 듣는다.

"마부!"

마부는 부르르 몸부림을 치고, 눈에 뒤덮인 속눈썹 너머로 두건 달린 털 코트를 입은 군인을 본다.

"브이보르그스카야까지!"

군인은 되풀이한다.

"아니, 너 졸고 있냐? 브이보르그스카야까지!"

알아들었다는 표시로 요나는 말 고삐를 당긴다. 그러자 말 잔등과 그의 어깨에서 눈 더미가 허물어져 떨어진다……. 군인은 썰매에 앉는다. 마부는 쯧쯧 입술을 빨고는 백조처럼 목을 빼고 몸을 일으키며, 필요해서라기보다는 오히려 습관에 의해 회초리를 흔든다. 말도 역시 길게 목을 빼고 말뚝처럼 꼿꼿한 다리를 굽히며 어슬렁어슬렁 걸음을 옮긴다…….

"어딜 가는 거야, 이 자식아! 어딜 가는 거야? 좀 더 오른쪽으로 가!"

맨 처음 요나는 앞뒤로 움직이는 새까만 군중 속에서 이런 고함 소리를 듣는다.

"넌 말을 몰 줄 모르냐! 오른쪽으로 가!"

군인도 화를 내며 외친다.

사륜 마차의 마부가 욕설을 퍼붓는다. 길을 건너려다가 말 콧등에 어깨를 부딪힌 통행인이 험상궂은 눈초리로 바라보고는 소매에 묻은 눈을 털어버린다. 요나는 바늘 방석에라도 앉은 듯, 마부대에서 갈팡질팡하며 팔꿈치를 양쪽으로 내밀고, 미친 사람처럼, 마치 자기가 어디에 있으며 어째서 이런 곳에 있는지조차 모르겠다는 듯 눈만 희번덕거렸다.

"바보 녀석들 같으니!"

군인은 투덜거린다.

"말에 부딪히려는 자가 있질 않나, 말 밑으로 기어들려는 자가 있질 않나, 모두 같은 놈들이야."

요나는 손님 쪽을 돌아보고 입술을 오물거린다……. 분명히 무슨 말인지 하고 싶은 것 같았으나, 그의 목구멍에서는 코 고는 듯한 목소리 외엔 아무 소리도 안 나온다.

"뭐라고?"

군인은 묻는다.

요나는 히죽 웃으며 입을 찡그리고 목구멍에 힘을 주어 쉰 목소리로 말한다.

"저 말입니다, 나리……. 제 아들 놈이 이번 주일에 죽었답니다."

"으흠……! 어떻게 죽었지?"

요나는 온몸을 손님 쪽으로 돌리며 말한다.

"그런 걸 누가 압니까! 아마 열병인 것 같습니다……. 사흘 동안 병원에 누워 있다가 죽었으니까요……. 모두 하느님의 뜻이겠죠."

"옆으로 비켜, 이 악마야! 뭘 꾸물거리고 있어, 이 늙은 개새끼야! 눈은 뒀다 뭘 하는 거야!"

어둠 속에서 이런 소리가 들린다.

"자, 좀 더 달려, 달려……."

손님은 말한다.

"이래 가지곤 내일까지도 못 가겠다. 좀 더 몰아봐!"

마부는 또다시 목을 빼고 몸을 일으키고는 아주 대견스러운 표정으로 회초리를 흔든다. 그 후에도 요나는 여러 번 손님 쪽을 돌아보지만, 손님은 눈을 감은 채 아무리 봐도 자기 말을 들어줄 것 같은 표정이 아니다.

브이보르그스카야 거리에서 손님을 내려준 그는 음식점 옆에다 말을 멈추고 마부대에 몸을 굽히고는 또다시 움직이지 않는다……. 축축한 눈송이는 다시금 요나와 말을 새하얗게 뒤덮어버린다. 한 시간, 두 시간, 시간은 흐른다.

요란스럽게 덧신을 끌며, 고래고래 소리를 지르면서 세 사람의 젊은이가 인도를 지나간다. 그중 두 사람은 호리호리하게 크고, 한 사람은 난쟁이 꼽추다.

"마부, 경찰교(警察橋)까지!"

째지는 듯한 목소리로 꼽추가 외친다.

"세 사람에 20코페이카다!"

요나는 고삐를 당기고 쯧쯧 입술을 빤다. 20코페이카는 가격이 맞지 않지만, 그는 가격 같은 것에 신경 쓰지 않는다⋯⋯. 루블이건, 5코페이카건 지금의 그에게는 마찬가지다. 손님만 있으면 된다⋯⋯. 청년들은 이리저리 떠밀고 욕설을 주고 받으며 썰매 옆으로 다가온다. 세 사람이 함께 좌석으로 기어오른다. 그런데 두 사람은 앉고 한 사람은 서야 했는데, 이때 누가 설 것인가에 대해서 옥신각신 논쟁이 벌어진다. 한참 동안 욕설과 각자의 주장과 비난이 오가고 나서, 가장 작다는 이유로 꼽추가 서게 됨으로써 일단락을 짓는다.

"자, 가자!"

꼽추는 자리를 잡고 서서, 요나의 뒤통수에 입김을 불어대며 찢어지는 듯한 소리로 외친다.

"내리쳐! 도대체 영감, 그 모잔 뭔가! 페테르부르크를 모조리 훑어도 그보다 나쁜 건 찾아내지 못할 거야⋯⋯."

"흐흐⋯⋯ 흐흐⋯⋯."

요나는 웃는다.

"어쨌든 내 모자니⋯⋯."

"내 것이건 뭐건 빨리 달리기나 해! 이런 식으로 쭉 갈 참인가? 응? 그럼 목덜미를 후려갈길 테다!"

"머리가 깨지는 것 같군⋯⋯. 어제 두크마소프의 집에서 바시카와 둘이 코냑을 네 병이나 마셨으니 말야."

키다리 중 한 사람이 말한다.

"왜 그런 거짓말을 하는 거야. 도무지 영문을 모르겠다! 거짓말을 해도 분수가 있지."

또 다른 키다리가 성을 낸다.

"벼락을 맞겠다, 거짓말이라면……."

"그건 말야, 이가 기침을 한다는 것과 같은 진실이야."

"호호호!"

요나는 웃는다.

"재미있는 분들이셔!"

"아니, 임마……."

꼽추가 화를 낸다.

"늙은 고릴라 같으니. 넌 말을 달리는 건가, 아닌가? 아니, 이게 가는 거야? 힘껏 회초릴 내리쳐! 이 악마야! 임마! 좀 더 달려봐!"

요나는 자기 등에서 꼽추의 몸 놀림과 떨리는 음성을 느낀다. 그는 자기에게 퍼붓는 욕설을 듣든가 사람들을 보노라면, 가슴속에 점점 고독감이 사라져감을 느꼈다. 꼽추는 아무 실속 없이 떠드는 욕설에 목이 잠겨 쿨룩쿨룩 기침을 할 때까지 욕설을 계속한다. 두 사람의 키다리는 나제쥬다 페트로브나라는 여자에 대해서 이야기를 시작한다.

요나는 가끔 그들을 돌아본다. 잠시 말이 끊어진 틈을 타서 그는 다시 뒤돌아보며 중얼거린다.

"이번 주일에…… 제 아들 놈이 죽었습니다!"

"사람은 모두 죽게 마련이야……."

꼽추는 기침을 하고, 입술을 닦으면서 헐떡이는 소리로 말한다.

"자, 달려, 달려! 여보게, 이렇게 간다면, 난 도저히 참질 못하겠어! 도대체 언제까지 갈 생각인가!"

"영감, 좀 더 기운을 내라……. 목덜미를 후려갈겨!"

"아니, 이 영감이 말을 듣나, 먹나? 모가지를 비틀어야 알겠어……. 점잖을 빼고 가만 있으니까, 걷는 것보다 나은 것이 뭐야……! 영감, 듣고 있는 거야? 그렇잖으면 우리 말을 무시할 작정인가?"

그리고 요나는 뒤통수를 때리는 느낌보다는 오히려 그 소리를 듣는다.

"호호호……."

그는 웃는다.

"재미있는 분들이군……. 제발 건강들 하슈!"

"마부, 자네에겐 마누라가 있나?"

키다리 중 한 사람이 묻는다.

"저 말이오? 호호호……. 재미있는 분들이서! 마누라가 하나 있지요. 축축한 땅 덩어리……. 히히히……. 무덤이란 말이오……! 아들 놈도 죽었는데 저는 살아 있습니다. 이상한 일도 있어요, 저승사자께서 문을 잘못 들었습죠……. 저한테 올 것이 아들놈한테 갔으니 말입니다."

그리고 요나는 아들이 어떻게 죽었는가 설명하려고 뒤돌아보지만, 이때 꼽추는 안도의 숨을 내쉬며 겨우 목적지에 다다랐다고 선언한다. 20코페이카를 받아 쥐고도 요나는 한참 동안 어두운 통로로 사라져간 주정뱅이들의 뒤를 전송했다. 다시금 그는 외톨이가 된다. 그리고 다시금 그에게 정적이 다가온다……. 한동안 잠잠했던 우수(憂愁)가 다시 휩쓸어, 한층 강력한 힘으로 가슴을 찢는다. 불안하고 고통스러운 요나의 눈초리는 양쪽 인도를 오가는 군중 위를 달린다. 이렇게 많은 몇천 명의 군중 속에서 단 한 사람이라도 그의 이야기에 귀를 기울여줄 사람은 없을까 하고. 그러나 군중은 그와 그의 우수에는 아랑곳도 없다는 듯, 무심히 달리기만 한다……. 우수는 한없이 크기만 한다. 요나의 가슴을 쪼개서 그 안에서 우수를 흘려버린다면 그것은 온 세상에 철철 넘치고 말리라. 그러나 그런데도, 그 우수는 눈에 보이지는 않는다. 그것은, 대낮에 불빛을 들이대고도 볼 수 없는, 그러한 하잘것없는 껍질 속에라도 들어박힐 수 있는 것이다…….

요나는 가마니를 든 하인을 보고 그 사나이한테 말을 걸어보리라 생각한다.

"여보게, 지금 몇 시나 됐지?"

그는 묻는다.

"아홉 시 지났어……. 뭣 때문에 이런 데 서 있는 거야? 빨리 가도록 해."

요나는 거기서 몇 걸음 지나가서, 등을 굽히고 우수에 온몸을 내맡긴다……. 그는 사람에게 말을 걸어도 이미 소용없다고 생각한다. 그러나 5분도 채 지나지 않았을 무렵, 그는 몸을 곧게 세우고, 마치 날카로운 아픔이라도 느낀 듯 머리를 흔들고는 고삐를 잡아당긴다……. 더는 참을 수 없었다.

'숙소로 돌아가자.'

그는 생각한다.

'숙소로!

그러자 말도 그의 마음을 짐작이라도 한 듯 민첩하게 달리기 시작한다. 한 시간 반가량 지난 후, 요나는 벌써 크고 더러운 난롯가에 앉았다. 난로 위에도, 마루 위에도, 의자 위에도, 사람들이 코를 골며 잔다. 공기는 숨이 막힐 정도로 답답하다……. 요나는 잠자는 사람들을 둘러보고 몸을 긁으면서, 이렇게 빨리 숙소로 돌아온 것을 후회한다…….

'귀리 값도 못 벌었어.'

그는 생각한다.

'그러니까 이렇게 마음이 우울하지. 자기 일을 잘하는 사람은…… 배를 곯지도 않고, 말에게도 배고픈 맛을 보이지 않으니, 언제나 마음이 편할 수밖에…….'

한쪽 구석에서 젊은 마부 한 사람이 일어나서, 졸린 듯 중얼거리며 물통 쪽으로 허둥지둥 걸어간다.

"목이 마르냐?"

요나는 묻는다.

"그래 목이 말라!"

"그럼 실컷 마셔……. 그런데 말이야, 젊은이. 내 아들 놈이 죽었어……. 들었나? 이번 주일에 병원에서 말야……. 세상이란!"

요나는 젊은이에게 자기 말이 어떤 효과를 일으켰는가 보려고 하지만, 아무것도 볼 수가 없다. 젊은이는 머리부터 푹 이불을 뒤집어쓰고 이내 잠들고 말았다. 노인은 한숨을 몰아쉬고 몸을 긁는다……. 젊은이가 물을 마시고 싶었던 것처럼, 그는 이야기를 하고 싶었다. 아들이 죽은 지 한 주일이 되어오지만, 그는 여태껏 누구에게도 아들의 말을 한 적이 없었다……. 말하려면, 요령 있게 자세히 말하지 않으면 안 된다……. 어떻게 해서 병에 걸렸는가, 어떻게 고통당했는가, 죽기 전에 뭐라고 말했는가, 죽을 때는 어떠했는가, 이것을 말하지 않으면 안 된다……. 장례의 광경이며, 죽은 아들의 옷을 찾으러 병원에 갔을 때의 일까지 말해야 한다. 시골에는 딸 아니 시야가 남아 있다……. 딸에 대해서도 말하지 않으면 안 된다……. 그렇다. 지금 그가 해야 할 말은 얼마나 많은가? 이 말을 듣는 사람은 감동한 나머지, 한숨을 몰아쉬며 가슴 아파할 것임에 틀림없다……. 상대편이 여자라면 더욱 그렇다. 여자라면, 아무리 바보라 해도 단 두 마디에 벌써 울음을 터뜨리고 말리라.

'말이라도 가서 볼까.'

요나는 생각한다.

'언제라도 잘 수 있다……. 얼마든지 잘 순 있어…….'

그는 옷을 걸치고 자기 말을 매어둔 마구간으로 간다. 그는 귀리며, 건초며, 날씨에 대해서 생각한다……. 혼자 있을 때는 아들에 대해서 생각할 수가 없다……. 누구든지 말을 들어주는 사람이 있으면 몰라도 혼자서 외로이 생각에 잠겨 아들의 모습을 떠올린다는 것은 참을 수 없이 괴로웠다…….

"먹느냐?"

요나는 반짝반짝 빛나는 말의 눈을 바라보며 묻는다.

"그래, 먹어라, 먹어……. 귀리 값을 못 벌면 건초라도 먹어야지……. 그래……. 마차를 끌자니 몸은 늙어버렸고……. 아들 놈이

끌어야 해, 내가 아니라……. 그 앤 참 훌륭한 마부였어……. 그놈만 살아 있다면…….»

요나는 잠시 가만있다가 다시 말을 잇는다.

"그렇다, 얘야……. 쿠지마 요느이치는 이 세상에 없다……. 먼 곳으로 떠나갔어……. 아무 산 보람도 없이 죽고 말았지……. 자, 네게 새끼 말이 있고, 넌 그 새끼 말의 엄마라고 하자……. 그런데 갑자기 새끼 말이 어딘지 먼 곳으로 가버렸단 말이다……. 그런데도 넌 슬프지 않니?"

말은 먹이를 씹으며, 귀를 기울이기도 하고, 주인의 손에 입김을 불기도 한다…….

요나는 흥분한 어조로 자초지종을 말에게 이야기한다.

복수자(復讐者)

 표도르 표도로비치 시가예프는 아내의 간통 현장을 목격하고, 곧 총포점 슈무크스 상점으로 달려가서 자기에게 알맞은 권총 한 자루를 고르기 시작했다. 그의 얼굴에는 분노와 고뇌와 단호한 결심의 빛이 어려 있었다.
 '나는 내가 뭘 해야 하는지 잘 안다…….'
 그는 생각했다.
 '가정의 윤리는 파괴되고, 명예는 진흙 속에 짓밟히고, 죄악이 승리를 구가하니, 나는 인간으로서, 시민의 한 사람으로서 마땅히 복수를 해야 한다. 우선 그녀와 정부(情夫) 녀석을 죽이고 그다음 자살을 하자…….'
 사람을 죽이기는커녕 아직 권총을 골라 잡지도 못했지만 그의 머릿속에는 이미 피투성이가 된 시체 세 구와 산산조각이 난 두개골,

흘러내리는 뇌수, 주위의 혼란, 넋을 잃고 바라보는 군중, 해부(解剖)……. 이런 광경들이 어른거렸다. 그리고 모욕을 당한 사람이 가지는 간악한 기쁨을 느끼면서 친척들과 세인들이 놀라는 모습을 상상하기도 했다. 뿐만 아니라 그는 벌써 가정 윤리의 부패상을 논제로 한 선진적인 논설들을 마음속으로 읽었다.

흰 조끼를 입고 배가 축 늘어진 프랑스인 풍채의 점원은 잽싸게 몸을 움직이면서 여러 종류의 권총을 시가예프 앞에 늘어놓았다. 그러고는 공손히 웃어 보이고, 두 발을 비비적거리며 이렇게 말했다.

"무슈, 저는 바로 이 훌륭한 권총을 권하고 싶습니다. 스미스 베손식이라 해서 최신형 권총입니다. 격발기에 삼중 장치가 돼 있는 후장 권총(後裝拳銃)으로서, 5백 보 거리에서도 쏴 죽일 수 있습니다. 무슈, 자, 이 정밀한 부속품을 자세히 들여다보세요. 가장 많은 인기를 누립니다. 무슈…… 강도나 늑대, 간부(姦夫)에 대한 보신용으로 매일 10여 정씩 팔리고 있답니다. 정확하고 위력이 강해서 먼 거리에서도 바람난 마누라를 쏴 죽일 수가 있습니다. 하물며 자살용으로는, 무슈, 이보다 더 좋은 것은 없습니다……."

점원은 격철을 올렸다 내리더니 총구에 입김을 훅 불어넣고 조준을 해보고는 감격한 나머지 숨이 막힐 듯한 한숨을 내쉬었다. 희색이 가득한 점원의 얼굴을 보니 그가 스미스 베손과 같은 훌륭한 권총을 가지게 된다면 기꺼이 제 머리에 탄환을 발사할 수 있으리라는 생각이 들었다.

"그래 얼마요?"

시가예프는 물었다.

"45루블입니다, 무슈."

"으흠……! 나에겐 너무 과분한데!"

"그러시다면, 무슈. 조금 값이 싼 걸로 보여드리죠. 자, 마음대로 골라보세요. 우리 가게엔 가지각색 권총이 있습니다. 그러니 가격도 여러 가지죠……. 예를 들어, 이 레포세식 권총은 18루블밖에 안 나갑니다. 그러나(점원은 멸시하는 듯 얼굴을 찡그렸다)…… 그러나 무슈, 이런 식은 벌써 고물이나 다름이 없습니다. 지금 이 따위 권총을 사는 사람들은 똑똑한 가난뱅이들이 아니면 정신병자뿐입니다. 요즈음에 와선 레포셰 같은 권총으로 자살을 하거나 아내를 죽이는 것은 천한 일로 간주되니까요. 역시 좋기는 스미스 베손밖에 없지요."

"나는 자살을 하거나 남을 죽이려는 것이 아닙니다."

시가예프는 우울한 표정으로 거짓말을 했다.

"별장용으로…… 도둑을 쫓기 위해서 사려는 겁니다……."

"무슨 용도로 사시든, 우리로서는 조금도 상관이 없습니다."

점원은 빙그레 웃으며 살며시 눈을 내리깔았다.

"우리가 권총을 팔 때마다 이유를 캐고 보다간 말입니다, 무슈, 상점 문을 닫지 않고선 못 배길 거예요. 그런데 도둑을 쫓는 데에도 레포셰는 적당치 않습니다. 왜냐하면 소리가 작아서 들리지가 않습니다. 그러니 흔히 결투용이라고 부르는 보통 격발총 모르치메르를 사용해보시죠……."

'그래, 그놈에게 결투를 거는 게 어떨까?'

시가예프의 머리에는 이런 생각이 스쳐갔다.

'그건 너무 점잖은 방법이야……. 그런 족속들은 개처럼 쏴 죽여야 해…….'

점원은 점잖게 몸을 돌리고 수다스레 지껄이며 종종걸음으로 왔다 갔다 했는데, 그의 얼굴에는 시종 웃음이 떠나지 않았다. 어느새 시가예프 앞에는 산더미같이 권총이 쌓였다. 그중에서도 스미스 베손은 유달리 마음을 끌었다. 시가예프는 스미스 베손식 권총을 하나 손에 들고는 멍청하게 그것을 바라보며 생각에 잠겼다. 그는 두개골을 부수는 모습이며, 양탄자와 마루 위에 강물처럼 흐르는 피며, 죽어가는 마누라가 삐룩삐룩 다리에 경련을 일으키는 모습을 상상해보았다……. 그러나 악에 받친 그의 복수심은 그것만으로는 부족했다. 피비린내 나는 광경이며, 비명이며, 공포만으로 만족할 수는 없었다. 그는 더 참혹한 어떤 복수를 생각해내지 않으면 안 되었다…….

'으음, 그렇지! 그놈과 그녀을 죽이고.'

그는 생각했다.

'그녀은 살려주도록 하자. 그러면 그녀은 양심의 가책과 세인들의 멸시 때문에 실컷 고통을 받을 테지. 그녀처럼 신경질이 심한 계집에게는 그 방법이 오히려 죽기보다 괴로울지 몰라…….'

그다음, 그는 자기의 장례식 광경을 그려보았다. 모욕을 당한 자기는 입가에 부드러운 웃음을 띠고 관 속에 누워 있다. 양심의 가책으로 고통받는 파리한 아내의 모습이 니오베처럼 관 뒤를 따른다. 그러나 그녀은 격분한 군중이 던지는 욕설과 멸시의 눈총을 피하지 못해 어찌할 바를 모른다…….
"무슈, 보건대 스미스 베손이 마음에 드신 모양이군요."
점원이 그의 공상을 깨뜨렸다.
"정 값이 과하시다면, 저, 5루블 깎아드리지요……. 그렇지만, 더 싼 것들도 많이 있습니다."
프랑스인처럼 생긴 점원은 민첩하게 몸을 돌리고 장 속에서 한 타스의 권총 상자를 끄집어냈다.
"자, 무슈, 이것이 30루블짜리 권총입니다. 이건 좀 쌉니다. 요즈음 환율이 폭락한 데다가 관세는 시간마다 올라가는 형편이니까요. 무슈, 사실 말이지, 저는 보수당이면서도 이렇게 불평을 하게 되었답니다! 요즈음에 와서는 세율이 오르는 바람에 재산가가 아니면 무기도 살 수 없게 됐습니다! 가난뱅이들은 투라 총이나 화약총을 사게 마련인데, 투라 총이야 어디 총이라 할 수 있습니까! 글쎄 투라식 권총으로 아내를 쏜다치면 아주 숨이 떨어지지 않은 채 산 사람에게 애만 먹인다니까요……."
이 말을 듣던 시가예프는 문득 굴욕감을 느꼈다. 자기가 죽어버리면 간통한 아내의 단말마적인 고통을 보지 못할 게 유감스러웠다. 복수라는 것은 그년이 괴로워하는 현장을 보고 그 결과를 마음속에 느낄 때에 비로소 통쾌한 것이지, 관 속에 누워서는 아무것도 볼 수 없지 않겠는가.
'그렇게 해선 안 되겠다.'
그는 생각했다.
'사내녀석을 죽이고, 장사나 치르고 나서 죽도록 하자……. 그러나 장사 지내기 전에 체포돼서 권총도 빼앗기고 말걸. 그럼, 그 녀석을 먼저 죽이고 계집은 살려두자. 나는…… 나는 그때까지 자살하지 않고 체포되어 가자. 아무때라도 죽을 순 있을 테지. 그렇다, 체포되는 것이 낫다. 왜냐하면 예심(豫審)에서 재판장과 사회 앞에 그년의 비열한 간음 행위를 여지없이 폭로할 수 있을 테니까. 내가 자살이라도 한다면, 그년이 무슨 음모와 요사스런 흉계를 꾸며서 모든 죄를 나에게 뒤집어씌울지도 모를 일이거든……. 그렇게 되면 사회는 그년의 행동을 시인하고 도리어 나를 비웃을지도 몰라. 그러나 내가 살아 있다면…….

맞아. 내가 자살하고 말면 세상은 나한테 죄를 씌우고, 소심한 사내라고 의심할 테지……. 그렇다면, 무엇 때문에 자살한단 말이야? 이것이 첫째 이유고, 둘째로는 자살한다는 것, 즉 이것은 겁쟁이를 뜻하는 것이지. 그러니까 그 녀석을 죽이고, 그년은 살려두자. 그리고 나는 재판을 받는다. 내가 재판을 받으면 그년은 증인으로 출두할 테지……. 나의 변호사가 그년을 심문할 때, 그년의 당황하는 꼴과 모욕이란! 그리고 재판정, 청중, 출판물들은 물론 나를 옹호하고 나설 거야…….'

그는 이런 생각에 사로잡혔으나, 점원은 그 사람 앞에 권총을 쌓아 올리며 손님에 대한 자기 의무를 다하기에 바빴다.

"이것이 최근에 들어온 영국제 신형 권총입니다."

점원은 지껄였다.

"그렇지만 무슈, 영국제 신형이라고는 하지만 역시 스미스 베손 앞에서는 당하지 못합니다. 며칠 전에 선생님께서도 읽으셨겠지만,

어떤 장교가 우리 가게에서 스미스 베손 권총을 하나 사 갔습니다. 그리고 그 권총으로 정부를 쐈습니다. 그런데 어땠는지 아세요? 탄환은 정부를 관통하고, 청동 램프와 피아노를 뚫은 다음 피아노에서 방향을 바꾸어 볼론카*를 죽이고 부인에게까지 부상을 입혔답니다. 그 눈부신 위력으로 우리 상점은 단번에 이름이 났습니다. 장교는 지금까지 갇혀 있습니다……. 물론 유죄 판결을 받고 유형지로 추방될 테지요! 첫째로는 우리나라 법률이 낡아빠진 탓이고, 둘째로는 재판이 언제나 정부 편을 들어준다는 것입니다. 어째서 그런지 아세요? 그건 간단합니다, 무슈! 재판관이나, 배심관이나, 검사, 변호사 할 것 없이 전부가 남의 여편네를 건드리고 있기 때문에 그들에게는 우리 러시아에 한 사람이라도 남편이 적은 것이 그만큼 안전하기 때문이죠. 만일 정부가 남편이란 남편을 모조리 사할린**으로 보낸다면, 정말 유쾌한 사회가 될 겁니다. 아아! 무슈! 현 사회의 도덕이 이렇게 부패하고 보니 전들 분개하지 않을 수 있겠습니까! 남의 아내를 사랑하는 것이 지금에 와선 남의 담배를 피우거나, 남의 책을 읽는 정도로 인식되고 있으니까요. 날이 가면 갈수록 우리 상점의 권총 매상은 줄어드는데 이것은 정부가 점점 줄어든다는 의미가 아니라, 남편이 그런 상태를 묵인하고, 재판이나 징역 같은 것을 무서워한다는 증거입니다."

점원은 주위를 살펴보고 속삭였다.

---

* 개의 이름.
** 제정 러시아 시대에 유형지로 이용된 지역.

"그렇다면 이것은 누구의 죄일까요, 무슈? 정부에 있습니다!"

'돼지새끼 같은 그놈 때문에 사할린으로 가다니 이것도 현명한 짓은 못 된다.'

시가예프는 생각했다.

'내가 유형을 간다면, 그년은 다시 결혼할 수 있는 가능성을 갖게 될 테지. 그렇게 되면 그년은 좋아라 하고 으스대며 두 번째 남편을 맞을 거란 말이야……. 그러니 그년도 살려두고, 나도 죽지 않고, 그 녀석도…… 역시 살려두는 편이 낫겠군. 더 현명하고 혹독한 방법을 궁리해내야겠어. 그놈들을 모욕으로 벌하고, 이혼 수속을 밟아 추문을 세상에 폭로하자…….'

"무슈, 또 다른 신형 권총이 있습니다."

점원은 장에서 새로운 한 타스의 권총 상자를 꺼내며 말했다.

"뇌관에 특별 장치가 되어 있습니다. 자세히 보세요……."

아무도 죽이지 않기로 결심한 이상 시가예프에게는 권총이 필요하지 않았으나, 점원은 여전히 앞에 권총을 늘어놓으며 더 상냥하게 대해주었다. 모욕을 당한 남편은 점원이 자기 때문에 시간을 낭비하고 웃음을 팔고 쓸데없이 기를 쓰며 칭찬했다는 생각이 들어 무척 미안스러웠다.

"좋습니다. 그럼……."

시가예프는 중얼거렸다.

"다시 내가 오든가 사람을 보내든가 하겠습니다."

그는 점원의 얼굴 표정은 보지 않았으나 다소 면목이라도 세울 양으로 딴 물건이라도 사줘야겠다고 생각했다. 그러나 무엇을 살까? 그는 무엇이든 값이 싼 것만을 고르며, 상점의 벽을 두루 살폈다. 이윽고 그는 문가에 걸린 풀색 그물에서 눈을 멈추었다.

"저…… 저건 뭐지요?"

그는 물었다.

"메추라기를 잡는 그물입니다."

"얼마지요?"

"8루블입니다, 무슈."

"싸주세요……."

모욕을 당한 남자는 8루블을 치르고 새 그물을 받아 들고는 한층 더 모욕을 당한 기분을 느끼면서 상점 밖으로 나왔다.

작품 해설

　러시아 문학을 논하는 사람은 물론이고 적어도 외국 문학을 읽었다는 사람치고 안톤 체호프를 모르는 사람은 없을 것이다. 그만큼 체호프는 예술적 천분을 타고난 작가였고 위대한 예술가였다. 그의 작품은 한편으로는 평범한 일상생활을 묘사한 데 불과하다고 느껴질지 모르지만, 주의 깊게 관찰해가면 그 평범한 생활은 점차 투명해져서 그 속에는 넓고 보편적인 의의를 가진 인생 본연의 모습이 떠오른다. 이 표면적 묘사의 밑바닥에 본연의 모습을 제시하는 체호프의 작품은 가장 세련된 리얼리즘 예술인 동시에 진실한 의미에서의 상징적인 예술이라 부를 수 있다. 아주 평범하게 느껴지는 일상생활의 동작, 언어, 소리, 형상들이 천재적인 작가의 직감에 의해서 유기적으로 조화되어 독자로 하여금 유머, 애수, 고뇌, 환희, 불안, 동경 등이 교차된 복잡한 삶의 박동을 느끼게 한다. 이런 의미에서 체호프의 작품은 외면적인 사실주의적 수법을 썼음에도 훌륭한 음악과 같은 기능을 지닌다.

안톤 체호프는 1860년 1월 17일 흑해를 옆에 낀 남러시아의 항구 도시 타간로크에서 출생했다.

그의 조부는 돈으로 자유를 되찾은 농노였고, 아버지는 타간로크 거리의 상인이었다. 체호프는 타간로크에서 중학교를 마친 후, 모스크바로 올라가서 대학 의학부에 입학했다.

체호프의 문학적 생애는 1879년 그가 대학에 들어갔을 때부터 시작되었다. 아직 20대 청년이었던 체호프는 학비를 보충하려고 아주 명랑하고 경쾌한 소품을 쓰기 시작했다. 빛나는 기지와 유머가 넘치는 그의 소품은 곧 문단의 주의를 끌게 되었다. 그래서 그의 최초의 단편집 《잡화집》(1886)이 출판되었을 때, 각계각층의 독자는 열광적으로 환영했고 문단의 노대가(老大家) 그리고로비치는 감격한 나머지 찬사를 아끼지 않았다.

이때부터 체호프는 재치 있는 신인으로서 문단에 발을 들여놓게 되었다. 당시 러시아 비평가들은 그를 가리켜 "종달새같이 노래 부르는 체호프"라고 말하며 참신한 스타일, 예민한 심리 해부, 정확한 묘사에 대해서 그의 재능을 칭찬하는 동시에 "이같이 재능 있는 작가가 단지 사람을 웃기기 위해서 글을 쓴다는 것은 슬픈 일이다"라고 체호프를 나무랐다. 물론 체호프의 초기 문학적 태도가 어느 정도 표면적이고 심각성을 결핍했던 것만은 사실이다. 그러나 체호프의 특징 가운데 하나라고 할 수 있는 웃음 섞인 애수는 그의 초기 작품 속에서도 나타난다.

체호프의 초기 작품은 순수한 웃음을 노린 경쾌한 소품과 사회 풍자적인 색이 짙은 우울한 작품으로 나눌 수 있다. 초기 작품의 대부분이 첫째 계열에 속하는데, 체호프는 당시 유머 작품의 관습에 따라 하급 관리, 상인, 교사, 배우, 화가 등 도시의 소시민층에 속하는 인물을 경쾌한 필치로 희화화함으로써 작가의 천재적인 재능을 여지없이 발휘했다. 〈복수자〉, 〈함정〉, 〈사모님〉은 모두 이 계열에 속하는 작품들로, 그의 천재적인 착상, 예민한 기지, 조금도 무리 없는 해학을 통해 독자를 웃음의 바다 속으로 몰아넣고 만다. 둘째 계열에 속하는 것은 독특한 유머에다 비극적인 요소가 가미된, 이른바 '체호프적 우수의 세계'를 보여주는 작품들로, 〈아뉴타〉, 〈약제사 부인〉, 〈우수〉, 〈정조〉 등이 그것이다. 울어야 할지 웃어야 할지 독자들을 당황케 만드는 작품들은 주위에서 흔히 볼 수 있는 일상적인 사건들을 유머러스한 필치로 담담히 묘사한 불과 10쪽 남짓한 소품에 지나지 않지만, 우리는 그 속에서 '살아 있는 인생의 단면', '숙명적인 사회적 비극'을 보지 않을 수 없다. 또한 그들 작품의 대부분이 비굴한 소시민적 근성에 대한 날카로운 풍자와 권력층에 대한 신랄한 항의를 내포하고 있다는 것도 우리들의 관심을 끈다.

그러나 체호프는 이같이 안일한 애수와 유머에 머물러 있을 수는 없었다. 19세기 말 농노 해방의 뒤를 이어 계속된 전쟁으로 인하여 러시아의 지식계급은 염세주의로 흐르고 사회 전체는 태만과 암흑 속에 허덕이게 되었을 때, 그의 칼날같이 예민한 직감력은 사회의 온갖 부정, 허위, 부패, 모독을 등한시할 수 없었다. 여기서 〈상자 속에 든 사나이〉 같은 페시미즘적 작품이 나오게 된 것이다.

〈상자 속에 든 사나이〉(1898)는 체호프 후기 작품 속에 속하는 것으로 주인공 베리코프에게처럼 명확한 성격을 부여한 작품은 드물다. 언제나 "무슨 일이 생기지 말아야 할 텐데……" 근심하고, 여러 가지 무의미한 규칙으로 자기 생활을 속박하며, 필요 없는 '껍질'을 쓰려고 애쓰는 주인공 베리코프 교사 같은 사람은 요즈음 세상에서도 결코 보기 드문 인물이라고는 할 수 없으나, 체호프가 짧은 작품 속에서 이를 신랄하고 예리하게 묘사하면서 무의식 중에 자기의 페시미즘을 토로하는 점은 주목할 가치가 있다. "이렇게는 더 살고 싶지도 않아요!" 하고 통탄하는 수의사 이반 이바느이치의 말은 그대로 그 당시 19세기 말에 전 러시아를 휩쓸던 사회적 공기다.

〈귀여운 여인〉(1898)은 역시 체호프의 대표적인 작품 가운데 하나다. 이 작품이 1899년 1월 3일 《세미야(가족)》지에 처음 발표되었을 때, 당대의 평론가 고르부노프 포사도프는 다음과 같은 편지를 저자한테 보내왔다.

……〈귀여운 여인〉은 고골리 스타일을 연상케 했습니다. 레프 톨스토이도 기쁨을 감추지 못했습니다. "그 작품은 일품이다. 체호프는 정말 훌륭한 작가야!" 하며 연방 감탄하고 있습니다. 그는 벌써 네 번씩이나 소리내 읽었습니다. 그리고 읽을 때마다 새로운 놀라움에 사로잡혔습니다……. 그리고 톨스토이의 딸 타치야나 역시 3월 20일에 다음과 같은 사연을 보내 왔습니다. "……당신의 〈귀여운 여인〉은 정말 훌륭합니다. 아버지 톨스토이는 네 번이나 연거푸 읽었답니다……."

이같이 대문호 레프 톨스토이가 감동한 나머지 네 번씩이나 연이어 읽었다니 가히 그 작품의 진가는 알 만하다.

〈골짜기〉(1900)는 그 예술적 향기로 보아 체호프의 천여 편에 달하는 작품 중에서도 제1급에 속하는 대표적인 작품이다. 체호프는 이 〈골짜기〉의 주제를 사할린 여행시에 얻었다며 다음과 같은 편지를 《지즈니(생활)》 편집국장에게 보냈다.

……나는 어느 한촌에서 경험한 생활을 여기에 묘사했습니다. 상인 흐로이민 형제는 현재도 살아 있는 사람들입니다. 그러나 사실대로 말하면 그들은 더욱 비천한 존재들입니다. 그들의 자식은 여덟 살부터 술을 마시는 방탕한 생활을 하고 있습니다. 그리고 그들은 온 동리에 매독을 전염시켰습니다. 나는 〈골짜기〉 속에서 이런 말을 하지는 않았습니다. 이런 이야기는 예술적이지 않다고 생각했기 때문입니다…….

1900년 1월 1일, 〈골짜기〉가 《지즈니》지에 발표되자, 문단에서는 지금까지 보지 못한 커다란 반향이 일었다. 그 당시 체호프에게 온 수많은 편지 중에서 대표적인 몇 통을 소개한다.

……〈골짜기〉, 참 고맙습니다. 너무 충격을 받아서 나는 세 번이나 독파했습니다. 시종 울었습니다……. 가슴이 메이고 터질 듯한 기쁨을 느꼈습니다…….

― 1900년 2월 9일, 《만인의 잡지》 편집국장 미로뷰보프

……나는 무한한 애착을 가지고 당신의 〈골짜기〉를 읽었습니다……. 처음으로 당신의 재능을 더욱 가깝고 강력하게 느꼈을 뿐아니라, 당신 마음속에 있는 갸륵한 동포애와 학대받는 사람들에 대한 부드럽고 깊은 사랑을 느꼈습니다……. 이런 작품을 내 생애에 읽었다는 것을 기쁘게 생각합니다…….

— 평론가 고르부노프 포사도프

……환희와 눈물 속에 〈골짜기〉를 읽었습니다. 나는 이 작품이 지금까지의 당신 작품 중에서 제일 잘된 작품이라 생각합니다.

— 평론가 코니

막심 고리키 역시 장문의 논설을 게재하고 1900년 2월에 다음과 같은 편지를 보내 왔다.

……〈골짜기〉는 놀랄 만큼 훌륭한 작품입니다…… 당신이 쓴 작품 중에서 제1급에 속하는 작품입니다…….(첫 번째 편지)

……오늘 레프 톨스토이에게서 편지를 받았습니다. 그는 "체호프의 〈골짜기〉는 정말 좋습니다. 나는 그에게 최대의 찬사를 보냅니다"라고 썼습니다. 당신 작품이 톨스토이한테서 최대의 찬사를 받았다는 데 대해서 나도 기쁨을 감출 수 없습니다. 나는 노인(톨스토이를 말함)이 리파의 자장가 소리에 감격한 나머지 눈물을 흘렸으리라고 믿습니다…….(두 번째 편지)

……나는 농군들에게 〈골짜기〉를 읽어주었습니다. 당신이 이 광경을 보았더라면 얼마나 좋을까요. 그들은 내 낭독을 들으며 울었고 나도 그들과 함께 울었습니다. 장대 할아버지를 몹시 좋아하더군요……! 안톤 파블로비치, 당신이야말로 정말 천재입니다…….
(세 번째 편지)

체호프 최후의 작품 〈약혼녀〉(1903)에서는 지금까지와 같은 암흑의 페시미즘을 고집하지 않고 깊은 애수의 밑바닥에서 여러 가지 사회악을 제거하고 그 어떤 광명을 찾으려고 노력하는 경향을 보인다. 〈약혼녀〉는 만년의 희곡 〈벚나무 동산〉과 같이 몰락하는 귀족 사회를 주제로 한 작품이지만, "사랑하는 나쨔, 떠나시오! 이렇게 숨막힐 듯한 죄에 물든 흐릿한 생활을 당신이 얼마나 싫어하는가를 여러 사람들한테 보여주시오!" 하는 대학생 사샤의 외침이라든가, "오오! 새롭고 빛나는 생활이 빨리 돌아와주었으면!" 하는 나쨔의 몽상적인 동경은 젊음에 찬 새 생활을 눈앞에 보는 듯하고 미래에 대한 희망과 동경의 종소리가 바로 귓가에 들려오는 듯한 느낌을 준다.

체호프는 〈약혼녀〉를 쓴 다음해인 1904년, 44세를 일기로 위대한 창작의 비밀을 간직한 채 세상을 떠나고 말았지만, 그의 불멸의 공적은 아직까지도 소실될 줄을 모르고 만인을 울음과 기쁨 속에 몰아넣고 있다.

1950년 아고노크 사에서 출판한 《체호프 전집 (*А. П, ЧЕХОВ. СО-*

БРАНИЕ СОЧИНЕНИИ)》을 번역 대본으로 썼다. 이 책에는 주로 체호프의 초기 작품부터 후기에 이르기까지 그의 대표작만을 실었다.

옮긴이

안톤 체호프 연보

1860년   러시아 남부의 항구도시 타간로그에서 태어났다. 조부는 돈으로 자유를 되찾은 농노였고, 아버지는 식료품 가게를 운영했다.
1868년   타간로그 김나지움에 입학했다.
1876년   아버지의 파산 이후 온 가족이 모스크바로 이주했다. 체호프는 계속 타간로그에 남아 가정교사로 일하며 학업을 이어갔다.
1879년   좋은 성적으로 김나지움을 졸업하고 모스크바대학교 의학부에 장학금을 받아 입학했다. 잡지에 단편 유머를 기고하기 시작했다. 일부 비평가에게 "종달새같이 노래 부르는 체호프"라고 호평받았다.
1884년   모스크바대학교 의학부를 졸업하고 의사로 일하기 시작했

	다. 소품을 비롯한 여러 단편을 집필했다.
1888년	웃음과 유머에 초점을 둔 초기 작품과 달리 진지하고 사색적인 작품을 쓰기 시작했다. 푸시킨 문학상을 받았다.
1890년	유형수의 실생활을 조사하기 위해 사할린을 방문해 3개월간 머물렀다. 이때 연재로 발표하던 글을 모아 1895년에 단행본《사할린섬》으로 출간했다.
1892년	모스크바 인근의 멜리호보에 작은 영지를 구입했다. 이곳에서 여러 주요 단편과 희곡을 집필했다. 의사 활동도 지속했다.
1896년	희곡 〈갈매기〉가 초연되었으나 실패했다. 그러나 2년 후 재공연에서는 큰 성공을 거두었고, 현대극의 핵심 작가로 부상했다.
1898년	〈상자 속에 든 사나이〉,〈귀여운 여인〉 등의 작품을 발표했다.
1899년	멜리호보의 영지를 팔고 가족과 함께 얄타로 이주했다.〈개를 데리고 다니는 여인〉을 출간했다.
1900년	〈골짜기〉를 발표해 여러 평론가와 작가에게 극찬받았다. 러시아 학술원의 명예회원으로 선출되었으나 2년 후 막심 고리키가 회원 자격을 박탈당하자 항의의 표시로 회원직을 반환했다.
1901년	〈갈매기〉에 출연한 배우 올가 크니페르와 결혼했다.〈세 자매〉가 초연되었다.
1904년	최후의 단편〈약혼녀〉를 발표한 지 1년 후, 건강 악화로 요양을 위해 독일로 떠났으나 결핵으로 사망했다.

옮긴이 **김학수**

한국외국어대학교 노어과를 졸업하고 미국 인디애나대학교 대학원을 졸업했으며 한국외국어대학교와 고려대학교 교수를 역임했다. 옮긴 책으로 투르게네프 《첫사랑》, 《사냥꾼의 수기》, 《루진》, 톨스토이 《인생의 길》, 《부활》, 안톤 체호프 《체호프 단편선》, 도스토옙스키 《죄와 벌》, 《신과 인간의 비극》, 두진체프 《빵만으로 살 수 없다》, 솔제니친 《이반 데니소비치의 하루》, 《1914년 8월》, 《수용소군도》 등이 있다.

체호프 단편선

1판 1쇄 발행 1967년 2월 10일
4판 1쇄 발행 2025년 8월 18일

지은이 안톤 체호프 | 옮긴이 김학수
펴낸곳 (주)문예출판사 | 펴낸이 전준배
출판등록 2004. 02. 11. 제 2013-000357호 (1966. 12. 2. 제 1-134호)
주소 04001 서울시 마포구 월드컵북로 21
전화 02-393-5681 | 팩스 02-393-5685
홈페이지 www.moonye.com | 블로그 blog.naver.com/imoonye
페이스북 www.facebook.com/moonyepublishing | 이메일 info@moonye.com

ISBN 978-89-310-2549-1 04800
ISBN 978-89-310-2365-7 (세트)

• 잘못 만든 책은 구입하신 서점에서 바꿔드립니다.

문예출판사® 상표등록 제 40-0833187호, 제 41-0200044호

문예세계문학선

★ 서울대, 연세대, 고려대 필독 권장 도서 ▲ 미국대학위원회 추천 도서
● 《타임》 선정 현대 100대 영문 소설 ▽ 《뉴스위크》 선정 세계 100대 명저

1 젊은 베르테르의 슬픔 괴테 / 송영택 옮김
▲▽ 2 멋진 신세계 올더스 헉슬리 / 이덕형 옮김
▲●▽ 3 호밀밭의 파수꾼 J. D. 샐린저 / 이덕형 옮김
4 데미안 헤르만 헤세 / 구기성 옮김
5 생의 한가운데 루이제 린저 / 전혜린 옮김
6 대지 펄 S. 벅 / 안정효 옮김
●▽ 7 1984 조지 오웰 / 김승욱 옮김
▲●▽ 8 위대한 개츠비 F. 스콧 피츠제럴드 / 송무 옮김
9 파리대왕 윌리엄 골딩 / 이덕형 옮김
10 삼십세 잉게보르크 바흐만 / 차경아 옮김
★▲ 11 오이디푸스왕·아가멤논·코에포로이
소포클레스·아이스킬로스 / 천병희 옮김
★▲ 12 주홍글씨 너새니얼 호손 / 조승국 옮김
▲●▽ 13 동물농장 조지 오웰 / 김승욱 옮김
★ 14 마음 나쓰메 소세키 / 오유리 옮김
★ 15 아Q정전·광인일기 루쉰 / 정석원 옮김
16 개선문 레마르크 / 송영택 옮김
★ 17 구토 장 폴 사르트르 / 방곤 옮김
18 노인과 바다 어니스트 헤밍웨이 / 이경식 옮김
19 좁은 문 앙드레 지드 / 오현우 옮김
★▲ 20 변신·시골 의사 프란츠 카프카 / 이덕형 옮김
★▲ 21 이방인 알베르 카뮈 / 이휘영 옮김
22 지하생활자의 수기 도스토옙스키 / 이동현 옮김
★ 23 설국 가와바타 야스나리 / 장경룡 옮김
★ 24 이반 데니소비치의 하루
알렉산드르 솔제니친 / 이동현 옮김
25 더블린 사람들 제임스 조이스 / 김병철 옮김
26 여자의 일생 기 드 모파상 / 신인영 옮김
27 달과 6펜스 서머싯 몸 / 안흥규 옮김
28 지옥 앙리 바르뷔스 / 오현우 옮김
★▲ 29 젊은 예술가의 초상 제임스 조이스 / 여석기 옮김
▲ 30 검은 고양이 애드거 앨런 포 / 김기철 옮김
★ 31 도련님 나쓰메 소세키 / 오유리 옮김
32 우리 시대의 아이 외된 폰 호르바트 / 조경수 옮김
33 잃어버린 지평선 제임스 힐턴 / 이경식 옮김

34 지상의 양식 앙드레 지드 / 김붕구 옮김
35 체호프 단편선 안톤 체호프 / 김학수 옮김
36 인간 실격 다자이 오사무 / 오유리 옮김
37 위기의 여자 시몬 드 보부아르 / 손장순 옮김
●▽ 38 댈러웨이 부인 버지니아 울프 / 나영균 옮김
39 인간 희극 윌리엄 사로얀 / 안정효 옮김
40 오 헨리 단편선 오 헨리 / 이성호 옮김
★ 41 말테의 수기 R. M. 릴케 / 박환덕 옮김
42 파비안 에리히 케스트너 / 전혜린 옮김
★▲▽ 43 햄릿 윌리엄 셰익스피어 / 여석기 옮김
44 바라바 페르 라게르크비스트 / 한영환 옮김
45 토니오 크뢰거 토마스 만 / 강두식 옮김
46 첫사랑 이반 투르게네프 / 김학수 옮김
47 제3의 사나이 그레이엄 그린 / 안흥규 옮김
★▲▽ 48 어둠의 심장 조지프 콘래드 / 이덕형 옮김
49 싯다르타 헤르만 헤세 / 차경아 옮김
50 모파상 단편선 기 드 모파상 / 김동현·김사행 옮김
51 찰스 램 수필선 찰스 램 / 김기철 옮김
★▲▽ 52 보바리 부인 귀스타브 플로베르 / 민희식 옮김
53 페터 카멘친트 헤르만 헤세 / 박종서 옮김
★ 54 몽테뉴 수상록 몽테뉴 / 손우성 옮김
55 알퐁스 도데 단편선 알퐁스 도데 / 김사행 옮김
56 베이컨 수필집 프랜시스 베이컨 / 김길중 옮김
★▲ 57 인형의 집 헨리크 입센 / 안동민 옮김
★ 58 소송 프란츠 카프카 / 김현성 옮김
★▲ 59 테스 토마스 하디 / 이종구 옮김
★▽ 60 리어왕 윌리엄 셰익스피어 / 이종구 옮김
61 라쇼몽 아쿠타가와 류노스케 / 김영식 옮김
▲▽ 62 프랑켄슈타인 메리 셸리 / 임종기 옮김
▲●▽ 63 등대로 버지니아 울프 / 이숙자 옮김
64 명상록 마르쿠스 아우렐리우스 / 이덕형 옮김
65 가든 파티 캐서린 맨스필드 / 이덕형 옮김
66 투명인간 H. G. 웰스 / 임종기 옮김
67 게르트루트 헤르만 헤세 / 송영택 옮김
68 피가로의 결혼 보마르셰 / 민희식 옮김

(뒷면 계속)

- ★ 69 광세 블레즈 파스칼 / 하동훈 옮김
- 70 한국단편소설선 김동인 외 / 오양호 엮음
- 71 지킬 박사와 하이드 로버트 L. 스티븐슨 / 김세미 옮김
- ▲ 72 밤으로의 긴 여로 유진 오닐 / 박윤정 옮김
- ★▲▽ 73 허클베리 핀의 모험 마크 트웨인 / 이덕형 옮김
- 74 이선 프롬 이디스 워튼 / 손영미 옮김
- 75 크리스마스 캐럴 찰스 디킨스 / 김세미 옮김
- ★▲ 76 파우스트 요한 볼프강 폰 괴테 / 정경석 옮김
- ▲ 77 야성의 부름 잭 런던 / 임종기 옮김
- ★▲ 78 고도를 기다리며 사뮈엘 베케트 / 홍복유 옮김
- ★▲▽ 79 걸리버 여행기 조너선 스위프트 / 박용수 옮김
- 80 톰 소여의 모험 마크 트웨인 / 이덕형 옮김
- ★▲▽ 81 오만과 편견 제인 오스틴 / 박용수 옮김
- ★▽ 82 오셀로·템페스트 윌리엄 셰익스피어 / 오화섭 옮김
- ★ 83 맥베스 윌리엄 셰익스피어 / 이종구 옮김
- ▽ 84 순수의 시대 이디스 워튼 / 이미선 옮김
- ★ 85 차라투스트라는 이렇게 말했다 니체 / 황문수 옮김
- ★ 86 그리스 로마 신화 이디스 해밀턴 / 장왕록 옮김
- 87 모로 박사의 섬 H. G. 웰스 / 한동훈 옮김
- 88 유토피아 토머스 모어 / 김남우 옮김
- ★▲ 89 로빈슨 크루소 대니얼 디포 / 이덕형 옮김
- 90 자기만의 방 버지니아 울프 / 정윤조 옮김
- ▲ 91 월든 헨리 D. 소로 / 이덕형 옮김
- 92 나는 고양이로소이다 나쓰메 소세키 / 김영식 옮김
- ★ 93 폭풍의 언덕 에밀리 브론테 / 이덕형 옮김
- ★▲ 94 스완네 쪽으로 마르셀 프루스트 / 김인환 옮김
- 95 이솝 우화 이솝 / 이덕형 옮김
- ★ 96 페스트 알베르 카뮈 / 이휘영 옮김
- ▲ 97 도리언 그레이의 초상 오스카 와일드 / 임종기 옮김
- 98 기러기 모리 오가이 / 김영식 옮김
- ★▲ 99 제인 에어 1 샬럿 브론테 / 이덕형 옮김
- ★ 100 제인 에어 2 샬럿 브론테 / 이덕형 옮김
- 101 방황 루쉰 / 정석원 옮김
- 102 타임머신 H. G. 웰스 / 임종기 옮김
- ● 103 보이지 않는 인간 1 랠프 엘리슨 / 송무 옮김
- ● 104 보이지 않는 인간 2 랠프 엘리슨 / 송무 옮김
- ▲ 105 훌륭한 군인 포드 매덕스 포드 / 손영미 옮김
- 106 수레바퀴 아래서 헤르만 헤세 / 송영택 옮김
- ▲ 107 죄와 벌 1 표도르 도스토옙스키 / 김학수 옮김
- ▲ 108 죄와 벌 2 표도르 도스토옙스키 / 김학수 옮김
- 109 밤의 노예 미셸 오스트 / 이재형 옮김
- 110 바다여 바다여 1 아이리스 머독 / 안정효 옮김
- 111 바다여 바다여 2 아이리스 머독 / 안정효 옮김
- 112 부활 1 레프 톨스토이 / 김학수 옮김
- 113 부활 2 레프 톨스토이 / 김학수 옮김
- ▲● 114 그들의 눈은 신을 보고 있었다 조라 닐 허스턴 / 이미선 옮김
- 115 약속 프리드리히 뒤렌마트 / 차경아 옮김
- 116 제니의 초상 로버트 네이선 / 이덕희 옮김
- 117 트로일러스와 크리세이드 제프리 초서 / 김영남 옮김
- 118 사람은 무엇으로 사는가 레프 톨스토이 / 이순영 옮김
- 119 전락 알베르 카뮈 / 이휘영 옮김
- 120 독일인의 사랑 막스 뮐러 / 차경아 옮김
- 121 릴케 단편선 R. M. 릴케 / 송영택 옮김
- 122 이반 일리치의 죽음 레프 톨스토이 / 이순영 옮김
- 123 판사와 형리 F. 뒤렌마트 / 차경아 옮김
- 124 보트 위의 세 남자 제롬 K. 제롬 / 김이선 옮김
- 125 자전거를 탄 세 남자 제롬 K. 제롬 / 김이선 옮김
- 126 사랑하는 하느님 이야기 R. M. 릴케 / 송영택 옮김
- 127 그리스인 조르바 니코스 카잔차키스 / 이재형 옮김
- 128 여자 없는 남자들 어니스트 헤밍웨이 / 이종인 옮김
- 129 사양 다자이 오사무 / 오유리 옮김
- 130 슌킨 이야기 다니자키 준이치로 / 김영식 옮김
- 131 실종자 프란츠 카프카 / 송경은 옮김
- 132 시지프 신화 알베르 카뮈 / 이가림 옮김
- 133 장미의 기적 장 주네 / 박형섭 옮김
- 134 진주 존 스타인벡 / 김승욱 옮김
- 135 황야의 이리 헤르만 헤세 / 장혜경 옮김
- 136 피난처 이디스 워튼 / 김욱동